偽科幻故事

崔子恩 著

紀念王靜梅／則濟利亞／St. Cecilia（一九二六．〇七．〇六～二〇二二．一〇．二九）

偽傳統的序

文／紀大偉

崔子恩多才多藝，為人豪爽，我在他旁邊只顯得拘謹。讀了他狂放的《偽科幻故事》之後，浸淫學院多年的我不免聯想起一些文學傳統——我又顯得拘謹了。我想大略提及這些聯想起來的傳統，企圖為崔子恩的小說進行學院式的速寫；不過，我要聲明，既然是「傳統」，就未必能夠妥帖套在崔子恩的小說上——他的小說是要掙脫傳統的。我在學院兜售不合身衣飾，但崔子恩及其小說一定不同意，反而可能想要自由裸奔哩。

因為曾翻譯多種義大利小說家卡爾維諾（Italo Calvino, 1923-1985）的小說，我忍不住想起卡爾維諾的《宇宙漫畫》（*Tutte le cosmicomiche*）和《時間零》（*Ti con zero*）。二書都洋溢神遊太虛的狂想，也都以一個阿米巴變形蟲式的主人翁貫穿一個個殊異的奇想故事。崔子恩的《偽科幻故事》則是由主人翁「花木蘭」穿針引線。卡爾維諾的這些故事都輕盈精巧，像是《愛麗絲夢遊仙境》（*Alice's Adventures in Wonderland*）的化學元素版本；崔子恩的小說也宛然如此，飄浮空靈的氣味也像，不過《偽科幻故事》如長河蜿蜒，綿長的氣度遠超過《宇宙漫畫》、《時間零》、《愛麗絲夢遊仙境》。要論科幻小說的長度，卡爾維諾的另一部名作《如果在冬夜，一個旅人》（*Se una notte d'inverno un viaggiatore*）大概更似《偽科幻故事》，兩者也都時時冒出讓人拍案叫好的奇想。不過《如果在冬夜，一個旅人》讀起來像是後設小說課本，《偽科幻故事》還是比較近似《宇宙漫畫》和《時間零》的寫意自在。

侃了這麼多卡爾維諾，《偽科幻故事》卻可能根本沒有受到卡爾維諾的個人小傳統所影響。於是我翻箱倒櫃，喊住裸奔中的《偽科幻故事》，要它試穿復古的式樣：愛爾蘭作家史威夫特（Jonathan Swift, 1667-1745）的《格列佛遊記》（*Gulliver's Travels*）以及法國作家拉伯雷（François Rabelais, 1493-1553）的《巨人傳》（*La vie de Gargantua et de Pantagruel*）。蓋這兩部名著（前者在中文世界有名，後者的趣味則尚待推廣）也都是異想天開之作，乍看純真的主人翁誤進桃花源，只見異域聲色犬馬，異人袒裼手舞足蹈於屎尿之間，淫蕩而不以為恥。二書都坦然攤開身體器官的醜與臭，卻絕不大驚小怪。某些讀者讀了這二部不知恥的奇書，可能會大驚失色；然而，這種反效果大概正是此二奇書的陰謀：以諷刺之筆，針砭道學之人。《偽科幻故事》在讓我聯想乾淨清爽的卡爾維諾之餘，也讓我憶及不諱體臭的史威夫特和拉伯雷——畢竟，《偽科幻故事》讀來像是一首諷刺詩。

行文至此，叫賣了許多外國物色，我好像一點也不愛國貨。有一個自我辯解的理由：《偽科幻故事》本來就是國族色彩非常稀薄的作品。不但中國的特色在書中寥寥可數，其中外國特色也不多。亦即，此作和中國疏離，也和寰宇各國疏離。甚至，它根本就跟整顆地球保持距離。這部作品在進行太空漫步：它和中國，和歐洲，和地球之間，漸行漸遠。要它穿國貨固然不對勁，要它試洋裝可能也勉強。

我猜測，這是本書的寫作策略：它就是要不斷挪移，不輕易掉進任何一個讀者所期待的方格子裡。因此，主人翁花木蘭的行跡難以捉摸，其「身分認同」也難以斷定。蓋身分認同是當今性別政治、種族政治的關鍵詞彙，如兩面刃，可以為人所役，也可以役人。《偽科幻故事》似乎就是要和身分認同捉迷藏，男性女性不重要，同性戀異性戀無所謂，一黑二黃三花四白都可以；在追逐過程中讀者像愛麗絲一樣深陷「兔子」的洞裡，伸手不見五指時，柳暗花明又一村。

也因此，《偽科幻故事》採用化學元素為角色命名，我覺得甚妙。每個角色都冠以某個化學元素之名，也因此承襲了該元素的特色（即身分認同）。但，化學元素如此繁複，有誰可以確切記得哪一個元素固守了哪一種身分認同呢？又，化學元素很不穩定，有時氧化了，有時和其他元素雜合了，這時又有誰可以確認哪一個角色曾經扛過的身分認同呢？

崔子恩來一串化學元素，跨過太平洋，在加州天空像幽浮一樣懸在空中。我抬頭覺得有趣，便摘下了幾顆元素，低頭寫下這篇假序，盤算找個好時辰也去找個兔子洞來鑽鑽。

二〇〇二年夏天於美國加州洛杉磯

＊紀大偉，著名作家，學者，美國加州大學洛杉磯分校文學博士，現任國立政治大學台灣文學研究所專任副教授。

目次

故事01　受到監禁的鋶和鎂

1

我熱愛夢遊，遠勝於愛男人和愛生命。在自己和別人都陷入黑沉沉的熟睡狀態以後，我便懷揣著一大捧上好的白米悄悄離開自己在三角城的床鋪和房間，依靠鬼使神差的超自然力量去豐富人生的大小閱歷。依神經醫學原理，夢遊者對自己的遊歷記憶幾乎等於零。在這方面，我有超乎尋常出類拔萃的才能。日積月累長期訓練之後，我掌握了一邊夢遊一邊拋撒白米的本領。朝日東升新晨初始，我一躍從床上跳起，便可以通過米粒分布的結構，疏密節奏，開頭和結尾的形態，曲線和旋律，一一喚醒死去的記憶，使夢遊故事重返大腦，回歸生活。今天要給大家講的事件就是依據昨夜的米粒布局回憶起來的。它多多少少有些故弄玄虛和誇大驚險。這是夢的原理，不怪我。為了多少給你們些準備時間，我先教導一下撒白米的技巧：自米甕中取白米一捧入於衣懷，邊行邊探左右臂手於懷內，如探囊取乳頭，取一顆粒拋一顆粒，左拋物線略長，右拋物線略短，似有殘斷，若同人物交談交接，可依言詞或身體的動律偷暇撒米，切忌一刻鐘以上的中斷，夢遊至尾聲，如飛般沿米線原路返回，將懷中所餘之米全部鋪撒到床上，屆此結束夢遊。此技靈感得自日本民間故事：兒子背老母上山拋棄，老母一路折斷樹枝擲地為志，以防兒子下山時迷路為野獸所食。

2

白米的格局告訴我，我曾到過海王星。海王星上不僅有生物，而且有人，清一色骨骼健壯筋肉發達的男人。他們外出旅行申請護照時，一律不填報姓和性別，只寫上名字、身高、體重和色情級別。萍逢的第一個人是鐵。他十五歲。護照標級：1X。鐵的父親叫碳，57X級。鐵曾是他父親的仇人。他父親吃掉仇敵後生下他。這裡的繁衍規則就是男人自孕生男人，吃一個生一個，吃一百生一百。因此，這裡的人口數字一直固定不變，只有親緣仇怨的組合關係在代代更改。他們吃掉自己最討厭最仇視的人，然後在體內授精，生下來的人就脫胎換骨成為自己最心愛的親人。初臨乍到，我十分驚慕他們這種化冤仇為至親的天才。我試著想吃掉那少年的父親，因為他沒有端茶遞菸倒酒對我的到來表示歡迎。雖然沒成功，但也去掉了我的隱憂：依地球人的才能無法損傷他們，同樣，他們也無法依海王星人的方式吃掉我。

有了人身安全的保證之後，我有點忘乎所以。手舞足蹈，口若懸河，出盡風頭，漸次露出了地球居民普遍擁有的小人本色。我是這裡唯一一個外星人，唯一一個見過女人的人，唯一的不能被任何人吃的人。我完全可以利用這樣的特殊身分尋歡作樂，無所不為。只是，與異性通姦，強暴異性和殺人，被天然地絕免了。

很快我便發現，這裡愈是短少的甚至絕無僅有的東西，愈是為人們所熱衷。少年鐵見到我的第一句話就問我幸福是什麼。我告訴他幸福就是女人。他馬上追問：女人是什麼。女人是什麼呢？我說女人是長著另一種器官的同男人一樣的人。他又追問：什麼是另一種器官，什麼是男人？我給他畫了一種圖形，又畫了另一種，在海王星藍色的塵埃上。做完性別啟蒙教育之後，我在海王星一舉成就大名：我所草草畫就的女性圖形，成了圖騰般的名畫，由二十五名成年人持槍保護起來。若想看看那片藍色的土地，必須繳納十五天的勞役才能突破人體和槍的柵欄。就連第一個看到它並向人眾舉薦的少年鐵想再看見它，也得付出同樣的代價。

城市開始遷徙，大規模地、迅速地遷建於那幅名畫的四周。暴徒出現了：有人耐不住十五天的等待和勞作，以暴力的方式突破人與槍的柵欄，企圖一睹名畫，或者連同那片地皮一同竊走。結果，在這座星球上第一次出現了致殘和殘疾人。在此之前，這裡的一切只通過吃便能解決。男人吃掉男人，再生出健全的男人供人吃。現在女人出現了，局面複雜起來。槍在一分鐘內就被發明和製造出來，第三分鐘就有一個暴徒被子彈洞穿了膝蓋骨。

3

他叫砷。膝蓋骨洞穿後他成了瘸子。一直追蹤著他的仇人叫氡。氡放棄了仇怨，寧願餓死或沒有後代，也不想吃砷。他不想有一個瘸腿的兒子。砷因殘所獲得的絕對安全，同時也將他送入絕對孤獨、絕對被遺棄的狀態中。僅僅是為了看一眼別一星球上的女人，而且僅僅是作為近乎抽象符號的女人圖形，竟付出了一條健壯的長於奔走的腿，對於他，著實有些不值。他膝蓋上的彈洞時常在他單腿蹦跳時，將從前或從後打來的陽光洩露過來，十分令人不安。每次遇見他，那一鋒鋒光線都會芒刺般刺中我的地球良心。第五次邂逅時，我將他拉到一處僻靜角落，專門在一塊彩石上為他繪製了一個女性。

人們紛紛解囊，建造了一座碩大無朋的博物館。砷出任終身性館長。藏品只有一件，就是我畫的那塊彩石。贗品很快就被製造出來了。小商販們提著筐挎著籃子，穿街越巷，兜售五彩斑爛大大小小的石頭。超級市場的櫃檯上也於一夜之間擺滿了這種工藝品。當然，它們一概出於從沒見過女人的男人之手，連最基本的線條流向及意義都是虛構的，自然談不上逼肖或逼真。它們迅速地進入每一個家庭。一般是祖父三塊、父親兩塊、兒子一塊，尚未出生的孫子們集體擁有一塊。人們愈來愈頻繁地出入博物館和人與槍圈成的禁區，反覆地、仔細地、考古學者兼小學專家般地研究著自己占有的女人和被管制起來的女人。

學術成果很快被氡彙集起來。人們一致公推博物館和柵欄中的女人最美。他們掌握在手中和正在出售中的女性都或多或少顯露出某些瑕疵。他們一時還爭論不下。鎂和鍄的名字是由砷和少年鐵分別命定的。鐵第一個遇見鍄。砷首先看到鎂。他們只感到興趣和擁有的欲望，從未想到愛。但是，仇恨愈發猛烈了。二十五名守護鍄的成年男人平均每一年失蹤一個。第二十六年元旦這天，守衛在鍄身邊的二十五支老槍已全部更換了主人。恨砷的人與日俱增，只可惜沒有一個人勇於面對生下一個瘸兒子的危險。歲月並沒有像瘀血一樣滯塞他膝上的彈洞。瞄準時機，他吃掉氡，生下一個兒子，樣子就是氡的翻版。氡的兒子為報父仇，又吃掉了砷的兒子。不用說，他生下的兒子正是砷的兒子的翻版。

4

那時候，我一定是一邊往海王星的歲月上撒米粒一邊感到惆悵寂寥。它們的分布稀稀落落，間距長，拋物線卻短，根本沒有遵循訓練中實施的左長右短的規則。百無聊賴的心情由何而生呢？是因為鐵。鐵是海王星頭一個接受性別教唆的人，自然比別人伶俐、樂於思索。愈是知多識廣，愈是胡思亂想，意馬心猿。按照預約，他第三次接我去他家進行性別家教時，一個可怕的現象出現在他的身體上。當時，我正用解剖學的方式向他講解人體的結構、功能，及其運動著和難以觸摸的部分——體液和精神。由於找不到顯微鏡，我無法從人體組織學的角度向他傳授細胞、胚胎和內分泌的知識。講到血液時，鐵哭了。起初我根本沒留意。眼淚對於人類，早已司空見慣。我以為他受了點酸風，或者發了點高燒，只繼續著對血液的平板描述。「上帝要擦去他們一切的眼淚。」哭泣吧流淚吧，淚流愈是資源豐沛愈是綿遠流長，親近上帝的機緣多，永生的可能性愈大。

望定他光可鑑人的面龐，我中止授業，猜想他的那一個X從何而獲。依有限的海王星知識，我僅僅知曉他們習慣於吃人不見血，囫圇吞棗地吃，不吐核，然後再將吞下去的仇人囫圇個兒地生下來，只是在肚腹裡作些壓縮工作。至於他們對血對X的理解，尤其是獲得X的方式，則一無所知。鐵一哭，我馬上抓住了他的弱點。多愁善感使人類一代又一代地敗在冷酷無情的地球上。現代人類發明了遠比地球自然現象冷漠得多的機械時代。地溫在升高，綠色和鳥類在消失。軋鋼機代替了社會的黑暗勢力，將人的意志和生命傾軋成各種型號的愚蠢、癡傻和罪行。淚水已不再寶貴，僅僅被當成各類欲望動作之前之間或之後的滑潤素材。鐵的眼淚則意味著創舉，情感的發現和海王星人類的新生。

哭過之後，鐵想對自己的全新感受和體驗進行剖述。拙於辭令使他十分不安。經過努力，他終於將他對於體液五種類型的認識概括為五個詞：尿液、精液、汗液、血液、淚液。不用任何連接詞，他一一說出這五個詞後，如釋重負。笑顏上的汗珠閃爍著他對自己的滿意和對知識的歡欣。在他之前，海王星上沒有人關心血液，沒有人為任何悲慘的事實流過任何一滴眼淚。不過，依照學術的嚴肅和一絲不苟，我不得不在他興奮過後，向他指出第六種體液。這一次，我摒棄單調枯燥的文字講解和圖畫點示，直接用物質的方式傳達給他關於物質的概念。我擁抱他，在他的左頰上貼上我的雙唇，唇很滋潤，留在他頰上的唇液隱約透出一點桃紅。他很快就記住了「唇液」這個動人的詞。鬆開擁抱，我將腸上端排泄的痰液和雙腮分泌的唾液分別教導給他。他很快便掌握了體液這個大範疇下的八個小範疇。

碳討厭知識，也討厭我。他提前十分鐘敲響下課的銅鐘。鐵拉住我，不放我走，他想追問八種體液的功用。在他看來，神的範疇功用在於主宰或拯救人，體液作為範疇，功用大概不亞於神這一至大的範疇。我只籠籠統統地講了一句，就被碳逐出家門。鐵隔著窗子孜孜不倦地問我：有些體液適用於快樂，有些體液關係著痛苦，對嗎？我已經走遠，他還在遠方問：快樂是什麼，痛苦是什麼呢？

5

氡的兒子氙今年十六歲。他請我去給他的頭生兒子命名。依據元素週期的化學規則，我命名他為氟。氟很早熟，整個命名儀式他都衝在場的人眨眼睛，好像要把我們中隨便哪一個誘拐到角落裡去講下流故事。他衝我笑的時候，很燦爛，像朝霞。衝他的父親笑的時候，很猙獰，像黑夜。趁我宣布完名字用唇液吻他的時機，一個聲音附在我的耳輪上命令道：快說，什麼是快樂！驚慌失措使我雙臂張開：氟被摔到地上，失去了對快樂的興趣和知覺。

作為氙的朋友，鐵被請來施行搶救。摑耳光，揪頭髮，搔腳心，無濟於事。指責他作為氡的時期和作為砷的兒子時期犯下的種種過失，也無濟於事。人道主義的憐憫令我急中生智。我推開鐵和氙，附在氟的耳輪上低低地說：我告訴你，快樂就是懷揣一捧白米夢遊四字。

氰甦醒過來，朝我笑，在塵埃迷亂中，燦爛若朝霞。經我的指點，他自米甕中取白米一捧入於衣懷，蹣跚著走出家門，到地球上去夢遊。氙很驕傲。他的兒子將成為第一個登上地球的人。在宇宙間，氰將像第一個進行月球行走的阿姆斯壯和第一個進行海王星行走的我一樣，聲名卓著。氰成功了。當我沿著米線回到地球上的時候，氰已出落成一個儀表堂堂的小夥子。他正與一位地球少女雙雙墜入情網，根本沒作回海王星的準備。至於我們在異星上邂逅重逢的驚喜，驚喜過後的荒唐行徑以及悲劇性的分手，都是我們在海王星上未曾料想到的。

6

氰走後，氙與鐵之間的友誼出現了裂紋。氙想去奪取鎵身邊二十五個護衛之一的位置，鐵不贊同。他用學得的體液知識豐富了對於性別的理解。在他眼裡，鎵已變得平淡無奇。他努力向氙傳達他對「男精女血」這個地球片語的認識。氙不理會他。可以看可以觸摸的鎵雖然還停留在圖形階段，但是她會進化，總有一天會進化成從沒有人見過的那種女性。氙堅信著，地球上的達爾文主義移植到海王星上一點都不背時。

氙很順利地當上了鎄的護衛。他每天晨昏兩次用尿灌溉鎄，期望她的進化過程有聲有色。鎄依舊矜持地持守著原始的貞操，久久不變亦不化。倒是她身旁一直受忽略受冷落的男性圖形日漸發芽、長大，眼睜睜變成了一匹雄鹿。當氙剪斷它與大地之間的臍帶那一刻，它便哀鳴著衝出人群，撲進了我的懷裡。在它往我的身上尋覓乳頭的動作中，我聞到一股氙的尿騷氣。我沒有乳頭可以供給母乳，只好把食指放入嘴中任它吸吮。從此以後，它輪替著找我和找氙，從我們的指尖上獲取生命的必須營養。顯然，它把圖畫出它的人當成了母，將用尿澆灌它的人當成了父。氙很喜歡它，命名它作氬。他從氬的身上看到了鎄的前途。鐵沒出席命名儀式。他認定氬是一個幻象，只是暫時借助尿的結晶物和氣息而呈現為實體。

時光一天天過去。氬長大了，老了，死了，我和氙為它舉行了隆重的葬禮，將它葬在海王星最美麗的冰山上。鐵出席了儀式。儀式之後他對我說：幻象終於消失了。氙很難過，懷著喪子之痛。不過，他依舊每日晨昏兩次用尿滋潤鎄，期盼著從海洋到陸地從未出現過的奇蹟早日到來。氬死後，被閒置下來無人問津的手指日顯憔悴。由此出發，我心中的哀痛隱隱地化作比哀痛更難耐的寂寥。我想我該回到故鄉三角城的床上去了。只是，懷中的白米剛剛撤去三分之一，夢遊的使命尚未完成，無顏去見地球上的父母親朋。

7

砷的博物館被當局查封了。理由是博物館中的收藏品遠遠超過了當地道德水準所能允許的99X級。鎂被封在館內。砷被封在館外。人們每次路經那裡，只能看到巨大的建築陰影下一瘸一拐奔走著的砷。他憂心忡忡，生怕鎂感到孤獨，生怕塵埃和時光玷汙了她的貞潔。時光荏苒，砷已蒼老。海王星人的壽數一歲等於地球人的一百六十歲。以此計算，他的六十三歲換算出來的地球年齡就是一萬零八十歲。一萬零八十歲高齡膝蓋骨被槍彈洞穿的老人，整天整夜繞著龐大的博物館奔跑，著實令人心酸。我和鐵商量，想徵得氙的同情，將鎵讓給砷。這個時候鎵身邊的護守只剩氙一人，另外二十四個位置上只有槍，而人蹤全無。氙採取的政策是：來一個吃一個，來一群吃掉一群。

說服工作進展十分遲緩。氙堅持用那塊彩石來換鎵。他說，鎵已被他的尿所感動，在陽光下常常很潮溼地衝他笑，距離脫胎換骨的日子不會太長。他對鎵產生了深厚的感情，甚至能纖毫畢現地描繪出鎵進化成人後的胸脯、秀髮、腋窩、腰肢和腳踝。利用撒尿的間歇，他製造了上萬雙女鞋，每一雙都極富創意，尺寸大小完全符合鎵被想像出來的纖足。看到氙製造的鞋形藝術品，我深深地為聶魯達感到遺憾。他在馬德里看到十六世紀阿爾瓦公爵搜羅的上千雙鞋子便大驚失色。若是氙的產品不幸與他相會，他許會為它們寫上一部詩集。從女鞋的藝術性上，我瞭解到氙的癡迷程度和他對女性的理解深度。我勸鐵要麼打消拯救砷的念頭，要麼想辦法偷出鎂。反覆權衡之後，鐵同意與我一同去博物館中行竊。其實，我完全可以再畫一個類似於鎂的石頭。考慮到物以稀為貴的地球習俗，加上幸災樂禍、嗜好混亂的地球本性作祟，我拒絕製造鎵和鎂之外的女性符號。

偷竊的舉動預計在子夜完成。最重要的不是騙過如林的崗哨，而是要騙過砷。一至夜晚，我便利用地球人的身分和知名度，往水裡兌上些糖和紅汞，再加上些工業酒精或DDT，送到放哨人身邊。我告訴他們，那是地球上十分著名的法國干紅葡萄酒。他們唱著跳著喝下那些傑作，醉的醉，暈的暈。只有砷，還在不停地奔跑。

我負責勾引砷，讓他注意力集中在我而不是在鎂。我成功了。鐵負責攀上高牆上的窗子，跳進去，竊取鎂。他失敗了。原因在於，砷受到驅逐之後博物館成了真正的博物館：無數個鎂的贗品被侍衛們搜羅到這裡，分二十七個展廳布置一新。真正的鎂已全然被淹沒在仿製鎂的汪洋大海之中。我們不得不把實情告訴砷。砷很冷靜。首先他表示不要鎵，對鎂將忠貞不二。然後他建議由我和他一起入內去鑑別真偽。

我們開始大規模的考掘古墓般的工作。鐵依據從我這裡學得和個人研究所得的性別學功夫。我依據我對鎂的創作權。砷依據對鎂的一往情深。我們對數不勝數的鎂一一施行舔、嗅、聽、吻、啃、錘、顛簸等行為，結果總是覺得個個都像真的，又個個都像假的。作為學者，鐵認不清他的學術對象。作為父母，我認不出自己的親生女兒。作為情人，砷被無數個假扮的情人所迷惑。我們急得汗流浹背。鎂終於還是迷失在她的模仿者中，猶如石沉大海。

最後，我使用狡智對砷說：你留在這裡繼續作你的館長，不必難過，也不要自殺，無論如何鎂就在其中，與其為愛唯一的一個而死不如因愛眾多的而生。只要你愛每一個女人，就不會錯過愛那唯一一個的機會。鐵不贊成我，這從他的眼光中可以看出來。不過，他沒有開口講話。對於砷那麼古老的人物來說，專一的愛情和不專一的愛情幾乎沒有什麼差別。更何況，他原本為鎳而致殘，並非一開始就對鎂愛得死生不渝。

這次軍事行動之後，砷恢復了博物館長的終生位置，氙與鎳的關係沒有受到任何影響，只有鐵在一夜之間成了我的敵人。鐵開始跟蹤我，不得不面對面的時候就用充滿飢餓的眼光望定我，一眨不眨。聽氙說，這是因為鐵看透了我的本性。我的本性是什麼呢？自負，故作優雅，誇誇其談，心術不正，欺詐和短小的狡獪，無事生非的迫害狂。鐵這樣向他的同胞概括我所代表的地球人。當然，他對我們的好色、兇殘、冷酷冰心、滅絕人性等方面也有論及。我對他的目光和批評同樣無動於衷。我也不喜歡自己這種不三不四的稟賦，可是我無法擺脫它，除非是在夢遊的時候。

8

米粒的尾部局面喚醒我對海王星最後的記憶。

鐵用天文望遠鏡看到了地球上的一個女人，他把她描畫成電腦畫一般的人物。他告訴人們，錼和鎂是我誑騙他們的塗鴉之作，根本不是女人。真正的女人在天文望遠鏡這樣高精尖科學儀器中同男人一模一樣。至於多出的那一點點胸部和臀部，完全是因為她們在地球上不作重體力勞動而積存下來的贅肉。天文望遠鏡中的女人被命名為錳。她很快以其英姿倒掉了人們對女性的胃口。人們不再收藏鎂的仿製品，許多製造商行和商店為此倒閉。錼的身邊再也沒有排隊等候勞役十五天的人群了。砷失去了生活的全部樂趣，開始一點點吃自己的肉和骨頭，企欲再生下一個同樣瘸腿的自己。只有氙，一直保持著與鐵的分岐，不肯看天文望遠鏡一眼。錼也因此未受拋棄。

鐵的天文行動具有毀滅性。我失去了關於女人的特權，立即變得平庸至極，討厭至極。無論走到那兒，我都被看成一個遊手好閒、坑蒙拐騙的惡人。我開始懷鄉，懷念我出身的多災多卻又四季如詩的地球。偶爾，也會想起睡在我臥房裡的情人咪。咪在等候我沿著白米的路線回到她的身旁。在海王星上我如此失意，如此心灰意冷，何不把懷裡的白米一股腦地拋掉迅速打道回府！我本想帶著鎂和鎵一同回歸故里，可惜真假難辨的鎂太多，而鎵又被氙死死地看管著，成年累月地吸收著氙的尿液。

回地球的那一刻我大放悲聲。送我的人只有氙。他依舊精神抖擻，對鎵的前程充滿信心。作為紀念，他將一雙屬於鎵的鞋送給我。他還囑咐我，下次夢遊別忘記給鎵帶一條珍珠項鏈。

9

一手提著一隻氙做的女鞋，我疲憊不堪地回到地球上，回到三角城，推開我的房門。我看到，晨光中一雙年輕的男女裸體正在共用魚水之歡。我懷疑自己走錯了地方，想退回去。在他們動作定格三秒鐘後，咪藏進被子裡，高大健壯的氟則驚喜萬分地向我撲過來。他抱住我，欣喜欲狂地旋轉了三圈。他連連說：地球真好，女人真好，夢遊真好！旋轉完三周，他從被子裡抱出咪，向我介紹道：她叫咪，是我的戀人。咪沒有問候我，只是接過我送給她的鞋，撫摸了一會兒，一一穿在裸足上。說真的，我和氟都覺得她穿上這鞋格外嫵媚，格外動人。從此以後，我們三個人就生活在同一個空間裡，親密無間。嫉妒的時候我就提醒自己，氟和他父親製作的那雙鞋是我夢遊的紀念品。氟是不知嫉妒為何物的外星人。他的純潔無比坦蕩絕倫，使他只能終日同咪和我抱在一起。直到有一天，我再次揣上一捧白米決定到更遠的冥王星上去夢遊，他才突然憶起他的故園。我們擁抱著話別。他附在我的耳輪上用海王星語對我說：我告訴你，快樂就是懷揣一捧白米夢遊四宇。

故事02　冥王星曲折文本

1

懷揣上一捧上好的白米，以睡眠作擔保和抵押取得三角城通往冥王星的特許簽證，我一邊拋撒白米的顆粒，一邊夢行於星與星之間的晦暗空間。注意不讓各類行星恆星流星照亮我，也不使我照亮它們——這是星際行走的安全常識：相互照耀即意味著相互接近，相互接近即意味著相互碰撞，直至雙雙墜隕。我是膽小心細的地球生民，即便夢遊也不會把自我保全的本能貶抑到冰點之下。

2

抵達冥王星和離開冥王星，都是在白晝。沿著白米的線索索繹時間的亮度，我發現冥王星上根本不存在地球上日夜交替陰陽轉換或對立的辯證法（這裡是永晝）。

對地球邏各斯的否定，還體現在冥王星的地理結構、人種分布、性別策略、年齡秩序深深淺淺多種層面：白米的格局反反覆覆提醒著我頑冥的、地球主義的腦筋，但是，我還是在習俗和慣性的力場中翻著筋斗墜入了所謂愛河：這是我夢遊海王星時根本就沒能品嘗也沒想品嘗的人生滋味。

與異星人相戀，在我之前還只是地球人的一種天真幻想。UFO，E.T.，太空船，火星登陸器，科幻故事和電影擬象，是這類愛情幻覺的原爆點。一旦真實而動感的異星愛情臨頭，像我這般心平氣和從容不迫膽大正為的人，恐怕還是絕無僅有。

3

冥王星人類分為七大種族，每一個種族便是一種性別：人種與性別同一。經過反覆探討權衡，我決定用音樂簡譜的記錄符號來傳遞這種現象留給我的記憶。1。2。3。4。5。6。7。既是次第的，又是平列的，也是循環往復的。12345671。17654321。可以拆解，可以跳躍，246，517，可以倒錯，可以倒裝，可以倒敘，7654，可以延長，可以休止，可以升發，6#5，可以聯姻，1/2，可以組合兩音並一拍四音並一拍節。冥王星人類種性合一／同一／通一的形式體現，彷彿是對七彩光譜的抄襲：紅橙黃綠青藍紫，1，2，3，4，5，6，7。他們的繁衍準則與地球人類的雙性繁殖大異其趣：1234567或者7654321，必須一一媾合，否則絕無生育之機。多種性雜交或交叉的後代種性品質和特徵，不取決於原始，也不取決於最終，而取決於最中間的介入者。譬如，一個紅種性人依紅橙黃綠青藍紫的次序與他人完成交媾，卵生的後代不是紅也不是紫，而是綠色皮膚。其實，他們種性特點的深刻程度，絕不僅僅停留在膚表上，甚至，還體現在唾液和汗液中：紫種人分泌紫汗和紫唾液，橙種人則出汗和痰唾都如橙汁。

地球上的人類學，在此完全失去了學科和學術意義：從白米的點距和波長可以看出，預設於睡眠之前的人類學夢遊立場，受到異星地理和人文環境的澈底否決之後，我曾一度思念過地球故鄉。

4

令我墜入愛河的第一個人是碲。他的尿液呈藍色，把他同種性人的尿液積攢起來，就可以造成藍色大海。可惜，冥王星上沒有海洋，他們也從未建立過海洋、航海、海盜、潛泳、海底隧道等觀念。在我看來，他們的尿液噴灑在冥王星的地土上，是一種能源浪費。

用地球上性解放的方式與碲一夜風流之後，我發現冥王星人類的性愛習俗與地球人類大相逕庭：他們一不依賴視覺，二不依賴聽覺，三不依賴觸覺。他們依靠什麼官能獲得快樂或者完成繁衍呢？這個問題，我不能回答，只能作些邊緣性的描述。

他不靠近我，僅僅是躺在靠近我的一張桌子上：冥王星上沒有房屋，只有大大小小的桌子，石質的、木質的、人工合成的，既當床，又當餐桌、書桌、牌桌、檯球桌，下雨時就當作屋頂，躲在下邊。他不靠近我，僅僅是平躺著，過了許久許久，我問他為何不「魚水」我或「雲雨」我，他才如夢初醒，告訴我他的高潮很高，潮頭落下時已激起怒濤千丈。我在晝光中沒敢過於狹邪，故作正派地笑笑：我懷疑，他是像地球人類對待電影、電視、圖片或文字上的性感偶像那樣，通過意念和意象與我完成媾合。我問他是否對我的「技巧」滿意，他說很滿意。我試圖檢查他的中體，根本沒有發現濡溼跡象。

我說我「墜入愛河」，是我明顯地為碲藍色的身體、頭髮、唇齒、目光甚至尿液而心蕩神馳，我想與他「朝夕」相伴，同床共枕、白頭偕老。而他，可能只要身體中一個看不見的部位用一種看不見聽不著的方式與我身體中那個未曾命名的部位「對接」，就意味著性、高潮和愛情了。我以為，我和碲的愛情地位不公平。碲認為，我在為脫離愛河另尋新歡製造地球式的公正藉口。

我想另尋新歡，但根本沒打算離開碲。在碲身上獲得期待的性滿足之前，我是不會輕易放棄他的。我打出「公正」的旗幟，無非是要脅，你滿足了，我還沒出現高潮，你得按照我習慣的方式滿足我。碲因為過於年輕英俊，行為準則只達到地球上卡通人物的水準而輕易舉地就範於我的「公正」：他開始跟我學習視、聽、觸覺並舉的物體性愛。我教得越是準確而機智，他學得就越是誇大，使它舞臺化，傳媒化，而且乍看上去很接近史坦尼斯拉夫斯基的表演體系。

5

對冥王星繁衍結構的研究，啟動了我對地球上一個至為緘默概念的質疑：無性繁殖。

無性器官，無性行動，無性速度，無性過程，無性物質，就有後代孕育、出生和成長，就是某類科學家所說的無性繁殖。譬如日前正在轟動而通行的克隆：人工的，還有非人工的，純天然的。「人是萬物的尺度」。普羅達哥拉斯的古老銘文迄今仍在束縛地球人類的腰肢。他們依照自身的性體結構去命名和規定萬物的「性」。找得到相類的結構，便定義那結構的中心為有性。找不到，便定義無性。德希達的「去中心」理論已解構了那個「中心」。人的性／自身／器官／交媾方式／傳播結構，不再是萬物的尺度。所謂的無性繁殖，很可能類似於冥王星人類的1234567——重疊，或者別種程式，那些程式，是地球人類的肉眼肉心或顯微鏡或實驗室所無法認識的。

夢遊的白米格局，一度這樣啟示我。

6

碲的物體性愛表演令我激動。但他絲毫不為自己的演藝事業和我身體上的種種奇蹟而動性。一旦我用冥王星語向他提及愛或交媾一類的概念，他立即就會凝固，就像一塊堅冰，平躺著，不言不語。他不流動，何以達到高潮呢？我一直猜解著這個謎，直到此時，沿著白米的線路和布局索解我的冥王星夢遊史跡。

7

我嘗試著離開碲，超拔我設在他四周海藍色的愛河。一種尖銳而沉悶的呼聲誘引著我走向鉑。鉑的音色很金屬，而且是重金屬。在他之前，我在三角城聽過一個重金屬歌手的搖滾音樂會，我認為，他的聲音是從男根發出的。當時，我的很多三角城朋友同意我的見解，因為我們都通過他的歌聲「看到」了他勃起的陽具。鉑的叫聲更富於視覺感召力。我尚未見到他的身體，已從聲音中「看到」了他的勃起。

我一邊向鉑的吼叫貼近，一邊析理思緒：勃起不僅僅是一種視覺現象，一種觸覺現象，其實也是一種聽覺現象。

鉑屬橙紅色種性，外形上多少有些接近穿上橙紅色運動衣的荷蘭小夥子。他根本沒有開口，呼叫聲是從豎立的橙紅色頭髮發出的。仔細分辨下去，我發現那不是一個聲音，而是一組或相近或相通或相斥或相絕的聲音。髮如琴弦。只是，它們以單一的頻率滯留在單一的高音區域，不肯下降，不肯屈折，拒絕任何音樂的動機。對於地球人類來說，這往往意味著絕頂的痛苦或快樂。但是，從鉑的臉上，我看不出任何與此相關的表情。我試著向他的頭髮大吼，先是用嗓子，後是用胸腔共鳴，之後是用丹田之氣，之後是動用精子囊和恥骨。

從此以後，鉈與我形影不離。他認為，在我的吼聲中充滿著冥王星式的飽滿愛情，他被我的吼聲所激動，墜入了我地球式塵土飛揚的愛穴。

8

面對冥王星人彩虹主義的愛情規則，我的地球語言時時顯得捉襟見肘。物理的，非物理的。有形，無形。官能的，非官能的。它侷限著我的目光，從理解到表達。愛上碲和被鉈愛上之後，我真想砸爛它，煮熟它，烤化它，令它堅硬的地球主義結石化成尿水，排除到體外。我想擁有嶄新的語系，反地球主義的語系。

白米的布局對我說，你癡心妄想。

9

米粒標誌著我對冥王星語文的刻苦學習。我可能已意識到，不學好冥王星語言，就意味著沒有建立冥王星文化體系，不懂冥王星文化，就不懂冥王星七大種性及其遊戲規則及其哲學意義。

夢中方一日，世上已萬年。這句地球俗語在冥王星上也適用。我利用夢和俗諺的方式以一日當萬年，投機取巧地掌握了冥王星的基本語詞、語法、語句和語意。我像一切運用子語運用得最好的人一樣操持著冥王星語。我同他們交談，給他們寫情書，或者讀他們寫給我的情書。直至現在，夢遊之後，夢醒之後，我仍然能熟練地聽、說、讀、寫冥王星語。從某種意義上來講，這篇小說便包含著大量的、對冥王星語文的翻譯。

毫無疑問，我的冥王星語文老師，種性呈彩虹分布。從碲到鉋，從鉋到釩，從釩到鈦，從鈦到汞，從汞到氧，從氧到磷，我一次次墜入情網，一次次拜師學藝，子語水準能不突飛猛進嗎。每一個被我愛上的人，都義不容辭地擔當起傳授其種性的情愛和情愛方式方法及冥王星語法的責任。譬如氧，屬綠色種性。綠色種性酷愛創新語言，把「使冥王星語日新月異」作為種性存在的理由和樂趣或使命。他們共有七、八個名稱很另類的語文革命小組，氧擔當著其中名為「誇誇其談」組織的頭目，力倡以喋喋不休的方式打破隨時可能凍結的語言成就。我與氧共陷於地球情感和冥王星情感相撞擊的雷鳴電閃之中。我在頻頻爆閃的雷電聲光中享受著他喋喋不休的語文革命風暴。在地球上，接受外籍教師外語聽力訓練的場面，遠不及此。我剛剛學會爬就想跑，打擂臺一般把地球語、海王星語和夾生的冥王星語混合成一股「誇誇其談」的濁流，在氧的對面，與他分庭抗禮。

我和氧同時發現，在情愛時刻喋喋不休地講話或者打語言擂臺，會促進情欲，增強快感幅度。這種情形體現在我身上，無非是亢奮、顫抖、痙攣、噴洩一類的地球表像，體現在氧身上，則只有色彩的移動、跳格、閃爍和明暗轉換。如果你目擊我和氧的情愛現場，就會看到氧的裸身之上首先會從真皮向表皮釋放出彩虹條紋，如同彩色電視機平衡色彩時出現的彩條，隨著興奮的增強，它開始依初始的秩序漸次環移，愈是接近高潮，移動的頻率愈快，愈是迫近高潮，色彩與色彩間的忽明忽暗變化就愈多愈快：彩虹變成了迪斯可舞廳中撩亂的燈光：在高潮來臨的剎那，氧通體放光，猶如一盞人體形的彩燈，在我的對面放射出五彩絢爛的光輝：在那一剎那，我們的誇誇其談喋喋不休也會達到語峰的極頂。

10

汞一邊以紅色種性獨有的火爆方式教導我冥王星語文，一邊向我學習地球語。我的注意力稍有鬆懈，他就舉起一把火紅色毛髮編成的鞭子抽打我的屁股。他打人很有癮，手下絕不留情，每次抽我都會讓我的臀部綻放出血花，以與他的種性交相輝映。起初我懷疑他屬於我們地球上被稱作施虐狂的那種人，掙著命想逃離他。但是，他掌握著冥王星上一種很特殊的俚語，其中充滿性暗示或性明示的成分，十分具有煽動性和魅惑力。我一時找不到比他更精通俚語的人，只好擺出一副受虐相任他宰割。

他教我俚語的同時鞭撻我，鞭撻我的過程中教我最地道的冥王星俚語。我付出慘重的代價，把從氧那裡學得的高雅書面語與俚語結合，成為冥王星上最會講冥王星語的外星人。

汞與我相愛的契機，多多少少與鞭子有關。最初是他向我暗送秋波：一邊揮舞鞭子一邊對我的地球肉身動了色心。最初我接受他，是因為懼怕他，很像廢奴之前奴隸對奴隸主及其皮鞭的畏懼。汞拋下鞭子，低下他高大身軀上端的頭顱，從每一根頭髮的梢端噴灑出火紅色的液體，噴淋到我頭上臉上身上。他用冥王星俚語告訴我，這是冥王星上最具特色，收費最為昂貴的「愛情浴」。我瑟瑟發抖，在溫熱而潤滑的液體之下，在他那雙大手的撫搓下，瑟瑟發抖。我簡直就是在沐浴腥風血雨，在經歷著恐怖電影中才會有的可怕場面。直到他揚起頭，「關閉噴頭」，我才漸漸降低顫抖的幅頻。他用毛巾為我揩乾身體，然後抱起我，把我放到他的桌子上。他剛剛躺到我身邊，就暈厥過去。我連連搖晃他，桌子也在搖晃他，但他如同死去一般緊緊地抓著我的頭髮不鬆開。大約過了一個小時的地球時間，他甦醒過來，用冥王星俚語告訴我，他同我做愛做得空前絕後，舒坦至極。他沒有使用鞭子，沒有抽打我，只是暈厥一小時便達到高潮。這令我感到有些意外。

汞問我暈厥了多久，我如實相告：一秒鐘都沒暈厥。他的目光流露出歉意和窘態。那很貌似於地球上強壯男人在性夥伴面前一時陽痿的表情。他問詢我的滿足方式。我沒好意思告訴他。他於是教我如何享受紅色種性的性快樂，教我如何在暈厥中放棄一切肉體的機能而只感覺暈厥之前無法感覺到的身體（我命名那為「死後身體」）。我是一個聰明人，加上他的點撥，很快學會了他的性方式和性方法。說真的，有些白米線路的那種撩亂，就體現著我「死後身體」曾經經歷過的高度快樂。

我想念汞，在地球上想念著汞，儘管我無法在地球上完成暈厥，無法在三角城的家中獨自完成對「死後身體」的體認。

11

除去冥王星語文，勾起我夢遊樂趣令我念念不忘的冥王星技能還有體育。冥王星全球性的運動會叫作歐森巴力運動會，每逢節慶日必舉行一屆。歐森巴力是冥王星語的音譯，意譯的話，當譯成「在競賽中賽出最沉緩、最堅定、最耐久」。歐森巴力上設定的競賽專案，分一米，五米，十米，五十米和百米跑，五十米是中長距離專案。競賽的規則是，只許背朝前面朝後向前跑，不許不移動，不許回移，但要比出誰的步頻最大，前進速度最慢。我返回地球前舉行的最後一屆歐森巴力上，我的第一位戀人碲取得了最受矚目的一米跑冠軍，並刷新了這個專案的冥王星世界記錄，成績是十八小時三十八分零一秒。這個專案的前世界紀錄是由鉋創造的，成績是十八小時三十八分整（時間均已轉譯為地球時間）。

歐森巴力規定，每個上場比賽的運動員和上看臺觀看的觀眾，都必須一絲不掛。因此，百米跑道上的運動員就構成一條彩虹：每個種性派一名運動員上場，最後是氧獲得了這一屆歐森巴力的百米跑冠軍，成績是九十一小時二十三分十九秒，沒有破世界紀錄，世界紀錄的保持者是我另一位情人，同屬於綠色種性的氫，紀錄成績是九十一小時二十三分二十五秒。

我也被允許參加冥王星第一千零一屆歐森巴力。我報名登場的第一個專案是擲汽球。我穿著夢遊時穿著的那條白色內褲入場，剛一到場邊，就被負責保衛的兩個紫色種性成員攔住，剝除白色內褲，令我一時羞紅上臉，雙手捂住陰部。我想搶回內褲，但已不可能：那上面乾涸了的精子氣味吸引著衛兵，他們以低速攝影的影像速度傳遞著它。

我不得不登場比賽。我擲出第一只汽球，由於擲得不夠全力而違例，成績無效。儘管如此，我還是暫時獲得了另一個成就感：冥王星人第一次目擊活生生的地球性具，個個驚得瞠目結舌，足足有五十秒全場靜穆，然後爆發出雷鳴般的掌聲。我沾沾自喜起來：沒想到，地球之外的星球上也存在陽具崇拜的傳統。但是，當我得意忘形地四處觀看並搖首擺尾時，我發現，人們的目光其實正集中在我身旁拋汽球的汞身上。他正向觀眾席揮著手臂，以作掌聲的回應。我再看一眼電子顯示器，上面映出的是汞第一次試擲的成績：〇．五八m。這個成績已經打破了由鉛創造的〇．五九m的世界紀錄。

我悻悻地進行第二次試擲，擲了三m多，第三次試擲，擲了二．八四m。在我身上，因為地球奧林匹克更高更快更強精神的貫徹，連擲汽球都會顯出某種霸權主義傾向。我成為這屆歐森巴力上得分最少，最受冷落的運動員。更令我耿耿於懷的是，冥王星人對這個星球上出現的唯一一部陽具竟然視若無睹，甚至沒有進行檢疫工作。如果是在我的家鄉地球，我無論要前往哪個國家哪座城市，都得首先對它作出檢疫報告，以證明它不攜帶AIDS病毒。在冥王星上倒好，人們不僅忽略它優良的性能，而且連同它內部可能隱藏的絕症物質也一概不屑一顧。這令我或多或少有些傷心：我也許該早日結束這場曠日持久的夢遊，回到我三角城的鐵床上，期求在夢遊中豔遇另一個星球，譬如金星或者木星或者天王星。

12

米粒的線條和波長呈示，我繼續羈留不返的原因是我想在冥王星上留下這次夢遊的永恆標記。依照地球主義原理，遺傳一個或一群後代在這個陌生的星球上，遠比我個人在此地功成名就更具顯赫意義。一旦回到地球，我便可以向地球人誇口，我有身為外星人的孩子。寂寞的時候，我還可以打星際長話。萬一地球資源短缺，譬如金資源或銀資源，還可以讓我的冥王星孩子從冥王星上採掘這類礦產，空投到地球上，使我成為地球上首屈一指的要人兼富人。

我著手實施繁衍計畫，也就是尋找與我交媾的第七種性對象。所謂一錘定乾坤，我認為這最後一位情人應具備以下三條特質：A、身材高大威猛；B、處子；C、紫色種性；D、能說會道；E、智商高，情感商數低。經過相對周密的勘查，人選落在紫色種性的鐳和鍶之間。他們就是在第一千零一屆歐森巴力上剝掉我白色內褲的那兩名保安，同時具備ABCDE所要求的條件。我面臨的問題是，必須從兩個人之中擇選一個。他們面臨的問題是，兩個人都不肯放棄與外星人做愛的樂趣，但只能進一個退一個。老實說，對鐳和鍶，我都不愛。我天生不喜歡紫色，僅僅出於地球上頑固的生殖主義情結才不得不同他們的中一個「上床」。

較比碲、鉋、氧、汞、釩、磷、鈦、氫等八位情人，鐳和鍶向我預演的愛情方式最令我捧腹。他們像地球上的足球運動員頭頂足球一樣，每隔五秒作一次無實物頂球表演。據說，這是求愛的信號，類似於公雞伸長脖子咕咕咕叫著向母雞頻頻點頭。說不清具體的理由，我選中鐳。鍶退出競選時，朝我作了一個罵人的動作。為此，我相當久的時間內都對他懷著歉意。如今躺在三角城的床上回想冥王星夢遊往事，我越發覺得對不起他。當時，我讓他們雙管齊下，又有什麼了不起吶。我得罪過一個外星人，一個異星上向我示過愛的人。這比我把地球上所有的近鄰都得罪盡，更令我不安。假使，時光能夠倒流，假使我還可以重遊冥王星，我一定會首先找到鍶，把我嬌貴的身體完完全全送給他，任他蹂躪。

鐳不知我的歉意，示意我站在一堵牆的前邊，用彩色化石在牆上畫了一張網和一扇門，十分近似足球門和網。他開始作倒勾射門動作，頻率逐步加快，而我則天機自動地作撲球動作，彷彿他倒勾射來的每一個球都被我或擋住或抱住或大腳開走。他射我撲，直到他精疲力竭摔倒在倒勾的動作上，我也撲倒在撲的動作上，完成了我們共同的愛欲高潮。從那以後，我再也不讓鐳靠近我，再也不讓他向我射門。儘管，我的冥王星後代的身上有他十分之一的血統。我天生不喜歡紫色，如同地球上的白種人天生不喜歡黑種人或黃種人。他僅僅是我一夜風流的對手，或者僅僅是生殖目的必辦的手續。我不愛他，無論在地球上還是在冥王星上，我都不會把對他的深刻記憶誤當作情愛。

13

坐在三角城最冷僻的角落上，我真想念我那雙冥王星孩子。他們是雙胞孿生，一個叫金，一個叫銀，名字是我命定的，取地球上貴重金屬的稱號和品性。金和銀長相酷似鈦屬橙黃色種性，唯有一點體現地球基因的，是黑白分明的眼睛。我孕育他們，只用了夢遊的千分之一時間。不過，生產他們頗費了一番周折。冥王星採取卵生方式，而我則只會胎生。我可以通過感染的方式懷上孩子，但無法像散布細菌一般將他們散發出去。我只好臨時教導氧，使他學會拿手術刀，使他學會剖腹接生，汞和碲則學會了消毒、遞血管鉗子等助手工作。

臨盆之時，我脹痛得大叫連篇，搞得前來等候後代出生的鉋渾身顫抖，一陣又一陣地達到前所未有的高潮。我付出血與刀口的代價生下金和銀，使他們成為冥王星有史以來第一對混血兒（第一對冥王星人與外星人胎生的混血兒）。加上與釩同種性的磷，金和銀共有九位冥王星血親，另有一位地球血親。他們的特殊模樣兒，立即被樹為偶像。在我撤完最後一把白米結束夢遊之時，他們已在冥王星上演過上千條電視廣告，主演過五百部集電影和電視劇。

我想念我的金和銀，有時想得發瘋，真想通過夢遊手段再次抵達冥王星，把他們從碲、銫、氧、汞、釩、磷、氫、鈦和鐳的手中奪過來。把撫養權和監護權從冥王星七彩人種那裡奪過來。可惜，夢遊規則不許重複，哪怕僅僅是著陸地點的重複。坐在三角城冬季最冷僻的角落裡，我決定暫緩去天王星的夢行，抓緊時間籌備製造冥王星登陸器，以期早日與我那對兒異星混血兒的雙胎生孩子重逢。

其實我知道，憑我個人的力量根本無法達成重返冥王星的目的。我揚言說要製造冥王星登陸火箭，無非是想向你們炫耀：我在另外一個星球上有一金一銀兩個可愛至極的、明星級的孩子。我還有一個目的，是喚醒你們的興趣，期求你們都來摸一摸我的小腹，那一道剖腹產後留下的刀疤呈麥穗形，記載著我冥王星情人的手藝，同時也是金和銀出生和存在的證據。你們信與不信都請來摸一摸，好嗎？

故事03　土星時間零點整

1

夢遊土星之前，我是一個孩子。作為一個孩子的我很不喜歡鄰居的那個大個子科學家。大個子科學家在三角城一帶頗有名氣。三角城科學院的馬屁精們總好在他面前親熱地稱呼他為高路，故意省去名字的後一個字。當我發現他除去愛開辦各種各樣大大小小的科普講座和愛在媒體上發寫真、發表小文章別無所成時，便開始直呼其名高路傑，無論在他面前還是在他背後。他本人和我的父母明確地感到直呼其名的挑戰性。他的態度是積極應戰。我的父母是高度壓制，想平弭戰亂。

高路傑應戰的策略即是變相的挑戰。他知道三角城的中小學教育結構漏洞百出，其中天文學課程的廢置為其至大的缺口。他一見面就會問我，土星是太陽系的行星還是恆星，第幾大，有沒有四季之分。最初我弄不懂行星和恆星的概念，被他問得瞠目結舌，以致連我所知有限的土星知識也沒能投入戰鬥。

我是一個偏執的少年。我著手研究一切圖書館、天文館、博物館中有關土星的資料。日積月累的結果，是我已成年而高路傑已鬢染雪花。我擁有足夠的知識權柄向他重新挑戰，便將他堵劫在他的家門口，問他宇宙是否有核心。他很科學地皺皺眉，很科學地點點頭，肯定地說，有。好，他中了我的哲學圈套，我窮追不捨：核心在哪兒？出我意表，他十分老奸巨滑，他說，核心在核心所在的地方。我恨得咬牙切齒，不知對己還是對人。他則瘦魚般滑過我與門之間的空隙，悠遊地踱入燈紅酒綠的市街。

2

一氣之下，我倒臥在三角城的三角臥榻上，以睡眠為始發站，懷揣上一捧上好的白米，一邊拋撒米粒，一邊夢行於星與星之間時明時晦的瀚漠時空。雖然我目光迷離猶如幼兔，但卻心堅如鐵：從此，我將對夢遊的下意識動機進行革命，把無意識或潛意識改造成有意識或超有意識。也就是說，我的夢遊活動從這一次起，不再漫無目的、東拉西扯、隨波逐流。我用夢的力量強制自己的身體，讓它一邊飛行，一邊像昆蟲一樣放開豆小的眼光監視方向，不要偏離奔向土星的空間大路，不要與其他星體發生爭執和撞擊，但也不必遵循地球人造衛星的古典軌跡。我主宰著我自己，主宰著身體的波頻，生拉硬扯地抵抗著超強冷風，向土星接近而又接近。影響速度的只有一種阻力：地磁。

3

土星外緣有一道美麗的光環。夢遊之前我曾無數次用伽利略西元一六一〇年用過的望遠鏡窺視這道光環，有時心馳神往，有時手足俱冰徹：按照數學家洛希的數學解析，那是一顆距離土星最近的衛星（或者也是數顆）被土星引力拉扯成碎塊後仍舊在距土星十五萬公里以內的引力空間內運行所形成的。如今，我已在夢力驅動下靠近那條光帶。我必須從黏稠的空氣和空氣裡懸置的巨大碎石間穿過，既不被體內的地磁反應擾亂精密的夢遊神經系統，又不因土星的引力過於偉大而被撕刮成肉片骨片。意識高度緊密，作為身體的司機小心翼翼地操縱著方向盤。我既像昆蟲又不像昆蟲，飛行的速度明顯小於進入土星引力圈之前。險情環生，不是幾乎被橫空飛來的流星擦破面皮，就是僅差分毫就撞到發光的星石上。千辛萬苦九死一生穿越土星光環之後，我已是渾身冷汗，根本沒想起為俯瞰到的土星風物發出讚歎。

4

其實，我根本沒有來得及俯瞰土星，就立即陷入與土星人交際的困境中。土星上共有七大首阜，科學技術尤其是尖端科技十分發達。七大首阜的科學家們在我剛剛刺破土星光帶時便立即「掃瞄」出我的來歷，待我穿越光帶正式僭入土星大氣，他們已派出乘座飛行器的考察人員蜂擁住我，使我的空中停滯技術受到嚴峻考驗。

眾所周知，我們地球人的墮落才能遠遠大於飛升才能，也大於不升也不落的平衡才能。一到土星周圍，地球對我身體的磁力控制已成為飛升的力量。儘管如此，它還是抗不過土星引力，我翻滾著，作出一個又一個令人眼花撩亂觸目驚心的高難度空中翻轉動作，興奮莫名地企圖直奔土星表面。可是，七個土星科學家阻斷了我下墮的路線，我只好踩水般蹬踏著稠度很高的冷空氣，雙臂划動如於水面，以增強懸浮力。最難的是，我還很偷暇撒米到他們的頭上，不然回到地球我便無法索繹這些記憶。

你一定會問，為什麼不撒米到他們的座艙中？確切的回答是，他們的飛行器沒有座艙，只是一小塊高密度的固體陀螺（很類似於地球上孩子們用鞭子抽打的金屬陀螺）。他們乘座陀螺的方式很端莊：雙股交疊穩坐於陀螺尖部，讓它微微插入肛門以固定身體與飛行器之間的關係，同時將身體的微電波傳導到陀螺上，作為動力。這樣一來，人體本身便成為發動機，那一團特殊金屬則僅僅起承載發動機的作用。在飛行中，陀螺在人的屁股下飛速或勻速或低速旋轉，以加強或緩和與人體的摩擦：轉速愈快飛得愈快，相反則飛行減慢。毫無疑問，他們蜂擁住我的時候，劈眼中的飛行器都進入低檔運轉程式，僅僅維持空中滯停即可。

你不問我也得交待的是（這些知識積累於我的全部土星歲月），土星人一概生就潔白的、北極熊一般的毛皮以抵禦嚴寒，連臉上也不例外。所以，乍一相見，我以為追上了一群會飛又會吃人的猛獸（儘管他們個個都很漂亮，身上還散發著麝香味兒），除去逃竄（抱頭鼠竄）別無良策。我真後悔倒向三角城臥榻之前沒有在懷裡揣上一支左輪手槍。如果有一柄左輪手槍，我就會以一種文明高於野蠻的蔑視精神面對被生吞活剝的危險。可是，我手無寸鐵，向上飛，沒了氣力，向下墜，卻被劫斷路線。情急之時，我只好拿出地球人的看家本事，諂媚地笑一笑，拱拱雙手，對土星野獸作臣服狀。沒想到，這一招兒奇靈，我從對手臉上迸出的笑容判斷出，他們是人而不是獸（有一條地球諺語是：人會笑而動物不會）。

他星遇同類，無異於他鄉遇故知。何況憑我的夢遊經驗，對奇異的異星人事早已司空見慣，只要能夠斷定遇上外星人，就會高枕無憂：據我所知，沒有任何星球上的人類像地球人類那麼酷好血腥、兇殺和戰亂。

警覺的神經一旦歸於平靜，身體就因過於鬆弛而驟然下墜，砸到一個土星人身上。他順勢抱住我，不慌也不忙，起變化的只有飛行器的轉速（從他微蹙的眉頭可以感到黏膜受摩擦的效應）。他抱住我，就擁有了我的語言（土星人是觸覺極度發達的種類，多多少少有些類似於我們地球上的盲人）。他一邊用意念控制飛行方向，向陸地上降落，一邊同我交談，告訴我，他叫氯，是土星第三首皁加里加特的科學院院士，我告訴他，我叫花木蘭，在地球上很有名氣，擁有一座價值連城而又從未統計過員工及資產數額的夢遊公司。

我說我叫花木蘭，出於地球人的精明。因為氯的聲音很磁鐵，很中性，他們又一律盤坐著，看不清他們雙股之間的器官，無法斷定他們的性別，甚至懷疑他們是否有性別之分。倘若他們像冥王星人一樣以膚色劃分性別，或者像海王星人一樣清一色男性，或者像天王星人一樣清一色嬰兒性別（你若到過天王星就會懂得何謂嬰兒性別），我叫花木蘭就可以應付裕如。首先找可以扮裝：扮作他們的異性可以強化魅惑力吸引力，扮作他們的同性可以免遭強暴（當然，如果他們的性趣味與地球人大相逕庭，我的易裝策略就可能效果適得其反）。其次，我可以像模糊數學一樣模糊性別：他們若個個是中性人或無性人，我也可以效仿他們，免得被人恥笑為地球風頭主義或地球菁英主義，丟地球人的臉面。第三，我叫花木蘭就意味著我是名人，在地球婦孺咸知，倘若遇上一群講名望重排場空虛無聊的人，就可以憑地球上的輝煌壓他們一頭，以免地球人類的光輝代表在異星的社交場合黯然失色。

命名花木蘭好處多多不勝枚舉，相信你對這一套比我還諳熟於掌心運籌於帷幄，在此不必備數。效果立竿見影，氯和他的同行在飛行中就普遍愛上了我的名字。他們爭相傳誦，花木蘭，花木蘭，花木蘭，口音既富異域腔調又具有虔敬色彩。我平臥在氯毛茸茸暖烘烘的懷裡，渾身的冷汗（穿越土星光環的激動時刻之殘餘現象）在慢慢散去。棉質加絲質加毛質的宇宙服所遮蔽的身體，正在經驗著在地球上從未經驗過的舒暢與繁華。土星氣溫雖然已達零下173℃，但我熱情如火，足以抵禦任何低度的酷寒：畢竟，我成了「第一個吃螃蟹的人」：我是第一個抵達土星的地球人（而且根本不依靠火箭或土星登陸器一類的高科技產物），第一個見到土星人、與土星人對話甚至被土星人擁抱著降向地面的地球人；我創造了嶄新的地球世界紀錄，《金氏世界紀錄大全》將以重大篇幅將我的作為載入史冊。所謂雁過留影，人過留名，有一天我死去，也會面含微笑，我將因夢遊壯舉而永垂青史。

5

加里加特是一座塔城。林林總總的高塔會讓地球人誤以為這座城市除去電視發射塔外絕無人煙。拔地而起直沖霄漢和絕對敞開的網架式構造，非常適應土星的地理條件：高聳使居住塔上的土星人可以遠避地下冰層，風大大到五〇〇m／秒的程度，風速便可摩擦土星人的毛皮使之生熱，敞開式建構無論晝夜都可充分利用風力（十分近似於地球上的水力發電）。

加里加特科學院共擁有三架相鄰的高塔，科學家們在塔與塔之間跳躍往返，如同長臂猿在樹與樹之間騰挪盪跌。氯將我抱向巴貝爾一號塔的塔峰，並向另外六位科學家承諾「移交協議」：一週之內我將一一向七大首阜瓜分我有限的夢遊時間（土星上的一天為十小時十四分鐘地球時間）。外阜科學家蜂鳴著離去。氯把我放在塔峰的小平臺上，熟練地從肛門處摘下飛行器，立穩後向我指點著塔城的黃昏前景色，告訴我，這裡的高塔無論高低粗細，一概命名為巴別（這樣命名是因為土星人類與我們地球人類擁有同一位上帝），只是編號不同。加里加特是一座科學至上的城邦，沒有政權、政府、政客和公務員，一切民生社稷均由科學院的科研成績來決策。科學院所擁有的三座高塔很菁英主義地高於其他塔架，而且占據編號一至三的領先位置。

作為對天外來客的唯一優待，就是讓我最先光顧一號塔最高一層平臺，如同我在三角城白金漢宮筵請好友于濱。挾我降臨這處平臺，就意味著王位對我的禮遇。接下來，氰的動作突然變得粗俗起來：他不由分說撕開我的宇宙服，我掙扎，抵抗，甚至企圖將他推下高塔，可惜我比不上他高大，比不上他有力氣，結果可想而知：我被剝得一絲不掛，裸立在加里加特最高建築物的頂端，瑟瑟發抖。氰不僅殘酷，而且色情（僅止是我當時的認為），見我抱起雙肩抖動如秋葉，便色瞇瞇地轉到我背後，蹲下來扒開我的雙臀，目光彷彿於《索多瑪一百二十天》中的肛門選美者。我顫抖得愈發嚴厲，像一個落入魔窟的處女，不敢設想同好色的魔鬼打交道會有怎樣的下場。

好在氰很快就站了起來。他說，通過目測已掌握我的圓周和半徑直徑等數據，可以為我定制一架飛行器，以供我在土星逗留的一個星期（因為土星人也信仰耶穌，紀元和安息日和週、月、年的計算方式同地球西元紀年一樣，只是此地的一年相當於地球的二九．五年，十二個月每月相當於二．四五地球年八九四．二五地球天，以下依此類推，只是每週仍為七天）之內按期飛抵另外六大首皁。我舒了一口氣，心存轉危為安的僥倖。

氰拍一拍我的屁股（方才他與其同行道別時便使用過這種動作，令人生疑），告誡我不要穿衣服，過不了多久我的身上就會生出茸毛，爾後迅速脫毛，迅速長出同土星人一樣長而柔美而潔白而溫暖的皮毛，如果穿上衣服，就會影響新裝的生長發育。我不會聽他的話，急功近利是地球人的特長。一待他雙臂抓住塔架飛身躍向第三號塔，我馬上抓過宇宙服，三下兩下套到身上，同時不忘記撒一把上好的白米，使其跌落或濺起蹦跳的線路與我的夢遊之路相吻合。

6

茫茫塔城，落日如輪，只有我孤身一個地球人高高聳立在頂尖高塔的頂尖部位。鳥瞰土星上的芸芸眾生嗎？土星上的芸芸眾生連個影子都還沒得顯露，就連那個觸碰過我身體的大傢伙也消失得無影無蹤。是的，只有太陽是同一輪太陽，太陽的光輝普照世界，不僅照西方，也照東方，不僅照耀地球，也照耀土星。土星上的地球人為什麼交抱著雙肩瑟瑟顫抖？同一輪太陽下，有終年高溫乾旱的金星，有溫暖滋潤草木繁茂的地球，有如此寒冷孤單的土星，太陽系的準則就不公平，地球人類何以建立起公平原則／公平理想呢？我交抱著雙肩瑟瑟發抖，有一種獨立蒼茫獨對滄桑的感世情懷：只是，所感之世已非單一的地球人世：白米的線路提示著我。

7

運動生熱。摩擦生電。我拿出在三角城練就的體操本領，在沒有階梯只有縱橫交錯骨架的塔與塔之間飛騰。我感覺良好：彷彿自己是一名出色的電影演員，正在搭建的棚景間一顯身手：落日淒美，但沒有溫度，不過是一盞蒙上紅玻璃紙的照明用燈：塔身林立，但遠景不過是美工繪製的塔影，近景不過是集借的建築用升降塔車：荒無人煙的土星黃昏，四面八方有無數雙地球的眼睛在盯著我穿越塔林的姿態和速度，指不定什麼時刻，導演就會喊停，燈光就會驟然熄滅。

事實上沒有人衝我喊停（土星上沒有導演這種職業）。與落日同樣的速度，我降至塔底（已不知是幾號塔），夕陽也沉落掉最後一抹紅顏。憑藉夢遊先前的知識準備，我沒有對土星的地表顯現任何驚異與好奇。不知是金屬氫本身的顏色還是殘照的輝耀，土星地表呈鏽紅色。越接近地面，就會有越多的土星人出現：他們一般是安靜地端坐在某一層塔架上，像佛家子弟參禪悟道的樣子，面向西，人人神情都如在哀悼夕陽的殘落。最初，我忍不住竊笑：有這種生著獸皮卻懷揣著一顆悲天憫人心靈的人類嗎。歷練愈久，我才發現可笑的是我，是我以貌取人的地球劣性可笑。

飛騰中我又遇見氯，他見我穿上宇宙服，便來擒拿我，企圖撕掉它們。我已今非昔比，不想被他控制，我逃他追，在塔林間演出了一幕無需低速攝影快速剪輯已經相當精彩的飛走動作戲，動作戲的結尾是我逃出氯的視力範圍，把他甩得無影無蹤。與此同時，我也感到渾身刺癢難耐，包括耳朵、面部、頸部、手背、腳背。我倒在一處塔架上對自己素愛的身軀亂搔亂撓，刺癢不過，就連滾帶爬，還把身體騰起往金屬架臺上猛砸，以期疼痛抵銷那全方位多芒點超強度的癢感。有幾個瞬間，我恨不能一頭撞死在塔梁上。癢極難耐，癢極難耐呀！

有幾個好奇的土星孩子猿伏在鄰塔上快活地笑著旁觀我的醜態。他們相互用簡短的土星方言交換著彼此的驚奇與壓抑不住的觀賞快慰。我試圖去聽懂他們的對白。無意間，注意力的轉移拯救了我：刺癢驟然消失，轉化為渾身暖融融麻酥酥的快感。借著霞暉，我看到自己的手上生出一重柔軟綿密的絨毛，像雛鳥的樣子，摸摸頭臉，也已無一處無毛髮：一定是氯所說的「獸皮」現象蒞臨到我的身上。我不擔心回返地球時父母和朋友們會把我當成野獸，我相信至友于濱會從我的人性目光中認出我是人，然後確定我是「誰」，然後為我開一個身分發布會，像西元一九三〇年三月十三日發布發現Pluto星一樣宣布我是花木蘭。

8

霞焰燃盡，黑夜普罩大地（遠比地球要遼闊七百四十五倍的大地）。遠遠近近的塔層，驟燃起萬點燈火，煞是靜謐，煞是神邃。抬頭仰望，那幾個猿伏著的土星孩子已渾身發光，從頭發到腳尖手尖，通體發光。那些長長的白毛猶如光的毛鬚，流暢地指示著光的無數種方向，或者說，它們是光有曲度的射線。我反觀自身，不禁有些自卑：我像我的星球一樣不會發光，塵濁有餘，透澈不足。

我飛騰向上，抓住一個加里加特孩子，把我的語言傳導給他，問他：我為什麼不發光？他沒有任何驚恐，在我懷中癡癡地笑了一會兒，然後告訴我，因為我不是礦物質。我摸一摸、捏一捏他的胳膊，也是有彈性的骨肉之軀。我認定他在嘲弄我，便威脅他，告訴他我是外星人，而且認識加里加特最著名的科學家氡。這個孩子盯著我，毫無惡意卻追蹤我的每一絲表情癡笑了許久。他說，他叫釙，是氡的穴冥巴曲，在土星上每個人都是科學家，而且個個都同樣著名，也就是說，人人都被傳媒傳來媒去，人人都是眾所周知的公眾人物。我問，什麼叫穴冥巴曲。釙告訴我，穴冥巴曲是一個土星詞，一定要譯成地球語言，勉強可以譯作兄弟或姊妹。我再問他：你也是科學家，而且是著名科學家？他點點頭，十分自然地回答我一個「是」，沒做任何語氣強化，也沒加任何副詞或語氣助詞。

我只感到好笑。土星人，至少是加里加特人，至少是加里加特孩子，如此擅長吹牛皮，牛皮吹得彌天樣大，還臉不變色心不跳，真是要令地球上的牛皮匠相形見絀。地球上風行百代的不信任主義（稍稍近似於哲學上的皮浪主義），到土星上照樣可以橫行霸道，哪怕童言也無法阻擋。倒是釙很信任我。我說我是地球人，他就說，那是一顆只有土星七百四十五分之一大的小球球。我說，我乘坐著夢來到土星，他就說，地球上一定有一種抽象的力比具象的力更強大，也許就是我命名為「夢」的那種力量。他向我只提了一個問題：地球人何以為生，是不是以科學為生計，人人都是科學家，我怕他恥笑地球人的三教九流五花八門，趕緊點頭說：地球上人人都是科學家，不僅如此，人人還都是藝術家。

釙聽完我的回答，掙脫我的懷抱（其實他僅僅比我矮一公分，土星上的幼童已頗似地球上青春期人類），回到小夥伴中間，用無調式的土星語和平淡無奇的神色向他們講述或傳譯著我的故事或臺詞。他們與我處於同一塔層之間。夜空被上一塔層的架構遮斷為斷片。通體發光的土星兒童聚在一起交談著，猶如一群小野獸聚在一起取暖。有一個更小的孩子走出群落靠近我，把手爪搭在我伸出去的手上，藉以獲得地球語言能力。他首先表示願意作我的老師，教我土星語，然後嚴謹地問我：既是科學家又是藝術家的地球人的生理標誌，是不是身上有一至兩塊既多餘又醜陋的肉，總是用布包著，生怕被其他星球的人看到或掃瞄到：假使他的推測屬實，我所謂的「藝術家」的生理部分也一定是地球人身上見不得外星人的部分。

這個名叫鋇的孩子，幾乎激起我的裸露欲。要不是花木蘭這個名字束縛著我，我真會亮出身上所謂「多餘而醜陋」的一至兩塊贅肉給他們看看，以證明他們土星是多麼貧瘠：既無花草樹木、昆蟲、飛禽走獸，又沒有性器官：此時我已通過他們全身的光明看透了他們：土星人的身體無性別。

9

抱著對土星人的「性別歧視」，我開始向鋇學習土星語。所謂學習，其實不過是由鋇教我觸通身上的七十三個語言點，很類似於地球功夫中的「點穴」。語言觸點一旦全部開通，我就可以像土星人一樣通過肉身接觸來獲得土星語文能力。一個土星人摩臨我的身軀而通曉地球語，同我與他們皮毛相親曉諭土星語，有著一對一和一對一群的差異，我很看重這種差異。用一句地球俗諺，叫作差異產生美感。唯有一個擔心，就是有一天我會撒盡白米回返地球，身邊沒有一個土星人可以隨時提供擁抱，會不會重新封閉身上的七十三個語言穴，喪失全部土星語言。

我已暗藏機心：從土星選中一個有著離經叛道精神、嚮往異星生活、會夢遊而且相貌出眾的孩子，將他「拐騙」到地球上去。在加里加特，我停留的時間不會太久，如果沒有機會接觸其他小孩，就把釙和鋇先作為候選人。急需勘查或教導的倒是夢遊本領。

鋇很快在我的身上打開了七十三個語言穴，每一個巢穴打開的方式都不一樣，有的像工蜂螫人，被螫的穴點又疼又麻，有的像佛家的受戒，在穴位上用手指尖疾速旋擦，直至皮毛燃燒，燒裸出表皮，並印上一錢白印。當然，點穴的施行是在宇宙服脫離身體的前提下完成的。我身上已經歷一次脫毛和毛髮再生，如氯所言，宇宙服的防寒性能阻擋了風和寒冷對皮毛的深度滋養，我的毛皮斑斑駁駁，酷似斑禿症從頭頂向全身的蔓延。在三角城已初露端倪的花木蘭，竟然有可能毀壞地球人的宇宙形象，斑禿著身體在土星上丟人現眼嗎？我搬弄花言巧語（一學會土星語就賦予它以地球狡獪）說服鋇，請他的小夥伴把宇宙服還給我。我向他撒謊說，地球上每個人都至少有一張畫皮，也就是衣裳，衣裳既像土星人的皮毛一樣可以禦寒，可以顯示身體的品質，同時又不同於土星人的毛皮，不這麼千篇一律，不這麼粘連在肉膜上，而是可以隨時更換，在衣裳之皮內還有一層皮膚，皮膚還分為兩層，表皮和真皮。表皮和表皮外的畫皮部分可以清洗，前者是在淋浴室或桑拿浴或盆塘浴室中，後者是送到洗衣店裡放到洗衣機中亂攪和一氣。

鋇和他的小夥伴既專注又思辨地聽完我的皮毛論，用科學的目光對視一下，然後由一個叫鋰的孩子出面把宇宙服還給我。為了深切地記憶他們，這些迷人的土星兒童，我顧不及穿衣遮醜，連忙從衣懷中掏出一小把三角城上好的白米，向他們頭上撒去。

10

子夜零點許，加里加特的上空驟然出現一小片光斑，光斑面積越來越大，直到我的地球目光識別出那是一群通體明亮的土星人。氯不由分說剝掉我的宇宙服褲子，細心地將為我特製的飛行器觸頭插入我的肛門，然後用科學而精密的土星語同我話別（因為地球語言中沒有那麼科學而精密的離情別意，這段臺詞我無法翻譯，請諒解）。

我不禁有些悲傷，儘管我知道惜別僅僅是地球人性中的一種惰性，其中富含大量對未知的恐慌和對諳熟事物的依賴。我的惜別還有另外一條理由：我永遠不能重返加里加特：在加里加特，不，在土星，空間是隨同時間一起呈現與消逝的，人們如同不能回到過去一樣，也不能走回頭路，重返故鄉、故園，或者退回起點。我不能回到加里加特，不能從加里加特啟航回歸地球，就意味著誘拐鋇或鈈到三角城去作人質的行動計畫全盤告吹。假如我在子夜零點把他或他拐往奇米基米吉，土星的另一首阜，然後再一一騙過那裡及以後五大首阜的民眾，最終把他或他挾回地球，前景會如何呢？

我靈機一動（地球人普遍擁有這種本領），向氯提出，我在土星作科學考察（我已謊稱地球人人人都是科學家與藝術家的雙性同體），需要一個、至少一個助手，而且必須是童子，類似於教堂中助祭的祭童，或者陪伴王孫公子的書僮，或者是小姐的使喚丫頭（當然，這些類比我沒敢講出口，怕氯反感地球上由來已久的童工文明）。氯十分人權地對我說：土星上人人平等，任何一個人都不能代替另一個人（哪怕他是剛出生的嬰兒）決策或安排行為方式行動路線，而且，在這裡也沒有誰是誰的附屬、副手、助理、雜役的分工，有的只是合作，譬如他與其他六大首阜的科學家去太空迎接我（他們所稱的太空果真是太空嗎）。

我轉向鋇，伸出長滿又柔軟又暖和皮毛的手或爪，邀請舞伴一般伸給他。他含笑把左手或爪搭過來，順勢用右手或爪把他本人專用的飛行器插到雙臀之內，隨同我蜂鳴著起飛，迎向半空中奇米基米吉的「迎親隊伍」。

鋇的動作意味著同加里加特永別。我顧不及自己內心的哀傷（我也在與加里加特、我在土星的第一個空間奇遇永別），緊緊牽著他的手向上飛。我觀察他的面部表情，一點都看不出依依惜別的樣子。他甚至沒有俯首去向釙和鋰和其他童伴注目示別。土星人不用眼淚一類的物質印證生離死別，用什麼呢？或者，土星上根本不存在離別這種概念，更談不上對離別這一現象有什麼特別的認識。也許土星人分手都像出門到街上去玩，結果卻從此以後下落不明，生死別離也是生死別離，只是省略了話別、執手相看淚眼、一步一回頭一類的戲劇儀式。

11

奇米基米吉也是一座塔城。依照土星的時空運行規則，到加里加特夜空中迎接我的那些奇米基米吉人都在夜航中失蹤了（有些像《小王子》的作者聖—修伯里的失蹤）。儘管如此，我還是在逗留該城的一天一夜之內努力去尋找一個熟人，那個同氬一起出現在土星光環之內的奇米基米吉科學家。當然，其他的科學家都和善地告訴我，氖（那個科學家的名字）用電磁波發回我的抵達資訊後，就再也沒有任何消息：關於他，他們從未期待歸來，也未期待其他與他個人相關的任何資訊。

12

由於初次使用氯所製造的飛行器做長途飛行，我的肛門受到過於劇烈的摩擦，充血而腫疼。一到奇米基米吉，我就趴在一號塔至高的平臺上（這裡熱情好客的禮節同加里加特一樣），像痔瘡重症者一樣不敢翻身，不敢走動，不敢飛行。

鋇倒是興高采烈。自出生（土星人的出生之謎我尚未解破）到現今，他從未離開過加里加特（大部分土星人都是在出生地終老天年，除去那些好高騖遠的失蹤者）。在我這個見多識廣的地球人眼中，奇米基米吉與加里加特大同小異，除去塔還是塔，同地球上除去高樓還是高樓的城市關係一樣，沒什麼特別值得記憶之處。鋇卻不一樣，他立即用科學求實的態度，發現這裡的塔層與塔層的間隔比故鄉的大，同樣多塔層的塔就普遍要比加里加特高。

我們在午夜抵達氖的故鄉，正可以看到二十三顆土星衛星環圍土星旋轉的高科技場面。可憐的地球只有一顆衛星（人造衛星數不勝數，但不是上帝所賜，不算數），還被蟾蜍和兔子霸居著。土星有多麼輝煌的衛星系統呀∴逆行的土衛九（在它上面，太陽、土星、一應恆星都是從西方升起、東方落下。由此足見其背道而馳的叛逆極致。我喜歡它，或許為了看到它才來土星夢遊也未可知）。比水星還要大的土衛六（可能是太陽系中唯一有大氣的衛星，而且大氣中有汽油雲，還有深達一公里的由乙烷、甲烷和溶解氮所構成的海洋），土衛十六，它距土星六·四四公里，不到地球與月球距離的三分之一，簡直就是土星的貼身侍衛，最是對土星奴顏婢膝，與土衛九的精神氣質恰好相反。

我俯趴著，側轉頭，恨不得將頭作一個一百八十度大調度，以便仰望衛星繽紛的星空。我是懂得珍惜機遇的地球人，忍著肛門的疼痛也要撒一把白米到空中，以便記憶這夜，這繁星萬種、這寒冷、這奇遇般的夜航和身體局部的創痛。再沒有人會有我這般的幸運，不僅夢抵土星，而且不費吹灰之力騙取鋇的信任，將他作為土星人標本攜出加里加特境域，沒有遇上他的穴冥巴曲，當然也就沒有遭到他們家長式的阻攔。

也許土星人像地球人一樣也是很自私的。氯不攔截鋇對我的追隨，是因為他不是他的穴冥巴曲。倘若換成釙，（我原欲誘拐的是釙而不是鋇），氯或許就會出面干涉。以己度人，我不由得對氯的自私與無情（眼睜睜看著我拐走鋇，對鋇的一去不復返根本無感於五內）產生反感，甚至對他送給我的飛行陀螺也產生了某種怨懟：它就倒置在我的額側，向上抬眼，它就會阻斷一大塊星空，倘若仔細吸吸鼻子，還可以嗅到肛腸分泌物的特殊氣味從它的尖頂絲絲縷縷地逸來。

我越想越氣憤，對太陽系人類身上普遍存在的弱點感到憤怒。比起氯，高路傑的自命清高、招搖過市，簡直就是小巫見大巫。看來，地球人在宇宙中（至少是在太陽系）並不是最不善良、最可惡、最自私的族類。我應該把年少氣盛，把永遠的現實批判精神轉向土星人，好好地利用剩餘的夢遊時間，改造土星，至少也要造土星人的反。

於是，我奮不顧肛門地將身體聳動，用闊凸的額頭將陀螺狀飛行器沖頂「出局」。我不向夜的深淵中看，不去透過塔梁追蹤它的下墜，只是通過聽覺官能聽到它沿著塔的陡峭斜度，碰撞著、折滾著、擊打出或大或小的金屬聲響，直至沒落，直至消除掉一切影音。快樂的是我的心靈，痛楚的是我的肛門：它因沖頂動作的牽扯而出現牽腸掛肚般的痛感高潮。我側滾著抑止疼痛，險些墮下塔端。

13

從白米的線索上可以讀出，我虛度了在奇米基米吉的大部分時光。主要是日升到日落的這段土星光陰。虛擲時光的可恥原因很簡單，地球人的肛門過於嬌嫩和脆弱，經不起長途飛行的考驗。多虧鋇很寬容大度，對地球人身上的這一弱點沒表現出太大的興趣；他在遊覽完奇米基米吉的名勝古跡之後又把關注點轉移到我的「藝術家官能」上。他雖然永別了加里加特古都（是古都嗎？），但仍未忘記他的問題，藝術家之所以是藝術家的依據是否是那一至兩塊用布包著的「既多餘又醜陋的肉」？

不能不說，我為地球人感到自卑。我把前方的弱點死死地壓在塔臺上，不讓它暴露出來，後方的弱點既然曝光就讓它在白晝的光明中慢慢癒合吧，反正土星離太陽比地球遠，反正在土星上看太陽有些小，也不夠溫暖，「烈日灼傷」的可能性極小，反正土星人個個都像對待嘴唇一樣展露它使用它，從不給它們尊卑貴賤美醜可見人不可見人的判別。

裸露著斑禿的屁股，沐浴著土星上的日光，我閉上眼，佯作睡眠，以迴避鍓的追問。鍓不屬於地球上稱為有鍥而不捨精神的那類人，我一閉上眼，他就識趣地跳開，去周遊列塔。但是，他屬於對一件事或一個問題念念不忘的那種類型：從加里加特到奇米基米吉，再到以後我們到過的扎扎黑、達瓦法、蒙大拿比立基契，他從未忘記藝術家的生理依據或生理反應一類的追問甚或逼問。在每一個首阜，我為搪塞他給他的回答都不同，每一次又都被他科學求實的精神所慢慢識破。白米的分布格局顯示，我終未能抗住他的「誘惑」，在期滿離開土星的時刻，土星時間零點整，向他展露了我的童貞，我作為藝術家的生理論據。

14

露臀靜養使我感到飢腸轆轆。我讓鍓去給我弄點吃的，像在三角城躺在病榻上吩咐媽媽或爸爸給我吃這個買那個，活脫脫是個嬌寶寶（不生病的時候我可沒這種特權。在一個十分講究平等的家庭中生病，是唯一與眾不同的時機，所以小時候我好盼望能生上一場病）。鍓離開我沒多久就飛回我身邊，手裡捧著一大塊堅冰。在小太陽的照耀下，堅冰像一塊碩大的鑽石，多稜多角，晶瑩剔透，光芒四射。我一時恍惚，以為鍓早熟早戀，愛上了我，向我獻上巨鑽以表冰心一片愛意一壺。但是我餓，巨鑽於飢腸何補呢？我把雙眼緩緩闔上，喃喃說：「我餓，我餓，鑽石和愛情或者鑽石般的愛情等我吃飽以後再獻給我吧。」

鋇第一次聽到愛情這個地球詞，只會發音而不知所指。他問我，愛情是什麼。我餓，我好餓，愛情就是一種飢餓的感覺。我睜開眼，我說。他莫名其妙，只是把堅冰向我的嘴邊推了推，並示意我去啃它。我在恍惚中，心想鑽石是咬不動的，又不是黃金可以用牙咬一咬，從牙印上看看它的純度或真贋。再說，你是科學家，沒有必要關心愛情，愛情是藝術家的基業，如同罪人是上帝的基業。我不要鑽石，不要金錢，不要地位，不要聲名，只要食物，懂嗎，把這鑽石賣掉，換來一大堆吃的東西，快去，三角城有許許多多好看又好吃的食品，譬如玫瑰牌小蛋糕、巧克力，譬如紅燒肉，譬如青翠青翠的黃瓜和西蘭花，譬如大紅大紅的蘋果、累累垂垂的葡萄。

土星與地球不同，曖昧中我聽到一連串的土星語，少年腔：我們的食物就這麼單一而永恆，冰，從氣體到流體到固體，從固體到流體到氣體，物理三態，品質始終如一，所以我們土星人的口唇同肛腸同樣潔淨，心靈和肉體同樣明澈，我們會發光，我們本身是一種星體般的發光體，也許恰恰因為我們的食物構成遠比你們地球人要來得合理、來得潔淨、來得科學，你若想同我們一樣成為夜晚的明星，就作一名食冰主義者罷。如果你的嘴太小，我幫你砸開它。

我聽到一些聲音，是鎭的飛行器擊砸在鑽石上的迴響。他在砸冰。他在砸不可能砸碎的鑽石。他拿著雞蛋往石頭上撞。對，土星上什麼都沒有，什麼吃的都沒有，只有我懷裡那些上好的白米，可惜它們是生的，不是香噴噴的白米飯。他們沒有雞蛋，拿什麼去撞石頭呢？不，不對，是他的陀螺，一材多用，既會控制大腦（也許是被大腦控制），又會當榔頭，還會當雞蛋。我餓，我餓，我不餓，我不吃鑽石，鑽石會鑽破腸子，腸內出血、腹內出血、越出越多，我會死的，我愛地球，我愛人類，找不想死，我要生活……

15

昏睡中醒來已是夜晚，飢餓感和臀部的疼痛都已冰釋。鎭不知去向，我額邊的塔架上還殘留著一些冰屑。在月光下，不，是在衛星之光下，它們發散著寶石般的光輝。我跳下塔頂（真可笑，我一直待在一號塔的塔頂），像高臺跳水運動員那樣，找到一處避人地，我把地球飲食的廢料排泄到土星地表，以供他們科研之用。排泄用時很短，卻滿懷快意。吃鑽石拉鑽石，心如鑽石的人腸如鑽石。冰心玉壺。一壺飲一顆心。鑽石化為水，水結成冰。白米撒出去，我已有所透悟：土星與地球竟如此大有不同，從飲食結構到胃腸功能。

排泄還給我帶來別一種驚喜：穢物剔盡後我的身體開始熠熠發光，像所有心腸冰潔的土星人一樣（我不好意思講的是，我的身體之光始終比他們低六十瓦）。在暗夜生輝，在白晝隱退，把屬於光的地位留給小而遠的太陽。驕傲的心情無可抑止：我是第一個身體自動發光的地球人，我是嶄新世界紀錄的創造者（新紀錄意味著極限：我是極限）。高興之餘，我拾回遺落地表的陀螺形飛行器，以備飛行之用。

出於身體發光的驕傲意識，我興致勃勃地逛遍奇米基米吉的大塔小塔高塔矮塔。最令我神往的是提迷曲地曲皮哂塔群。提迷曲地曲皮哂直譯為地球語，應為「紅燈區」。在對土星人的性活動、性體結構、性別科學等領域一無所知的前提下誤入紅燈區，其刺激感和冒險體驗可謂前所未有。

提迷曲地曲皮哂塔群間徜徉著一盞又一盞軀體的紅燈，人體一旦進入這片區域就立即變換光色，而且色溫明顯降低，用肉眼相互看上去不會看到放射狀的光芒。只有被厚厚的皮毛過濾和遮擋之後的暗紅色光體在移動、摩擦、交錯、交叉、碰撞、粘連和膠合。伴隨著冒險和奇遇的雙重刺激，人們都放慢了速度，猶如經過高速攝影處理過後的影像，失真，並因失真而愈發顯得欲情賁然。

突然，無聲的畫面中出現一縷歌聲，悠揚，高遠，如天上之音，歌聲不絕如縷，持續許久，有一些和聲加入，再有一些和聲加入，最初的聲音變位為領唱，領唱之聲愈來愈高玄、愈來愈亢烈，愈來愈盤旋飛轉，和聲衍化為合唱，歌詞是土星古老的謠詞，意譯應為：從達里達卡巴到達里達卡巴，從帕米帕奇帕到帕米帕奇帕，沒有一個夜晚不散發著同一種芬芳，礦石和礦石碰撞的芬芳，聲光電火聲色犬馬共集的氣息，爆炸的力量，毀滅的風範，從帕米帕奇帕到達里達卡巴，從達里達卡巴到帕米帕奇帕。

歌聲出現後，我產生一種身歷幻境的幻覺暈眩。我以為自己是群妖中的一妖，扭動著臀部蹭入人群，對遇到的每一個人都進行撫摸胸或臀或雙腿之間的「性騷擾」。我的行為顯為異端，人群為我的出現感到惴惴不安，歌聲與動律出現了前所未有的紛亂。通過身體接觸，他們通曉了地球語，有的人不聲張，繼續唱歌，只是歌詞改用了地球語，有的人不能容忍，中止住歌唱質問我：摸我的政治部位幹什麼？在紅燈區也念念不忘政治，真是不可思議，我們土星難道也是你們搞政治陰謀的場所嗎？

一談到政治，我馬上縮回手，頭也縮到脖子裡，大有無地自容之感。我知道，地球人對政治的熱衷早已像破壞臭氧層一樣在毀壞地球人的宇宙聲譽：土星人雖然人人都是科學家，但從未把權柄歸於科學（歸於科學即意味著歸於掌握科學手段的人），他們像許許多多星球上善良淳樸的人們一樣，把權力歸於上帝。不設立首都，不樹立領袖或君王，不實行班長小組長到主席總統一類的類軍事管制，沒有父權只有兄弟關係和情誼（當然，這種情誼我還體會不夠，起碼用地球標準還體會不夠），人人都擁有自己的飛行器，想飛就飛想走就走想騰躍就騰躍，不似地球人要依貧富之別分別乘火箭乘火車乘飛機乘頭等艙或三等艙乘平板車自行車新型自行車破舊自行車。似乎更根本的還有，土星人沒有性器官，沒有性別之別，沒有哪一種性別長於或短於另一種性別，沒有性別歧視或性傾向歧視（人人都是同性，如果相愛便全是同性愛）。用地球上的「去中心」學說，土星人才是澈底的去中心：去身體中的身體中心，去性愛中的性別中心，去社會生活中的政治中心／經濟中心／權力中心。在自動存有解構主義文化的土星上，提起政治，我只有無地自容。

我悄悄地撤後，悄悄地把自己低於土星人六十瓦的光明軀體撤離提迷曲地曲皮哂塔群。我鬼鬼祟祟，怕被人看出破綻，並後悔食用了冰鑽石：如果我的身體不是光體，仍舊汙濁黯晦一團，就不會有人看到我灰溜溜下場的場面，就不會有人知道地球人身上心上有那麼多不可告人的隱衷。我開始尋找（枉費心機地）地球食物，想通過它們來熄滅身體的燈光。可惜我已忘記，白米是可以食用的東西，我已完全把它的功能轉化為夢行記憶符號，只把它當作內在於記憶而外在於身體的事物。我無物可食，只好明晃晃擺亮著深心的羞窘，退出紅燈區裡令人莫名其妙的「性活動」。

16

土星時間零點整，我與鎭雙雙飛離奇米基米吉。在夜空中，鎭還在忘情地唱著「從達里達卡巴到達里達卡巴從帕米帕奇帕到帕米帕奇帕」，我卻突然打斷他，問他氯是否是加里加特人。鎭說，當然不是，據說他是基比人，也就是我們下一個目的地土生土長的人，因為土星時空規則，他不能重返基比，才在「太空」中以加里加特人的身分去迎接我。我若有所悟：土星上的人其實誰都不能代表其本鄉本土去爭取榮譽，然後凱旋而歸。土星人不好戰、不好勝的根由，恰恰在於他們沒有祖國或故土的概念，沒有衣錦還鄉富壓／貴壓鄉鄰的動機。每個人都是他所身在之處的人，而不是另有國度或城邦可以隸屬。

17

目擊蒙大拿比立基契的一次「葬禮」，令我對死亡生出新的認識。

瀕死者叫鋤，牙齒沒有脫落一枚，毛皮沒有任何灰暗衰朽的跡象，到了晚上身體也依舊綻放著明媚的光輝。然而，卻有些人聚集在他身邊，聽他唱最後一組民謠（歌調有些類似地球上的黑人靈歌），還有人向他頭上撒冰屑，還有人用土星語為他讀福音書（這是我在土星上發現的唯一一部非科學著作，我認為是從地球《聖經》翻譯過來的，鋇說不是：土星人普遍認為，假如地球上也有類似的著作，一定是從土星語這譯過去的），像似在為他作臨終禱告。儘管土星人信奉耶穌基督，但是沒有教堂，沒有專門的神職人員，當然也就沒有固定的、同一的團契或教會組織。一般的時候，他們並不把福音書捧在手上，手捧福音書僅僅是一種儀式，不到「送終」的關頭是不這樣做的。土星人幾乎都已把福音書的文字熟記於心，隨時可以默誦或默禱一番，以暗合福音書的默示錄意味。

鋇是從加里加特來的孩子，我是從地球上來的花木蘭，依照這裡的科學風俗，每有一個人死去，都必須由新來的或新生的（這對我還是一個謎）為穴冥巴曲唱安魂曲，再有就是負責為將亡者安裝通往天國的飛行器。依此風俗，我將為鋤安裝飛行器，鋇則開始唱「上主求你接受你招回的靈魂，上主求你接受，允他入天門」。鋤既沒有老也沒有病，但他卻自認為完成了在土星上的使命，選擇離去。如同在一個工作站完成了全部的工作，與同事們握手作別，背上行囊開赴新的工作站，鋤的姿態就是這樣。我把陀螺形的飛行器倒置，讓尖銳的一頭插於塔架的空隙，將水平的一面朝上，以便鋤端坐上去：水平的一面與臀部接觸會產生一種力，用地球藝術學規範應叫嚮往，用哲學規劃應劃歸自由，用神學語言，應說是復活保障。

鍃精神晴朗心意暢達地端坐到那種力上，渾身散發著青春的光澤。在鋇的安魂曲中，他很迅捷地飛向天空，連擺手告別的動作都只在起飛的瞬間為我所見。在夜空中，他很快便像一顆螢火蟲，閃動一下亮光便消隱不見了。沒有悲哀注入人們的心胸。誦福音、唱安魂曲和恰巧路經現場「即興」送行的人們，像似參加一個聚會，聚會溫馨友愛，曲終人散時，各自都增添了一份信念和愉悅。我和鋇飛行於塔與塔之間，一邊躍動騰挪，一邊交談。我問他：這算是自殺嗎？他搖頭，不，土星上沒有自殺這個詞，因為從來沒有人自殺，自己選擇死與自殺不可同日而語。我問他：倘若我們地球上的自殺者也像土星上自己選擇死的人一樣充滿信念和快慰，是不是也可以稱為「選擇死亡」？他點點頭，肯定地回答了我。我又問他：今夜零點，我們一同離開土星去地球，算不算選擇死亡？他搖搖頭，說：不，僅僅是遷徙，不是死，死是同天堂的神祕空間相關的，而我們在太陽系中，無論去哪顆星球，都不過是轉移，有一天還會死，而真正的死亡只有一次，不能死後再死。

18

臨近子夜，我主動向鋇和湊巧同我們在一起的錳展示身體上的「藝術家」證據。鋇和錳分別摸了摸我的陰莖（外皮也已生出一重毛皮，像一些雄性哺乳類動物那樣），摸得我直打噴嚏（也許因為他們的手爪太冷靜）。鋇同我一起走遍／飛遍七大首阜，聽我講起的地球事故不計其數，此時已顯得見多識廣。他問我：地球上不是還有另一個族群嗎，她們叫女性，似乎沒有這塊「多餘而醜陋的贅肉」，她們難道就不是藝術家嗎？我連忙作一個捧起雙乳的動作告訴他，她們是這種地方長著藝術家證據，她們有兩塊有彈性會充血的肉，在女性主義時代比只有一塊的男人要藝術得多。錳很天真地說，他想有三塊這種贅肉，依地球主義，越多的就是越好的。鋇則少年老成地說，他暫時不想增加身分，也就是不想獲得藝術家頭銜：如果藝術家是地球上最惡劣又無法劏除的器官，他還不如僅僅是科學家為好。是否要長出他剛摸過的那種筋肉，得到地球上定居之後再作決定。

19

土星時間零點整，我把懷中的白米盡數傾撒到蒙大拿比立基契的塔群間，乘坐著氯為我製造的飛行器直沖雲天。我的身邊是土星少年鋇。他情願跟從我來地球，根本不再是我的誘拐動機在主宰局面。我們一同穿越美麗而危險的土星光環。我的額頭被流星石劃破了一道傷口，鮮血直流。鋇用他的唾液為我黏上傷口。我感到頭暈眼花，只好半依在鋇的肩上向溫暖的地球飛行。

20

回到三角城，回到家中，父母和姊姊以為我和鋇是兩頭誤入居民區的北極熊，嚇得失魂落魄。多虧我能口吐人言，而且頭臉和身上的斑禿症狀中多多少少能透露一些我本有的膚質和五官，當然還有我的身材和動態，我的音質和久別重逢的歡欣，這使他們漸漸由恐懼轉為驚奇。我夢遊海王星和冥王星的史實，雖然已寫成文字公諸傳媒，但他們從未認為那是真實的閱歷。就連那一道剖腹產留下的傷疤（生我冥王星雙胞子金和銀），他們也認定是我兒時作闌尾切除術時留下疤痕的「成人化」。這一次，我不僅渾身皮毛（宇宙服已破敝不堪，被我扔在太空作了太空垃圾）如同野獸，而且帶回了一個類似北極幼熊的土星人。最令他們信服和驚異的是，我和鋇都是發光體，儘管我的光明比鋇黯淡六十瓦。

姊姊畢竟年輕而前衛，馬上意識到占據傳媒要道，我和鋇是一雙利器。她連續撥了十多個電話。太陽（既照耀土星也照耀地球的那顆太陽）東升之前，我的家中已雲集起各路夜班新聞的記者。十分經典的採訪場面以話筒、攝像機等工具為前鋒轟然展開，小有特異的是，在我的姊姊沒有出場扶持我的左臂之前，記者們都躲在門外窺視，沒人敢貿然進入我家客廳：他們擔心被我或鋇吃掉。

面對話筒攝錄像機及各種耳朵，我用夾雜著土星語的地球語侃侃而談，像所有在外國生活過一段時間會操雙語的人一樣。鋇總是在我講話的間歇用土星語大唱特唱「從達里達卡巴到達里達卡巴從帕米帕奇帕到帕米帕奇帕」，把現代音像設備的注意力吸引過去，以便我有充沛的唾液分泌以應付一輪強似一輪的採訪波。

我不顧長途飛行的疲勞，手舉著飛行器，向記者們神侃八大土星首阜（我擅自增加了一阜，以應和三角城對「八」這個數字的著迷）的塔與塔、科學與科學、科學家與科學家。在談到鋤的時候，我格外抬高了音量，以期引起可能是觀眾的高路傑的重視。講完鋤的發現、鋤對死亡的選擇、鋤的隨風而去，我加上一段評語，話裡言外的意思是批評地球科學家的狡猾，尤其是那些用機智／巧智／狡智替換科學求實精神的人。諸如認定宇宙有核心又只能玩語言遊戲，說「核心在核心所在的地方」那種地球科學家，連土星人的一根汗毛都比不上。

21

傳媒的場力、轟動的效應、夢歸的新鮮感過後，我和鋇一度成了三角城的問題人物。首先，我們是人不是動物，卻披著獸皮、長著尾巴（儘管我的尾巴像兔子）。其次，我們老在夜裡發光，夜明珠一般徹夜不熄，照得整個三角城如同白晝，攪亂了城市與人的生物鐘，為此還出過火車脫軌、官員自殺、午夜狂歡等怪現象。第三，高路傑認定我是一個偽夢遊家、鋇是一位偽科學家，他指出，我是利用小說家般的虛構才能虛構了土星遊記，並為了證實其真實性而馴養了一頭北極熊，教它學會了人類語言，而鋇講的所謂土星語不過是北極熊間流行的一種語言。第四，人們對鋇的好色普遍持道德批判態度：鋇逢人便觀察其雙乳或陰部，還號稱是在研究藝術家的「特長」，而且人們對他的好奇又無力拒絕：沒有人不一見到他就渾身酥麻，因為他身上有一種特殊的性腺會以發光的方式迷幻每一個地球人（到地球上我對這一點才深有體會）。

當然，我會堅持不吃人間煙火，以保持冰心與冰身的光明。我對歡迎我的好友于濱說：能堅持多久就堅持多久。另一方面，我去脫毛髮中心剔掉了渾身斑禿的毛髮，又去整形外科切除了尾巴。只是有一個習慣我沒能更改：飛行而不是步行。三角城沒有塔林，我就將林木、電線桿、晒衣桿、各類天線支架當成塔與塔。我和鋇像一對來無影去無蹤的俠客或來有影去有蹤的長臂猿，雙雙保持著飛來飛去的土星習慣。直到有一天，鋇向我提出，他也要成為藝術家。

鋇的要求我不能拒絕，但在他選擇一或兩塊「多餘而醜陋的贅肉」作為藝術家標誌之前，必須向他言明真相。我告訴他，地球人人人都是科學家又人人都是藝術家的說辭，是我的一句戲言。其實，我所說的贅肉，不過是地球文化命名性別的依據，也就是簡單的二分法：有一塊贅肉的稱作男，有兩塊的稱作女，而且長期以來以一塊為尊，以兩塊為卑，還據此排擠那些一塊也沒有或有三塊以上的人。講完這些原理，我攤攤手，隨便他選擇。他指指自己的胸和胯，眼中含著淚：他屬於一塊也沒有的，被歧視被排擠的人。我寬慰他，他是土星人，到了地球上可以任意選擇性具、性徵和性別，他有他的特權。他搖搖頭，拒絕選擇。他說，我寧願只是一名科學家。

22

銀對地球人類的身體不再有觀察和追究的興趣。飢餓感也把我對光明的熱愛擊得粉碎。我開始當著于濱的面大吃特吃地球美食，直到身體不再能發放一絲一縷的光輝。日漸成長的銀，除去那部自製的土星飛行器外，沒有在三角城得到科學院的任何科學家資格認定，因此也不能從事科研等相關活動。他只有把我的家作為科研大廈，用地球上的物質與物質、原理與原理進行科學試驗，結果是一無所獲。地球上的沮喪風氣和心灰意冷，有時也會感染他。他學會了烹飪，成了美食家，並且越吃越花樣翻新、口味刁鑽。

我和他都有些飛不動了，開始學習步行。高路傑兩鬢蒼蒼，看到我們蹬蹬雙行的樣子笑得老臉開了花。他叫我的學名花木蘭，慈眉善眼地問我：土星上有人類，而且人人都是科學家，也許可以相信，但是，他們的種脈、他們的科學是如何代代相傳的呢？

我被問得瞠目結舌。白米的線索和格局沒有呈現相關答案，僅依臆測又無法給定一個既大膽又富想像力的創意。我只有求助地望著鎭。鎭身上的光輝也已盡失，他說，他不再記得土星，因為他吃多了地球上的大魚大肉。

故事04　履歷表的恥辱

1

海王星衛星一號（以下簡稱海衛一）上有人類，而且使用漢語。我借夢遊天王星之機，近水樓臺，沒向任何國際旅行機構申請簽證，就駕著夢幻彩雲去了那裡。尷尬的是，我一到海衛一海關就被扣留下來，因為執勤的小夥子鋁從我的懷裡搜出了一大捧三角城的上好白米。鋁說，我將因販毒嫌疑而受到調查。

2

鋁將我送入海關大廳右側的禁毒委員會。辦公室內星光充足。鋁把我移交給銅之前，再次用撫摸式手法搜查我，使我癢癢得直弓腰。他對我的護照發生了更濃厚的興趣，不是因為上面缺少天王星、海王星和海衛一的簽證，而是對護照欄目莫名其妙。他問我，什麼叫姓名。我沒理睬他。

3

負責調查「花木蘭販毒嫌疑案」的銅，身材高大威猛，卻生就一雙桃花眼。一見他的模樣我就慶幸，我會得救的。一般來講，生有桃花眼的人心腸柔軟品質單純，生有三角眼的人則適得其反。幸虧，海衛一人類大多桃花滿眼，包括扣押我的那個鋁（他還用雙手從頭到腳摸捏過我的軀體吶）。

4

銅彬彬有禮地站著。我吊兒郎當地坐著。這是海衛一的遊戲規則，被訊問的人會消耗更多的隱私和體能。

在他背後的一張桌子上堆放著我藉以記憶夢遊的大米。我一邊心不在焉地應答他，一邊暗自籌畫如何利用己之所長攻其所短，不僅順利過關，而且還要顆粒無缺地索回那些晶瑩玉潤的白米。

銅很溫和地問訊我，這是第幾次帶著粒態海洛因進行星際販毒。我同他玩數學遊戲，說這是第一百八十次。站在他身旁的書記員鋼記下我的供詞，負號的寫法還是我臨時教他的。

既然我對「罪行」供認不諱，他們也就無心戀戰。銅衝鋼點點頭。鋼把一張海衛一出產的海苔紙放到我的面前，然後把他手中使用白色墨水的鋼筆借給我。我掃一眼紙上的印刷文字，是「履歷表」三個字。

5

海衛一人類的履歷表有些特別。第一項是元素符號，第二項是數學編列，第三項是物理恆態，第四項是化學變態；第五項是河流，第六項是波／粒雙態狀態，第七項是痣面積。第八項是耐寒度。八個常規專案之後，是一塊較大的留白，留白左側標識看「步履維艱」幾個字。我猜想，這是簡歷部分。留白之後，是一行詩：你必點著我的燈。詩行之後的一小塊留白側旁有「走私佳績」幾個字。表格的最下方是畫押或簽花名兒的地界，還有「海衛一紀元　年　月　日」。

6

一張履歷表，會有雙重作者，一是創作表格樣式及門類的人。一是填表者。以前，我從沒想到這一點，以為只有填表人，而沒有表格的制訂者。

我拉住鋼，嚴正地質問他：誰是表格的第一重作者？他含笑不語。我再問鋼，他有責任回答我，否則我會拒絕配合調查。他說：是我們死去的祖先。

我幾乎憤怒起來，三下兩下把海苔紙撕碎，塞進嘴裡連紙帶字一同嚼爛，咽下肚去。我這樣做的過程中，既驕傲又氣餒：我是經典鏡頭中的革命黨人，關鍵時刻吞下所傳遞的情報，不讓它落入敵人手中。

7

鋼不愧有一雙桃花眼。他很有耐心，從鋼的手中接過另一張一模一樣的海苔紙，雙手放到我面前的桌面上，還將它翹起的邊角仔細撫摸平，如同在撫平我的稜角。

我的稜角果真被他撫平。

我拿起筆，翻轉紙張，在海衛一履歷表作者的背面劃上我們的地球履歷的分界：姓名，性別，年齡，籍貫，出生地，居址，婚姻狀況，健康狀態……

我的手就是尺規，下筆如界，手工繪製的表格與印刷物一般無二。銅問我，它的作者是誰。我斬釘截鐵地回答：我們的近代祖先。

鋼與銅很盡責，在充沛的星光下久久地研讀我親手繪製的表格。

我趁機把作為罪證的白米一小把一小把地揣入衣懷。遊歷海衛一，而且不枉此行，不能缺少它。

8

在同一張海苔紙的兩面（已難分正反），兩種不同制式的表格體現著兩種體制。我不認同海衛一體制，拒絕成為它的第二作者。我早已無數次地填寫地球制式履歷，一旦被外星人扣押就改制式，有辱地球尊嚴和貞操。我要從一而終。一張海苔紙就想使我成為另一種體制的附庸。休想。

地球幅員遼闊，地大物博，人口眾多。

每一個地球公民都是地球履歷書的第二作者。我們個個不同，不可複製，可以複製的只有第一作者及其作品。

銅說，在這一點上，海衛一與地球大同小異。我指出，他在誘姦我們地球文化。

9

午餐時候，他們向我提供免費飲料和收費正餐。我身無分文，將以勞工充抵。正餐味道鮮美，原材料一概是海關收繳的走私物品。

鋁負責監督我打掃公廁。我所做的工作無非就是，他撒尿，我沖洗，他洗手，我開水龍頭，他用烘手器乾燥手，我在旁邊靜候。

在海衛一掙一頓飽飯真容易。

10

太陽東斜與星表成五十度鈍角的時刻，銅與鋼決定，准我填寫地球制式的表格，海衛一古往今來的體制可以不制約我。

他們的策略理論是本質主義的，可惜我沒有識破一種體制與另一種體制本質相同。

我飛龍走鳳，嫻熟地填空，把整整一面海苔紙寫滿了我個人的特色。

比銅還要英俊的鋼笑開了懷。他對銅說：這就是個人主義與集體主義相結合的典範。銅心領神會。我多少有些得意，自言自語地說，我在我出生的體制中運作，當然是把個人填寫在集體的空格裡。銅拍拍我的地球肩頭，用桃花眼望了望我的三角眼，眼光曖昧可疑。

11

對我的地球履歷中最精彩的幾項，銅一概忽略不問：①西元一九九四年八月九日，夢遊海王星。②西元一九八九年六月三日，初夜。①西元一九九七年十一月七日，夢抵冥王星。④西元一九八四年九月一日，研究生院開學典禮。③西元一九九八年七月十八日，從土星誘拐少年鋇歸來。③西元一九九八年十一月十一日，確認第三性別存在，併發布公報。

他同鋁一樣，首先對「姓名」發生興趣，我很不耐煩。連姓名都不知曉的人還算人嗎？百般追問不過，我才像童蒙先生一樣循循善誘地說：姓就是父親祖上的名，名吶，就是自己獨有的稱謂，譬如我在姓名欄內填寫的是花木蘭，花是我父親的姓，也就是他父系祖先的名，木蘭則是我的名，我媽給我取的，意為木本蘭花，而不是草本蘭花。

以下的提問，在我看來，句句都是反向句：①地球人為什麼只姓父姓，母親祖上的名為什麼可以略而不記？②你不為姓氏中缺少母系的成分而感到羞恥嗎？③在一個長而又長的姓氏系統中，你爺爺的名、你父親的名、你自己的名是否終究要被姓氏抹煞？④無姓名可以不可以？

12

鋼在紀錄簿上這樣記載對我的審問：

犯罪嫌疑人，自稱花木蘭，來自天王星，卻謊稱是地球人，而且野蠻認定海衛一語言文字是地球上的漢語。

他擅自繪製履歷表，陰謀對海衛一祖先傳下來的表格體制進行革命。他運用的武器是地球上的官方體制：用官方體制反官方體制，足見其政治鬥爭經驗豐富。

在履歷表上，他製造的最大陰謀是「性別」。他把海衛一上不容混同的單一個體元素混淆，然後分類為「男」和「女」，生了孩子的「男」跟「女」就變態成為「父」和「母」，不會生孩子和不願生孩子和不配生孩子的人永遠不變態。「姓名」是對這種運作的輔佐：強調「男」或「父」的主動／主宰／強權色彩，削弱「女」或「母」的名望／地位／聲息。譬如，「花木蘭」這個姓名中沒有母系色調，儘管「木蘭」二字是母親取的，但是具有強烈的厭女主義風格。

他是一個史無前例的文本陰謀家。

13

銅徵詢鋁的意見，鋁反對鋼的定論，也反對銅的定評，獨樹一幟地指出，我的身體過於柔軟和彈性，一反海衛一人類鋼筋鐵骨的身體傳統，蓄謀「以柔克剛」，使海衛一人類蒙受有史以來最大的一次羞辱。

銅不忘本職，堅持認定我是海衛一海關抓獲的首例走私粒狀海洛因的走私犯。

依照海衛一風俗，三個參與案件調查的人得出的結論恰好不一致，即可判斷（倘若其中有兩人一致或三人全部一致，則被嫌疑人罪名取消）。

我被課以海衛一極刑：擔當四十九天（海衛一每晝夜為一百四十地球小時）王者。

在海衛一上，王權就是地獄。我將被打入地獄四十九天。

在異星上受苦受難，四十九天沒關係，回到地球上，這可就會成為至高無上的歷史記憶：我曾為王，而且是整整一顆星球的君王：比起我，地球上多如塵沙的王者，不過是一些部長或州長而已，小巫見大巫。

15

我腦滿腸肥地出離王權地獄重見海衛一天日之時，適逢月圓之夜。一輪淺藍色的月亮在距海衛一星表三五．四萬公里（地球計量標準）的上空傾瀉著皎潔的光輝。帶我出地獄的鋁告訴我，那就是海王星。我說，在我的履歷表上填寫過，「西元一九九四年八月九日夢遊海王星」，海王星是我的第二故鄉。

鋁拉起我的左手，在月光下勘察掌紋，確認我所言不差之後，對我說：我真為你感到恥辱，稀鬆平常的一趟旅行也配大書特書。

後來我才知道，海衛一的人乘熱汽球去海王星，就像我從三角城乘火車去圓城一樣便捷。

16

太陽從西方升起，光焰燒照天空，卻不完全燭照大地。

我在一顆倒行逆施的星球上為王四十九天。離開的前夕，我用色情手段試圖打動鋼再打動銅，以便抽出寫有我地球履歷的那張海苔紙。銅和鋼都有錚錚鐵骨，不似我們地球英雄那麼慫包，個個難過美人關。他們用桃花眼望著我，卻根本無動於衷。

被纏無奈，銅才說：我已經把它贈送給海衛一博物館了。

17

終歸是鋁對我有情有義。他連夜帶我去參觀博物館。我看到，那張履歷表被塑封著放在一只小巧的水晶棺材裡。

我伏在鋁的海衛一肩上，嚶嚶啜泣起來。

故事05　額頭上的洞穴

1

天王星人類雖然散居在星球表面，但任何異星放飛的宇宙探測波無論光波聲波電波腦波心波都無法發現他們的存在和存在方式。只有擅長夢遊的我，方能借助夢的超科學力量和白米的寫實主義線索，進駐他們的獨立時空，混跡其間，像個不動聲色的密探。我要將他們的資訊情報一一竊取出來，回到地球上換取大把大把的功名利祿美酒佳餚靚女俊男。

2

三角城情報站位於三角城東南尖角的角樓頂層，雷達系統四通八達，甚至可以通達與太陽鄰近的幾顆恆星，甚至可以發現我的夢遊蹤向。只是，它的性能還遠不夠強大，既發射不到天王星星表（更不用說星裡），也無法射中我的夢細節夢情節夢的哲學主題：它僅僅是顯示器上的一些波紋或影片，僅僅是抽象的活動圖像，可以任意闡釋和誤讀。我的親身經歷，我的夢遊實錄，尤其是耗費巨量上好大米的天王星夢遊歷程，只能由我自己來陳述，雷達系統和雷達站巨好色的站長孔布插不上半根手指。當然，成果也歸我一人，雷達站和我擔任主持人的電視臺休想染指。

3

為我所酷愛的天王星人是鋼。為我所酷恨的天王星人叫硒。我愛鋼是因為他陷害過我，我恨硒是因為他對我一見傾心。具體實績嘛，得你跟著我，寸步不離前後左右，去追憶這白米的線條，直或曲，疏或密，相互踐踏或相互擁抱。

4

天王星人的外觀與地球人相比，至大的不同在於額頭上人人開著一個拳頭大小的洞穴。講深入一些，豈止是外觀，而且是外觀所帶來的直接現實：天王星人的思想和情感是直觀的，不似我們地球人這樣相對抽象，相對潛隱，需要語言的表白或命名方得以認知或傳播：在銅和硒拳頭大小的額上洞穴中，時時刻刻都演劇一般上演著他或他的所感所願所思所想：用最接近地球語境的語句說，就是他們的頭腦是一座縮微的小舞臺，開的洞口就是對鑑自照和他人觀看的臺口。只是，地球劇作家布萊希特所要打通的觀者與演劇之間的「第四堵牆」是絕對不可以打破的，洞內的故事自成體系地搬演，即便受到洞外時空的干擾，也須在一個體系完結之後方會作出反應：我認為，這很類似於我們地球上哲學思潮的更迭，一種主義過時之後另一種主義方興未艾，也很類似於情節劇，必須按照亞里士多德所說的模式一成不變地周而復始。

只要你不離我的身旁，在我的左右，你就會看到（其實是與我一起沿著白米線路演繹到的）我抵達天王星後的第一次暴行：兜頭一把白米向硒額頭上的洞穴射進去，既為了記憶平生第一次所目睹的頭腦中的戲劇，也為了實驗，看一看試一試異星上的果實是否有擊潰或擾亂天王星人的「內部世界」的品質（其實，天王星人的內部世界已經外化，可以直觀，類似於我們地球人類用腦電波儀、心電圖、小說或電影一類物質手段所達成的直觀局面）。我和你都會通過記憶的能量看到有些米粒砸在硒的腦殼或雙眉或鼻翼上，歡快地彈落，然後掩埋進天王星雲霧質的地壤中，有些米粒則射入洞穴，在縮微舞臺上各種「角色」的身上、頭上、空中和腳下迸落。甚至，我幾乎可以感受到他們或它們身首足受到襲擊的疼痛：「角色」是那麼那麼小，如同鼻煙壺內畫中的人與物一樣，經歷三角城上好白米的槍林彈雨，能不疼痛嗎。只不過，硒的疼痛是在延宕了無數個音樂節拍之後方才呈現的，那時節，我已在天王星上度過了漫長的歲月。

你是否已經看出，他目不轉睛望著我，眼神中放射著愛慕，而額頭中的戲劇卻是另一番景象：有一組血脈如燈管般發射出血色的光輝，照亮了由骨骼筋肉管脈構架的穴壁：一個縮小四倍的硒，頭上紮著一塊綢巾，正好遮蔽了額上的洞穴，與一群石質的人在玩遊戲，石質的人們被塗上各種顏色，每人一色，角色名字也由此命定，乍看上去，他們在演一齣思想喜劇，人人都有些丑角的樣子。你不必用單指狂捅我的腰眼，以期更進一步貼近硒的額頭，看清楚那其間的每一個細節，像小孩子看萬花筒的萬花變化一樣。那是不可能的，即使你不離我左右也只會看到白米，至多是與白米所衍生的幻象相會，目擊實相親歷實相的只有我，一個身懷夢遊絕技又苦於無法將這種絕技傳染給你或遺傳給後代的宇宙流浪兒。

現在，我在你的白米幻象上補貼上一些實相，以不枉你追隨我一場，成嗎？你幻見的那些丑角都被你賦予了意義，其實他們只有命名和形象，而無意義。那是天王星的自然法則：有意義的人生和事物會疼痛，會流淚，會像悲劇一樣慘不忍睹，而無意義的人事倒充滿諧趣、戲謔和快樂。硒的思想喜劇的全部丑角其實只是在重複同一個簡單的動作，單足跳轉換雙足跳，雙足跳替換為單足跳，無論戴著頭巾的小硒還是其他人。

一定有人在批判我的言過其實了：一群小丑笨拙地跳舞就是所謂的思想喜劇，地球上的老蘇格拉底與一群美少年的會飲豈不是無法命名了嗎？真的，你先別急，隨著天王星時光的流逝和硒專注目光在時光中的不變不遷，你會多少領略一些當初我在天王星上的體認。

5

我酷恨硒，恰恰是在他愛上我那一刻開始的。你知道，那時候我剛剛夢抵天王星的北極，天王星的北極正是漫漫長夜，其長度是一夜等於地球上的二十二年（真的，這是經過地球天文學家和天王星天文學家共同精密計算過的）。在黑夜中看到硒的雙眸，看到硒額頭中的舞臺、舞臺上的光與戲，我擺脫了地球人類的膽小本性，不再恐怖。可是，硒卻呆若木雞地盯著我，一言不發，根本不理睬我內心的渴望：我是多麼需要一個旁白者為他額內的戲劇作闡釋或陳述呀。他們只是那麼單足轉雙足雙足換單足地跳躍，一定有什麼奧祕，你想想，在那麼一個拳頭大小的、骨脈血肉昭彰的架構中，有一群鼻煙壺內畫般的小人兒在單調地跳單足再跳雙足，彷彿永無止境，該是多麼深邃莫測呀。更何況，硒的腦中還有一個小硒，只有他不那麼直勾勾地望定我，頭上還紮著那麼小那麼小小得很可憐的一小塊銀色綢頭巾。沒有人解釋這是為什麼，對於我這個習慣於把握問題與答案的地球人，這不是相當失禮的嗎？

硒不向我指點迷津，只在黑暗中站立在相當有品質的雲霧材質的大地上望著我，任由我把米粒猛烈而孤寂地拋射過去，連眼都不眨一下就愛上了我，真真是豈有此理呀。他難道不知道，在我們地球上，隨隨便便愛上一個人而且未經被愛者的允許，是要吃苦頭的。

我幾乎是含著眼淚了。夤夜，我放棄三角城溫暖的錦寢繡榻，迢迢星漢暗渡，夢訪天王星為的就是豔遇一個額頭上敞開著洞穴、目光色迷迷直勾勾火辣辣的異星人嗎？當然不是，夢遊是我的事業，至高無上，在人世間（包括天王星人也在內的人世間），任何誘引都無法羈勒住我夢遊的腳步，儘管它此時一瘸一拐，因為天王星地表的綿延起伏，雲遷霧蕩。

6

顯然，銅是硒的情人，或者是朝思夜想要成為他的情人：在他額上的洞穴中，這種欲念一目了然。他額內亮著燈，從左側方接近我。我隱隱地看到他穿著一件松針綴成的長袍，頗類似於羅馬長袍劇建制中的一個演員。最令我矚目的是他的雙足：它們赤裸裸地露暴在硒額內之光的餘輝中，猶如騰雲駕霧的仙人，顯得既飽滿又冰瑩。你知道，在我們地球上，紅塵的厚重已直沒到我們的腳趾、腳面直至腳踝，我從來沒有目擊過像銅那麼又酷又帥又美麗的裸足。

真的，一塵不染的不大不小的不肥不瘦的天王星裸足啊，你的光澤乍一吐瀉，我的心旌就如風中的蘆葦開始為你搖曳，直至此刻，我坐在三角城陽光大好的秋日裡書寫我的天王星遊記。

7

硒的目光鐳射般盯住我秀美的地球面龐，我的目光X光射線一般纏繞向銅堅韌有力、潔白如玉的雙足，而銅則凝眸前行，向硒接近，直至站立在他的右翼，幾乎以胸脯擦觸到他的肩頭。你可以追索著白米的路線透過我抒情萬種的目光看到，我們向著不同的方向和對象，像三個錯落有致的音符組合在一起，形成對於地球文化而言相當經典的三角關係：不僅僅是方位，還包括可以稱為欲情或感情那種物質。尤須提請你注意的是，我們三粒元素錯落排列的高調低調，不是因為我們身高有別（天王星人的身高在太陽系中與地球人一樣平淡無奇），而是因為我們所立足境的雲團高度與坡度：鋼站在坡頂，硒站在坡腰，而我，站在坡底，幾乎是站立在另一雲朵的邊緣上：我幾乎是平視著鋼那雙蕩人心魄的裸足，並依地理關係把它當成了一張精緻美妙的臉（我這樣喻比，是擔心你把我當成那種興趣狹窄的戀足狂）。

它是如此靜美，如同拉斐爾的古典主義畫面。在它的壓迫下，我幾乎喘不過氣來。為了解放自己，我潛逸地移動足步，用貓樣的步態解構那畫面。請你也這樣跟著我，用貓步，像一隻有銀色鬚毛的大肥貓，不出任何聲響，向那雙魚一般的裸足迂迴前進。

我輕移蓮步，心蕩神怡。可是，我的足步既悄然又輕捷地將我的心情帶往了新的方向，痛苦而驚悸的方向：鋼額頭上的洞穴中兀然出現了我的縮微形象，不，那是另一個比渺小的我更渺小的我，我看到那個第三人稱的我在小鋼和小硒的近旁一出現，小鋼立即渾身顫抖起來，邊顫抖邊從髮梢釋放出焰火般的花火，把額內的洞穴輝耀得如同節日的夜空：依天王星的風俗，但凡節日般的景象出現，必然伴隨著節日的廢墟，也就是死寂：果真，花火驟然熄滅後，他（那個第三人稱的我）被小鋼一腳踢出了洞穴，直朝洞穴對面的一片浮雲飛去，並與浮雲在空中相撞，如似兩架相撞的飛機，雙雙墜殞到黑霧沉浮的北極景色之中。那一瞬息，我感到周身周心一陣劇烈的疼痛，並看到一翼巨大的、單相的、鋼鐵般的雲翅從我額上掠過，翅翼的尖端在我的額頭劃開了一道裂口，血流立即噴湧而出，向下流淌的部分遮蔽了我的雙眼。聽到第三人稱的我發出慘叫的同時，我倏忽迷失了知覺。

我知道，你是專門素養眼力的明眼人，不僅僅擅於洞察人情世故，而且對事物事情事件的遙遠起源來龍去脈喻隱寓涵，都一目了然。我不說你也明白，我這段經歷多多少少有抄襲鏡像理論之嫌：我與第三人稱的小我互為鏡像，他墜機身亡（是墜機身亡嗎），我便昏倒，只是因為我是一個根深柢固的投機分子，貪生怕死的膽小鬼，才會重新爬起來，拋撇開自己的鏡像或者說不顧原像的死活，繼續追目那雙裸足，甚至還在渾身癢酥酥地回味第三人稱的我在他額頭內經驗的那一猛腳：多麼猛烈，多麼亢奮，多麼滿懷激情，多麼多麼性愛的一腳呀！我要向你宣稱，我愛鏡像理論，只愛它的一小部分。經過輾壓的理論有碎片萬千。我拾起一片，使自己可以任意跳來跳去，既是第一人稱的我又是第三人稱的我。一旦要目觸或身觸鋼的裸足，我就變格，成為小的第三人稱的我，受虐狂一般站到小硒和小鋼之間，惹動鋼的嫉妒之火，輕而易舉地獲得某一隻裸足的當胸一腳，哪怕被踹得口吐鮮血心窩奇痛，哪怕從他額頭內的洞穴中跌落出來，頭破血流。

8

舒緩如慢板地醒。醒的過程猶如音樂，旋律端莊，情韻潺緩。舉目逐近眺遠，鋼的裸足和硒的明目皓齒均已不知所向，只有滿眼的黑暗。黑暗浸入我音樂般的身體，浸淫了復甦的記憶，浸淫了心靈。淚水禁不住從眼中迸出，莫名地流下面頰。

如一朵萎落的春花，我萎棄在天王星長達四十二個地球年的黑夜間，任寒冷的夜風抽拂著嬌嫩的肌膚。除去遠天那顆孤寂而黯淡無光的海王星在隱隱地陪伴我之外，這顆陌生的星球沒給我任何光亮。額頭上被雲翅劃破的傷口，有一種綻放的感覺在衍生。我遙望著海王星，那顆我曾經夢遊過，曾經結識過鐵、氙、砷和氟的美麗星球，幻想著鐵和氙的現實歲月。他們待在那麼小那麼黯淡的一顆星球上，會想到此刻的我正孤身一人在天王星的北極經驗著額頭綻放的痛楚與快感嗎？

我在黑暗中舉手及額，小心地觸摸著陣發綻放之感的傷痕。令我驚奇的是，果真有一些花瓣質花瓣狀的物質從那裡伸展出來，而且還會有一抹光亮隱隱地打在我的手指上。最初，我以為那是海王星光的反射。我閉攏五指，讓手掌全然遮住那顆小星，不使它的光瀉入我的眼球。那抹光暈依然若隱若現。漸漸地，那光在增強，帶有一種胭脂的色調。有一種前所未有的寒冷，從額頭開始，向大腦、向全身的神經系統滲透。我劇烈地打了一個冷顫，骨髓間凝結起一股身成冰人的感覺。

把手探入衣懷，小心地抓取幾粒白米，趁自己不留意，冷不防將它們迎面投到額上。沒有聽到白米擊額、迸落雲壤的聲息，只是感到額頭內有一片被粒狀物體擊中的痛楚，那種痛楚猶如有人在新劈的刀口處撒了一捧精而細緻的食用碘鹽。我一邊厲聲嚎叫著，一邊認證：自己的額上果真開出一方洞穴，從此以後，鬼魅般的心思亂雲般的意緒長風樣的情感，將再也休想用一凸頑固的額頭去蓋掩，從此以後，我將喪失思之自由情之隱祕，全部身心，完全暴露在天王星北極的黑天昏地之下。在大力的、撕破嗓子的嚎哭中，我才第一次明白，作為一個地球人，額頭閉鎖，任思想自閉自圓自成宇宙，是多麼幸運。

9

鬼哭狼嚎式的疼痛為我的身邊惹來一群圍觀者，他們有三十多個人，人人頭上亮著一眼洞穴，猶如一群在幽暗的隧道中出現的挖煤工人，頭上頂著一盞礦燈。看上去，他們同屬一個部族或家族，因為他們每個人都穿戴著同一格局的房子，就像烏龜穿著它們的甲殼一樣。他們走近我的動作，讓我想起地球上麇集在南極的企鵝。有一個孩子（他穿戴的房子較為矮小，我猜他還未成年）看到我的樣子，咯咯咯笑得直縮脖頸，脖頸一伸一縮之間，我看到他的房屋頂上開著一扇天窗，頭與頸就是通過它而暴露或隱蔽的。他咯咯咯嘲笑我，是因為在他額上的洞穴中出現了另一個第三人稱的我，那個小我的額上已開張著一眼洞穴，與眾不同的是，他的洞穴開口趨於扁平，外緣上還綻放著一小排胭脂色的小花兒

（你不必害羞，我聽到你在說，那像似一洞有著繁花裝飾的陰阜）。

笑弄我的孩子性情樣貌都有些像我在冥王星上剖腹胎生的孿生子。於是，我毫不猶豫地命名他叫金。金很調皮，很活潑，用我們地球上俗常說的話，叫作有活力。有活力往往意味著「邊哭邊笑邊做遊戲」的才華。金把他這種才華立即施行於我的身上。他笑過之後便把我忘記，幾乎是澈底地忘記：他額上洞穴中的我沒做任何預警就倒下，被一群同他一樣穿著房子但縮小的人物胡亂踐踏，化成了「舞臺」的一部分。他仍然朝我這個方向觀望，但對我已視若無睹。他的面部神情，顯得悲哀而嚴肅。仔細觀察他額頭洞穴中的世界，我只看到一些儀式，卻全然不懂那些可以直觀到的儀式意味著怎樣的情緒或念頭。我為自己感到恥辱：早該在地球上曉悟的道理，如今到天王星上才恍然大悟：並不是直觀的就是易曉的。在地球上，月球是可以直觀的，可是我們對月亮到底知道多少呢？人的面孔人的身體人的體液是可以直觀的，但我們對人又知道多少呢？我們可以看到（用肉眼）水星、金星、火星、木星和土星，可以看到（用望遠鏡）海王星、天王星、冥王星，可以看到（用肉眼或望遠鏡）無數的星群、星流、星座、單星或流星，可是除去我的夢遊之外我們又對它們知道多少呢？看來，直觀也並非那麼值得信任呀。

你在僭越我的特權，僭越白米線索所示明的思想，一味地追蹤它的情節走向，去關注金和金的同族所達成的動靜。你已走在我的前方，兀自拾起一粒一粒的白米，不再追隨我的左右。我得警告你，你這樣很危險，很容易掉進天王星的「怪圈」裡找不到回歸地球的路。警告你，到那時候，我可不會發動夢遊的實力去搶救你。

你不介意，不在意，只顧得被金的哥哥鈹（我猜他是金的哥哥，因為他的樣子與金如出一轍）所吸引，你專注的目光體現著地球人類對銀幕偶像的一往情深（當然是望梅止渴式的）。請不要忘記王爾德的那句話：「只關注在高臺上的人，是一種非常沒有想像力的本性。」不必辯駁，我知道你有想像力，只是不期望你因為跟從我（其實此時是領導我）去尋索夢遊王國的往事而墮落於偶像崇拜。你說這不是「拜偶像」，不是拜偶像難道你可以真正地「進入銀幕」嗎，可以像我那麼靠近鈹，那麼成為鈹額中洞穴的一個成員嗎？對了，不可以，千呼萬喚，第三人稱的你也不會成像，不會進駐鈹的頭腦，也就是說，你只知世上有鈹而鈹卻不知世上有你。

我這樣同你講話，其實是有點兒自鳴得意的味道：鈹與我一見如故，立即邀請我進入他所穿戴的小房子裡，我也對他一見如故，不顧金的笑諷，待鈹將頭縮回房頂之後，立即跳上房頂，從天窗中吊下雙足，然後擠下身軀（多虧我因夢遊的操勞而變得苗條而修長），僅將脖頸卡在天窗窗緣上，儼然替代鈹成了天王星著名的比琪（比琪，天王星語譯音，意為與房屋一同出生一同成長一同死亡，也有墳墓和胚胎之意）種族的一名成員。對了，忘記告訴你，你我現在所拾到的白米，是我全身下沉到半腰處從懷中取出兜頭兜臉向金砸去時所迸落的，另外還有幾粒落入了他的大腦中，我臨別天王星時，它們已在他的額內萌生了綠芽。

請你不要用譴責謠言的目光盯著我。你以為我在謠言惑眾嗎？你應該沉住氣，等待著我們的步伐走到這線白米的盡頭。你以為在地球上皮殼遭到破壞的種子（包括精子和卵子）就會喪失生殖力，這條法則到了天王星依舊適合，對嗎？你雖然目前跟隨著我，是我之外目擊天王星真相的「地球第一人」，但是，你顯然還沒有真得天王星真髓。天王星與地球至大的不同在於，在這裡，只有例外，沒有法則。你知道，這話聽上去十分像一個英國人在論說上帝與人的至大不同。

我再次提請你注意，你相信金的頭腦具有將白米孵化成綠苗的才能，比起你日後看到它才相信要美妙得多：見過上帝而信上帝的人是有福的，沒有見過上帝沒有見過上帝行神蹟卻對上帝信仰不疑的人則更加有福。如果你無信（不僅是不信），我就將一直把頭與脖頸伸探在鈹的房頂外，不給你的目光任何可乘之機，不讓你瞭解天王星人的內部生活（相對於比琪族的「室內空間」，天王星人可以直觀的「大腦」也屬外部）。你抨擊我這樣做是類仿十字軍或某些傳教士，「強迫信仰」。好，你與我對抗，我們就這麼僵持下去，反正我懷裡還有白米，餓極了還可以嚼上一把，像嚼爆米花兒，可你卻一無所有，只好像海王星上的某類人那樣自己吃掉自己啦。

10

　　鋼的額頭波搖著在遠方出現，嚇破了我透過比琪族人圓視遠方的目光。我必須在他的裸足浮現於光亮之中之前躲起來，以免見到它們情不守舍魄散魂飛。你現在有機可乘，可以趁我縮遁頸項之期將目光透射進房屋的內部，窺鈹與我的隱私於一斑。

　　鈹的房子遠不像我預想的那麼狹小，從外部看上去至多可以寬容兩人的豎長方體，一旦遁入卻寬敞得猶如宮殿。恍然間，我以為自己是第三人稱的那個小我，由於自身縮小而誇大外部／外層空間的空間跨度。我摸摸自己的手，用左手摸右手，再摸摸腳，用右手摸左腳。以觸覺法確認了我之為我之後，仍有一個疑惑在困惑我：我是第一人稱的我還是第三人稱的我呢？謝謝你，謝謝你在身邊提醒我，讓我注意鈹額頭的洞穴，假設它是開敞的，其中又有一個小我，就證明我為原來的我，倘若它被一方綢巾遮蔽（所有天王星人額內的自我都是這番打扮），就說明我是那個鼻煙壺內畫人物般大小的我，也就是說，我是他。

　　我的當務之急是找到鈹。可是，在我印象裡那麼狹小的房子，玩具大小的房子，在現實的四周卻無比宏大起來。這簡直就是一種魔法，要麼鈹本人是一位魔法師，要麼鈹同我同他身上的衣服／房子一同中了魔法，要麼是魔法將房子變大，要麼是魔法將我變小。我要找鈹，本應唾手可得（如果仍舊是他身穿的那間小房子，我此時應與他擠作一團方可容身），可是一旦我在夢中中了魔法，就有可能迷失於他的懷抱（你應該目不轉睛地盯著天窗內的景致，看他是不是抱著已然昏迷不醒的我），在夢遊中開展另一場夢遊。

在鈹身穿的小屋子裡／大屋子裡左衝右撞，我只是與一些希臘式圓柱和一些土耳其浴室般的小房間相遇。有一些沒有緣由的光撲打在我的身上，我漸漸地感到暖和起來。我猜想，這肯定是因為我在鈹的頭腦中，被他的體溫所溫暖，我一時找不到他的原因，也許是他此時恰巧沒有意識到自身的存在（你知道，我們地球上的傻瓜和英雄都會時時處於這種「忘我」狀態中）。由寒冷的天王星北極突然跌入鈹的體溫中，使我逐漸萌生了睡意。暖流猶如一種麻醉劑，在我的體液中迴蕩。我放慢奔走的足步，關閉一間土耳其浴室厚重的木門，倒在猶太神廟內的一塊黑石旁，心想，我要在鈹意識到他自身之前／忘掉我之存在之前好好地睡上一覺。

當然，我倒頭便睡，你沿著白米的線路會看到我優雅而美妙的睡態，你佯裝只俯趴在鈹的天窗上無法看透屋內之屋的景致也沒關係，反正現在我們是在一起，我看到什麼就意味著你也看到了什麼：我看到我倒頭便睡，只有睡眠的環境我一時難於辨識。我多多少少有些後悔，悔不該臨睡前只撒了一顆白米，而且撒得太過特寫，過於突出我的臉孔，導致我們尋索天王星故實之際只能看清我明星般的睡相，卻離「真相」僅僅一步之遙。那「真相」是什麼呢？就是當時我不知此時亦不知的問題：我究竟置身何處，我究竟是第一人稱的我還是第三人稱的我。你我透過那粒白米的特寫只看到，我睡著了，而且睡態如貓。

11

我醒來，依照生理的情節劇，我睡下，倘若不死，必定醒來，我醒來，帶著睡意、夢意和暖洋洋的慵懶，發覺有一個人正在我的頰邊舔食我嘴角尖溢下的唾液，他的舌頭有一種毛茸茸的感覺，讓我的左頰又癢又酥麻。依照夢遊的情節劇，平鋪直敘地搬演，舔我的人一定是鈹，懸疑一些地上演，則是鋼，他可能趁我熟睡之際越入天窗。現在，就看你的心意啦，你的願望決定我的夢遊取向（需要聲明的是，僅僅是這一段落，因為我的全部夢遊歷程只有這一段落由一顆白米的特寫來構成，它的特寫使你的目光具有了多種可能性）。好，你認定那人不會是鋼，是鈹，否則，舔食津液的動作就會令地球人過於費解：鋼既然恨我如仇為什麼會對我的津液那麼頂禮膜拜呢？

你的意見高明，正中我之下懷。不然，一顆白米背後的空間可就會是全部宇宙，任何故事都可能發生。讓追尋泥足深陷於一個特寫鏡頭，可不是我誘引你跟隨我的初衷。還是讓夢尋的腳步很線性，很波流地邁近通俗易曉的細碎場面吧，武斷地認定舔食者是鈹而不是銅，也許會使我們越過粒態特寫，流暢地進入更為引人入勝的場域。

你知曉，地球人受慣了事與願違式劇作法的困厄，有一種受虐文化情結，一旦擺脫繩索，便無法承受自由的輕度和飄度，往往更加墮落。我在天王星旅居的歲月中，有一位天王星先知對我說：「你們地球，是個施虐狂，你們地球人，經受百般折磨千種災難，卻從不考慮像海豚那樣集體自殺，可見你們是宇宙人類中最喜歡受虐的一類人。」說這話的先知是金的弟弟銀（關於他的命名，也是從他與金如出一轍的相貌上認定的）。銀講這話的前提是，天王星讓大多數人如願以償，讓大多數美好的願望迅速實現。當然，對我這個地球人有時例外，有時不例外。此時，是不例外的時段：那個舔食者似乎已心滿意足，無意中抬起臉孔正衝著天窗，天窗外的我們看到的是年輕而英俊的鈹，不是年輕而妍異的銅。天窗內的我也恰好醒來，左頰上殘留著一種毛茸茸的觸覺，又酥又麻且癢，我看到，在一間將可容納兩人的封閉空間內，鈹半跪半臥在我的身旁，臉龐距我的臉龐僅有一尺之遙，從他咂巴嘴的動作空隙，我幾乎可以看到他那條鮮豔的舌頭和舌苔上細碎銀針般的絨毛。最重要的是，他的額上開著一洞巢穴，其內有光，光可燭照整個房間，穴中的小我被一重蠶絲般的繭包裹著，而織繭的正是小鈹。

我在地球人類的語境中存在太久，弄不懂天王星人行為語法及語義，只是為蠶繭中的小我之軀感到一種黏滑的束縛，一種類似於裹緊錦被的束縛，同時我還猜想，小鈹口中吐出的那些細絲，也許正是大鈹從我嘴巴尖角處吸吮去的體液，由思想或情感把它濃縮成柔韌之絲，再由小鈹用牙齒和舌苔將它織成一類懷抱，一類超人體、全封閉式的絲質懷抱，使第三人稱的我安享高度的天王星之愛。當然，當然，何謂天王星之愛，現在還很難說，你質問得有道理，我這樣來表達，顯然意味著我對那樣一種生活的期待和肯定。真的沒有錯，我夢遊異星儘管夢遊就是夢遊本身別無他求，但是萬一意外地獲得超乎地球人類和地球上帝的愛，或者超乎地球人類的想像和地球上帝賜予能力的愛，豈不是錦上添花。

你不要嘆息，為我們地球人類平庸的愛力。我真的沒有辦法不去仰望天窗，沒有辦法將目光集中在鈹的額頭上，沒有能力凝思於天王星人在額內織繭捆縛小我的深情厚意，因為銅的一隻裸足從天窗口垂吊下來，像童話中狐狸用尾巴在冰川上釣魚一樣，晃動著，使我情難自禁地站起來，把鼻子湊近它，嗅食它的天王星芬芳，不住地、貪婪地嗅食著，卻根本不敢觸碰它。它鐘擺般擺動，有時還翹翹趾尖兒，像會跳舞的蘭花指，又俏麗又婀娜，惹得鈹頑興大發，舉起臂手搔那足心。只聽得屋頂一陣狂笑揚起，其突發性和超級別為地球上任何笑聲（包括用 PHILIPS 音響設備放大無數倍的喜劇演員的笑聲）所無法匹敵。在那種笑聲的轟擊下，我不由得想起了「皮埃羅搔妻子癢使她大笑而死的故事」。於是，彷彿被那故事所牽引所控制，我在那隻裸足行將提出天窗之際用雙手抓住它，向下拉，拉到鋼的大腿根兒被天窗之緣卡住為止。然後，我從容不迫地騰空左手，五指輪替，撥動琴弦演奏樂曲一般將指尖時疾時緩時輕時重時點時撥時彈時奏地搔在他的腳心上。我和鈹聽到我彈出的笑之樂曲在天棚外驚心動魄驚世駭俗地播放，不由得相視一笑：我們是同盟者，同盟的立場勝過賞心悅目的友誼和鮮血澎湃的愛情。

你真的不必捂鼻子，天王星人的尿液一點都不騷，非但不騷，還帶有純粹的花之精華的芬芳，如同地球上某些國度盛產的香水，只是品牌更加繁多：一個天王星人的尿液是一種香氣一種香液一種品牌，有多少天王星人就會釀造出多少種香水尿液，絕無混同（認識到這一點之時，我曾經努力搜集天王星人尿液，像地球上公廁中的集尿桶一樣，想在夢回地球時將它們搬運回去，成為地球上的頭號香水製造商，並藉此成為腰纏萬貫的富人）。當然，這種香水知識系譜的建立，是從我與鈹搔鋼的癢使他大笑而射尿的故事開始的。

你也不必捂上你的秀口，不要以為鈹大張著嘴如承露之花朵般將鋼的尿喝進肚裡的行為有多乖張。地球上，對，就是在三角城，不是也有一族人專門研究尿的配方專門飲用自己的晨尿或童子一天之中的任何一次尿液嗎？儘管地球上的人往往被習俗包裝得有些害羞，不敢像鈹這麼明目張膽光天化日地直接將飲尿裝置對接排尿裝置，可是地球上不是還有一個飲精族嗎，他們應用天王星人器官對接的方式直接取用人體內的精液，不鋪張，不浪費能源，與天王星人相比，也算是簫長笛短各有短長啦。

12

停在這裡，我們兩人擠立在同一粒白米上，不前行也不後退，不知你要做什麼。你想仔細比較一下天王星人小便失禁和地球人小便失禁的同異，還有地球飲尿族與天王星飲尿族的異同？你可真幽默，把比較學的科學方法運用到這種不登大雅之堂的課題上，你你你，不覺得是褻瀆嗎！更何況，兩個人擠站在一粒上好的白米上，多麼擁擠多麼相互捆縛多麼不個人多麼不自由呀，世界上（無論地球世界還是天王星世界）再也沒有比這種擁擠更擁擠的擁擠沒有比這種捆綁更嚴密的捆綁比這種集體主義更集體主義的並立現象啦，為此，你會付出代價的。至於是什麼代價，得等我靈機一動計上心頭方可以設計計算並施行。現在，眼下，我只是急於從這座米粒上跳下去，哪怕摔成一條瘸腿也在所不惜在所不懼。

好好好，只聽你發表一段高論，耐下心來，不急躁，不急於只是線性地沿著白米的線條一味兒地進步，不進步，駐足不前，對，駐足不前由你從背後緊抱著我僵硬挺拔的腰肢，雙人芭蕾舞造型一般定格在這粒白米上，從容不迫地展開比較學研究，課題是「地球人與天王星人小便失禁的異同」，的確非同尋常。你無愧於三角城第一學究之美譽。我不是冷嘲熱諷，此時，在天王星上，不不不，在由天王星回憶所衍生的幻象星球上，只有你我二人，我們是夥伴兼同志，你說吧，只是別讓你呼出的氣息過於搔癢我這多愁善感的耳根耳輪和耳膜，好嗎？

我聽到了，天王星人小便失禁於快樂，地球人小便失禁於恐懼，二者的共同起因是外力刺激，只不過前者刺激的是癢感／快感神經，後者刺激的是窒感／鈍感神經。地球上有地獄或地獄之說，地球上惡人多壞事多所以地獄或地獄之說更流行，而且是亙古長流，所以地球人易於受驚嚇遭恐怖，天王星上沒有地獄或地獄學說，不必擔心失禁的小便會流進地獄裡，於是天王星人可以大笑著失禁而毋需像地球人那樣哭泣著失禁。是的，你這樣分析只會增強我對地球法西斯主義的仇恨（其實我原本就對它深惡痛絕），對，先站在這粒米上，口號式地打倒它，打倒地獄邏各斯，打倒一切可能造成地球人小便失禁的偽道德非正義，打倒地球暴政暴人暴行！只有口號是不夠的，遠遠不夠，當我們結束這段追憶之旅時，你我都要立即投入三角城的反暴政遊行，都要以柔情以溫情以激情去抗暴力，都要以暴抑暴，發揮我的武打你的武功，成嗎。口號藝術加上行為藝術，以杜絕地球上的小便失禁尿床尿褲子的作派，成嗎。

其實你也不必咂巴著嘴為鈹的口腹之樂而快樂，你又沒嘗過鋼的尿味，緣何如此心馳神蕩猶如醉酒？對不起，我不知你是在為他而難過，我誤讀了你的表現。我相信你會諒解，我們地球原本就有些模糊，哭時像笑，笑時似哭，夢時若醒，醒態如夢，生猶如死，死猶似生，那種二分法文化激發的常常是那種無分野的臨界狀態或越界語彙，我誤讀你，誤以為你嗜尿如同鈹，背景在此。何況要讀閱你的面部，我非得這麼反擰著脖筋，視角有礙，或許也為誤讀提供了物理依據。若想我心同你心，其實也不難，只需你放鬆鐵臂，任我從這半粒米上滑落下去，任我的步履踏上新的白米之路。真的真的，我已經看到，不遠處散落著的白米隱約訴說著你聞所未聞的「嬰兒性別」，還不放開我嗎？

13

天王星上的飲尿族成員鈹因大量飲用鋼的排泄物而大醉陶陶。他醉臥且大睡，根本沒有醒轉的跡象。他粗聲野氣呼吐著芳馥的尿氣，醺得我幾乎窒息。顧不得鋼守候在外的危機，我把脖子伸到天窗邊，像長頸鹿一樣，把頭探到夜空中去，給肺換空氣。在美麗的夜空中，海王星是我唯一旅居過的星球（其他星球，包括地球，在天王星上都看不到），我此刻離它是那麼遠卻又這麼近，我幾乎可以透過冰霧看到在它的星表上氙正用尿液灌溉著由我圖畫成的鎵，看到鐵正用天文望遠鏡在觀察著天王星和天王星上的我，看到砷仍瘸著一條腿在博物館中奔波，試圖識別唯一的真正的鎂並將她從眾多贗品中選舉出來：海王星歲月已然凝固，它的全部進程已在我抽身離去時終結，如今，它只是封存在太空中的一顆星光，一種記憶，一種懷舊情操的引燃點。我長頸鹿般仰望它，它閃閃爍爍，一副與天王星與我天壤之別的樣子。我驟然感到淚喪。地球也罷，海王星也罷，茫茫星宇，沒有一顆星球想念我關愛我如同我對待它們一樣。

14

你不要著急，在我遙望星空感懷星際關係星人際遇的當機。我知道你的趣味焦點會放在天王星的嬰兒性別上。不過，我們地球人類的線性道路或日路性行程明擺在你我面前：我們只能在白米的規約下循序漸進，重寫或還原我夢遊天王星的原始途程，不跳躍不激進不僭越。展望白米之路，儘管那獨一無二的性別結構已隱隱在先，但是，近景處，遮斷視野的依舊是鋼白晃晃玉潤潤的裸足呵。

我不能無視裸足的主人是否已像皮埃爾的妻子那樣大笑而死，因為他已消歇了聲息頹倒在氨冰質的星表上。我得跳出鈹的衣服，不再與他「同穿一條褲子」，重色輕友一向是地球人的「本能」，在天王星上我也無力抗拒這種力量。情急之中，我雙腳踏在鈹的臉上，既是示別又是借高借力，一個蹬踏躍出了鈹的家。我撲倒在鋼的身上，發覺他的心臟已停止搏動，但全身的神經仍滯留在痙攣狀態，鼻息與口唇中還在有節奏地吐出沒有聲音的笑。

我為什麼要逃呢？比琪族人會把我當成殺人兇手？不，不會的，雖然他們沒人看得清在鈹的衣服裡是誰搔了鋼的腳心，但是他們額頭上的洞穴裡真的沒有上映對我的咎責：我邊給鋼作人工呼吸邊用目力的餘光看清了這一點。是的，我當然會奮不顧身地騎跨在鋼的腰身上，像倒騎木馬那樣，時不時將雙唇死貼在鋼的左足或右足上，猛勁吸吮或憋氣，以求通過足部表皮毛細血管的端點把生氣送入他的體內，把死氣從他的體內吸出。我們地球人，再也沒有比奉獻黏膜器官更愛意更偉大的獻身啦。我把我的唇腔黏膜死死地貼附在鋼的裸足上：我如同化身成為一隻軟體動物，吸在裸足上的是我柔軟的花朵般的吸盤，我聽到圍觀的比琪族人中有人用天王星語發出了一聲讚美：地球人畢竟是地球人啊！

休要嘲笑我，以為我不懂天王星語，即便我真的不懂，這一句讚美我們地球人的話也會聽得懂。你難道已經忘記，在我們四季風轉優美如畫殘暴似猛獸的地球上，罵人的話和誇獎人的話最受歡迎，最易懂易學，最深入於阿諛奉承或者傲慢鄙陋的文化？地球人畢竟是地球人，迷醉於美妙至極或至為骯髒的廁所話語，敏感於被謾罵或受讚譽，作為地球上的夢遊一族，我怎麼會放過比琪族人的那聲讚美而聽不懂吶，不會的，任何一句天王星語我都可以不懂，這一句，我必須聽得一清二楚。

地球人畢竟是地球人，火熱的嘴唇足以使一個大笑而死的天王星人起死回生：銅的冰足漸漸回緩了一點暖意和一抹紅暈，讓我恍若看到了春意蕩漾的桃腮。我繼續唇吻加舌舔，舌舔並唇吻，偶爾也用上細密鋼硬的牙齒，用虎牙的尖頭觸一觸，咬一咬，以期拓展那桃紅的範圍，期望它能直達心臟，憑藉顏色使已然停息的馬達重新發動起來。對了，還有那洞穴，銅額頭上已然熄滅燈輝的洞穴（方才忘了提請你留意，它已黑暗，與黑暗的夜同流合汙）的方向，我的後方，也儼然有打火機般打火的聲響傳來，還有一些微光閃現又湮滅，直到我用滿口利齒咬住他的大腳趾（左腳與右腳兩隻大腳趾並列插在我櫻桃般鮮美明麗的秀口裡）用力再用力，那火焰才撲地一聲全燃起來，照亮了我脊背後緣的那一小片夜空，與此同時，銅發出了一聲野狼般的嚎叫：他獲得了新生，而我獲得了他的兩根大腳趾。

15

我沒帶在身上的。我怎麼捨得隨身攜帶吶，萬一遇上色狼和強盜，又搶我的美色又搶我的至寶，豈不是財色兩空。等你我結束這趟旅行，回到三角城，我會請你到我的臥室裡去欣賞，它們不僅栩栩如生如同我們此時踏在白米上看到的一樣鮮活靈動，而且還在生長，像兩個孿生子一樣日漸長大，其中屬於右腳的那個還在根部長出了小茸鬚，簡直就是三角城街上玩笑的任何一個半大小夥子的翻版。多可怕？可怕什麼？你沒見，見了它們，我保準你走不動路，渾身過電，手腳並頭皮一併酥麻，絕對絕對抗不住它們的魅惑，樂不思蜀，甚至會捨棄跟隨我尋訪夢影遊蹤的神祕機會。

是的，睡覺的時候我會抱著它們，與它們肌膚相親，白晝，我在陽光充沛的大房子裡畫畫，它們是我唯一的模特。在我個人的生活界域中，充盈著它們賦予的天王星氣息，還有與其相關的能指的無限膨脹：到處都是關於它們的畫面，每面牆上，包括頂棚，每一個角落，包括洗臉間和廁所，每一級隔層，包括衣櫥書櫥雜物櫥餐具櫥。各種角度，變化萬千，絕不重複，但畫它們我堅持只憑藉畫布和油彩，對，所有的畫面都是油畫，只有它們自身是天王星骨肉筋質，與我這地球骨肉筋質兩相匹配。

不要用那種眼光看我，這沒什麼可恥，反而可慶可幸：那些將隕石大供特供起來的天文博物館對外星事物的崇拜，其廣泛性，可是我所望塵莫及的喲。

16

缺損兩隻大腳趾的鋼，走起路來便不似其他天王星人那般中規中矩。他幾乎是舞蹈著走路，停立之時也不再嚴格遵循四平八穩的原則，連他額內洞穴中的小鋼也是如此。天王星人從未見過這種人類學景觀，搭起了一座高臺，T字型，由鋼走1字步，在T型臺上走來走去。臺上擔任布光照明的是鈹和他的比琪族同仁：他們個個穿著他們的小房子，每間隔二．五地球米站一個，站在T型臺的緊邊兒上，也就是說只有足掌可以接觸臺緣，足跟懸空，重要的是，他們不僅要隔著臺面面對而立，而且要「搖鏡頭」：每隔〇．三五地球秒就要將頭從左搖向右，歷時必須準確，不得遲於或早於一．七六地球分，然後間隔〇．三五天王星秒，再將頭從右搖向左，以使額內的燈光充分發揮迪斯可燈的光效，歷時不得早於或遲於一．七六天王星分。只有鈹可以一動不動地站在T字的焦點上，畢竟我在他的衣服裡取過暖避過難，他還舔食過我的口涎。對了，告訴你，方才忘記告訴你，我是這臺演出的總策劃、總導演兼主唱，所以我有權力安排鈹站在一個最輕鬆的位置上。不過，後來我才知道，他並不領情，他感到枯燥，因為他把自己看成為一盞白癡燈，傻呆呆地比不上別人聰明。還聽說，當我離開天王星後，他在日後的演出中總會很創意地把頭上下左右前後地搖動，節奏獨樹一幟，使T型臺上越發燈輝搖曳五彩繽紛。

當然，我當然會配合鋼的步伐組建一支類搖滾樂隊，主唱是我和硒，取名紅頂藝妓樂隊。我和硒有時他獨唱有時我獨唱有時二重唱，反正是聲色犬馬無所不來。據天王星北極圈新聞社報導，紅頂藝妓樂隊之所以大受歡迎，有時甚至搶了八趾明星鋼的風頭，至要原因是兩名主唱各唱各的母語，哪怕合唱同一首歌也是如此。那就如同地球上VCD、

DVD、LD播放的雙語雙聲道，有時雙語都很清晰，有時雙語混淆什麼也聽不清只呈現一派無意義的音符：我們的魅力原理大致在此。

硒的歌聲比我嘹亮高玄，因為他額內的小硒也會同他同步歌唱，其厚度、高度、深度、廣度，與他的主聲道恰好構成纏繞、迴環、交感與共鳴。我的歌聲比硒清純柔韌，多多少少透露著地球上女權主義時代女盛男衰以及第三性別自行其道的盛況。我不像硒那麼傻，一旦開口就大我小我一同上。我只使用單聲道，要麼是第三人稱的我真唱，我只張嘴不出聲假唱，要麼相反，反正總有一個我真唱，另一個我偷懶或日養精蓄銳。所以，我很搖滾，但從不聲嘶力竭，甚至根本就沒動用過我在三角城最拿手的發聲方法：生殖器演唱法。你來自地球，理當知道地球上古往今來暢流的生殖崇拜和菲勒斯中心，我的演唱法即得利於那個傳統：生殖系統既然是生育核心，也就可以生殖歌聲：於是，我讓那器官振盪顫動猶如舌簧，我的歌聲因此格外性感格外圓潤格外風情萬種。不過，在紅頂藝妓樂隊我根本毋需拿出那項本事（只能悄悄地告訴你一個人，其實我是擔心第三人稱的我生殖器官過於渺小，在歌唱中派不上良好用場，與大我不匹敵，容易使假唱露出馬腳）。

硒仍舊那麼一往情深，每唱一句歌詞都要衝我拋撇豔慕的目光，他額內的小硒也效仿他的榜樣，向我額內的小我暗送秋波。我懷揣著三角城上好的白米和鋼兩根玉潤的大腳趾，心跳的時候就會與它們產生輕微的磨擦，為心靈帶來一陣又一陣物理性的快感。因此，我心平氣和心曠神怡，不在乎硒用眼電波所施行的性騷擾。漸漸地，我習慣了他的追慕，鋼不表演1字步時，我甚至會主動與硒對坐在T型臺上聊聊家常。我會同他講，我們地球上有火車飛機大炮，有山有水有鳥有魚還有小蟲子，有高樓大廈，有旅館有妓院，有總統競選或人民代表，有學校、電影院和遊樂場，有電子動物飛去來器，還有種族歧視性別歧視性取向歧視，還有天降之災人造之禍。硒對電子動物最感興趣。天王星上既無飛鳥又無爬蟲，人是唯一而孤獨的物種，倘若有電子動物陪伴，天王星人會從低靡頹廢的風氣中解放出來也未可知。

是的，我現在便身攜著一隻電子雞雞，三角城製造，最耐渴耐餓的那個品種。我與你出發尋索夢遊軌跡時必須把它藏在褲襠裡，那裡有最令我們地球人類羞恥的雙股內側，我把它夾在它們之間，以免過海關時被當值的小夥子查獲：三角城的憲法規定，不許攜帶海洛因和電子寵物到外星球去，否則處以終生監禁或腐刑。你應該理解，我既要恪守法紀又要憐惜一個天王星人渺小的心願，有這樣一個追蹤白米回憶天王星歲月的機會，我偶爾挑釁一次憲法帶上一隻電子雞雛，或許會找到突破時空界隔的機會，為硒（也為整個天王星）送去一個新物種，使天王星人在茫茫寰宇中不至於像從前那麼孤獨可憫。當然，就在此時此地，正需要你的幫忙。你一定要在這顆白米上立穩，腳下打顫可以但不許打滑（一打滑就會滑過我與硒同在紅頂藝妓樂隊時的界域），還要用雙手緊抓我的雙足，恰到好處地將我掄旋起來，儘量使我開張中的雙手有機會打破天王星北極的黑夜之膜，把這隻電子雛雞投到硒的懷中。對，對，就是這樣，抓緊我的腳踝，既不要弄疼我，又別掄得過疾過猛，當心把我甩出去：一旦失手，天王星上就會又多出一個大我（額頭上沒有洞穴懷裡沒揣上好白米），而你的幻視力也會因為喪失我的仲介而立即中止，也就是說，你無法與我在天王星經歷的日後的時域會面。

好好好，慢慢地慢慢地減緩掄旋，把我放下來，我有些頭暈，一時間來不及替硒、替天王星人民謝謝你，多虧你的幫忙，天王星上才多了一個物種。電子動物凌厲淒迷的電子目光，風箱抽搐般的呼吸系統，從別的電子動物克隆下來的生理結構以及只有通過克隆術才能夠傳宗接代的生殖體系和遺傳基因，一定會給單純的天王星人類送去地球文明的繁華。機械暨電子時代的科技魔法，將在天王星上出演並成為真正的偶像（如同我們在地球上每天朝拜電視機一樣）。與此同時，你，和我，還打破了一次世界上／宇宙中最尖端最精密最高難最劃時代的科學實驗紀錄：運用身體與身體的疊加直接向外星空間輸送物資。這項世界／宇宙紀錄的最大貢獻其實不在輸送：輸出意味著補充和輸入，這種地球人類遊戲規則你比我更諳熟：既然一個人抓緊另外一個人的雙足運足了勁兒猛掄狂甩一氣就可以擦破星與星之間的空間界限，那麼，奧林匹克運動會就會增加一個同樣的比賽專案，然後再普及為大眾健身專案，然後就可以利用這一技之長，全民總動員向外星空間發展，由被掄的那些人直接從觸碰到的星星上摘取／掠取那裡的能源、智慧、情感以及地球上看似最為短缺的桃色醜聞風流韻事。

感謝你掄我，既代表天王星人民也代表地球官方和百姓，儘管你把我掄得頭昏眼花心臟砰砰砰砰亂跳。

17

趁著夜長人多，我引誘著金向赤道帶進發。硒一往情深地追蹤著我，在雲朵狀的星表上猶如我和金的尾巴。紅頂藝妓樂隊失掉主唱如同地球上死了兩個人一樣稀鬆平常，沒有恐慌更沒發生暴亂，只是隨機應變地改換音樂動機，使用原有樂器和樂手演奏交響樂，倒也是別有一番景象。我因懷中有了鋼的兩根大腳趾，加之金的雙足塗上金彩對我產生了新的魅惑（一看到塗有金彩的足我就悸動，在地球上也是如此），離開鋼的時候我沒有揮淚作別：那時刻，他正在T型臺上歡快地邁著1字步，對我的消失根本無動於衷，甚至對主唱離席樂隊一改往日風範奏成交響樂曲的突變情境也置若罔聞。

用地球方言說，金已出落成一個水靈靈的兩性人。之所以稱他為兩性人，是因為我固持著地球上古老的性別觀念。他額頭上的洞穴中沒有我，沒有地球，也沒有性別這個雙重形狀。我在他的額頭上讀不到我，正如你的額頭不是我的鏡子。我早已在他的額頭內被比琪族人所「蹚平」，只是舞臺構造的一部分而無法再兀顯於構造之外。我引誘他前往赤道，有三條依據。一、他在○．○○八三歲的年齡段上（天王星人壽命最長的是一．三六九歲）已水落石出、相貌堂堂，足以滿足我以貌取人的地球良心。二、在鋼向鈹的衣服裡撒尿／香水的時候，我已初步窺見天王星人的排泄器官，還有，在鈹的衣服／房屋裡我也面對過天王星人的裸身（似乎前後都有花朵或花棒類的性器官），只是當時礙於鈹的額頭監視器一般反映著我的窺淫狂嘴臉，令我自恥，沒敢作進一步研究，金則忽略我，對我的觀賞欲或窺視欲不聞不問，十分方便於我的學術步驟。三、金的名字得自我的冥王星後代，命名決定品德，我相信在他與我之間已因那命名而生產近乎血緣的關係，對於抱持頑固的血緣論觀念的地球人，這無疑加大了的安全係數，倘若我有朝一日把他放到赤道上一邊觀賞那五輪川流不息的小月亮一邊借助月亮翻閱他的性別之書，他大概不會太過大驚小怪（地球上有親緣關係的人相互間便不太忌諱裸露性器官）。

如今看來，我當時把赤道和赤道上空的五輪小月亮描繪得天花亂墜煽惑得金非得跟隨我離別北極長達四十二個地球年的黑夜不可，無非是為了現在，此時此刻，讓你踏著白米晶瑩剔透的線條，在白米的陣營或迷宮般的小徑上，能夠半真視半幻視地見識天王星人童話般的性別（其實，用這個地球單詞來詮譯那些美麗的器官，實在是既牽強附會又大大糟踏了原本的形貌，強加給它們一種地球政治的腐老況味）。你不要那麼嗔怪地望定我好不好？你以為我又犯了地球人虛榮好勝的舊病，一方面把天王星人貶低得天真而無知，連他們身處星球的赤道上空有五輪小月亮的美麗現實都不知道，一方面又把個人的隱晦目的指認為「向後來人開放」？作為一名宇宙間卓有成績的夢遊家，我根本沒有花言巧語貶低自己抬高別人的必要，也沒有興趣去褒貶同我們的地球、同我們的榮辱毫無關係的外星人。當時，在天王星上，我一邊扮演金的天文學啟蒙老師，一邊期待著夢醒之後能夠沿著白米之路見識我的夢境或曰夢遊之境的人。只不過，那時候，我把「後來人」概念化為「後來人」而沒有具體化為你和我，的確有失幼稚（請你諒解，有時候我們地球人哪怕是身處夢幻之境也難免官方概念化攻勢的傷蝕）。堪為補救的是，我當時就用地球語言為天王星人作過正名。我稱他們的性別為嬰兒性別，以與其官能的童話境域相匹配：他們的「性器」永遠是一些花朵而不是果實。

對，是的，你說的沒錯兒，他們在這一點上確實很接近地球上的植物，甚至連同他們所謂性交方式及過程也是花粉式的：有的時候是一個人的花粉被風或被電子動物傳輸到另一個人身上（很類似於我們地球人一對一的交媾），有的時候是一群人的花粉先後或同時沾染在一個人的身上（類似於地球人的群交），也有的時候是自身前面的花產的粉末襲入後面的花蕊造成快感（類似於地球人的自慰）。最奇特的是比琪族人，他們的此類活動先從額頭內的洞穴開展，由「小我」的接收或施放行為引發「大我」的同步行為或遲延行為（一般不遲於三個節拍）。我在抵達赤道之前，一直沒有察覺這種現象。這是因為那些「小我」太小，其存在的細微末節根本不是我的肉眼所能透視。

18

與金一同佇立在天王星赤道上觀賞月亮一輪復一輪地升起又降落，是我們赤道之夜的保留節目（因為我知道我好景不長，三角城情報站一定已經將我夢往星空的違法亂紀行為通報給我所在的電視臺，臺裡一定會發現我在損公肥私地利用工餘時間大做情報走私生意，而且是到外星去搜羅走私資源：因此我必須及早趕回三角城，在天亮之前，即使他們來堵我的被窩，我人在魂在，也抓不到證據：除非我懷裡還會殘留一粒兩粒大米）。赤道之晝嗎，我和金為了躲避日光直射，往往會縮進他的房子裡，我研究他身上植物性的性器官，或者在他興奮的時候目擊他自具的雙性器官互相傳遞金燦燦的粉末，他則用我教給他的地球語文在我的皮膚上胡寫亂寫一氣，為了獲得更多更大的書寫面積，他會脫去我的衣服，在我的背上胸上雙股內外腳心腳面塗畫出許多令他自己捧腹的文字。你問他用什麼材料作筆墨，當然是用手指作筆，用撒出的香噴噴的尿拌和自慰後廢置無用的金色花粉作墨，這一點，難道你站在白米上也看不清嗎？

你真是聰明絕頂，佩服佩服！金用來撒尿的器官是胯部的花朵，自然而然散出的是香水啦：來自天空的是雨，來自口腔的是痰唾，來自花朵的是香精和蜜糖，來自前列腺的是又騷又濁的尿。別怪我蠢別怪我沒有商業頭腦沒大量向地球輸送天王星移民好不好。我在通過鈹發現天王星飲尿族時起就已打起代辦地球移民的如意算盤，比你的金點子至少早過〇‧〇〇〇一二七天王星年。可是我犯了兩個致命性的錯誤，絕對絕對不該犯的大錯，而且是兩個呀，倘或錯誤只有一個，沒準兒現在我已經是地球上頭號香水製造商啦。

第一個錯誤與我們地球人類的情欲好奇有關，並不帶有多麼濃厚的天王星地理特色。你可以設身處地地為我想想，一個像硒那麼既有姿色又有頭腦的人（從他額內洞穴中所上演的思想戲劇可以看出他多麼聰穎狡慧），而且是一個會唱搖滾歌曲的人（你知道，地球上的搖滾歌手一般都萬分性感），從我一到天王星就對我窮追不捨，即使是鐵石心腸也會被那種情熱燒穿幾個大洞。何況，在地球天亮以前我就得趕回去，有去無回地趕回去，倘若沒有身體力行地去體會一次與天王星人的性體接觸，豈不有枉此行。我們在地球上的習慣是，每到一座城市都要在那裡的某間旅館的某個房間的某張床上留下豔遇的記憶。在天王星上，那種慣性依然壓迫著我，愈是接近赤道，愈是能夠看到芝麻大小但依舊光輝奪目的太陽，我愈是喘不過氣來。我必須找一個性伴侶，從硒和金之間選擇一個。由於金與我在冥王星上的孿生子之一重名，我選擇了硒。我一個小小的暗示，就激發了硒無限的熱情。他從金的房頂天窗上伸進他的花朵／花棒，激情澎湃地向我揮撒花粉。由薄薄的牆壁透過來的日光，使那些呈硒色、雪粉狀、香氣四溢的花粉顯得很浪漫，很愛情。在這種情韻中我忘乎所以地張開口，發出了陣陣呻吟。當花粉幾乎埋沒了我和金的時候，我失去了嗓音，成了啞巴。後來我才知道，這時的花粉可以導致失語（猶如地球精液可以傳導ＡＩＤＳ）。為此，天王星人自慰或交媾時從來不張嘴，從來不像地球人這樣呻吟或大嚷大叫。為了記恨他，我抓緊一把白米狠狠地擲打在他的花狀器官上。交並的快感與痛感使他驟然暈厥，從金的房頂上滑落下去。我聽到他摔到地上的遲鈍聲響。

第一個錯誤導致我失語，無法再憑三寸不爛之舌去遊說赤道一帶聚居的曲琪族人隨我到地球上來。唯一可能誘拐到地球上的人是金（此前我已成功地從土星上誘拐過一個名叫鋇的少年，可算是太陽系拐騙未成年外星人的高手）。我幫他清理房間裡的硒色花粉，用的方式和氣力猶似在地球上清理工廠大煙囪內的黑色煙垢。那真是一項巨大的、費時費力的工程。耗時彌久的主要原因是我們沒有通煙囪那一類的工具，只是靠手捧，一捧捧地將花粉捧到屋頂天窗口外再用力一揚，有時候，赤道上微微帶一點暖意的晝風或極其寒冷的夜風還會以迴旋曲的韻律把它們吹回來，有時甚至會颳到我額頭上的洞穴內，使我的顱內產生一種傷口剛剛被敷上消炎粉的刺痛。奮戰了十七個赤道晝夜（天王星赤道上一晝夜相當於地球時間十七個小時）之後，我突發地球聰敏，獨自跳出天窗，將金的房子掀個底兒朝上，然後揪緊金的雙足把房子拍了又拍墩了又墩，才算把硒色花粉清理乾淨。

硒從暈厥中甦醒，深情地望了我一眼之後便疲憊萬分地睡著了。在他的頭側，是小山樣的花粉之塚。有風徐來，會把一些粉末吹散在他恬靜的臉上，也有一些落入了他的額內。他微微地顫動著睫毛，口唇中發出年輕的呼吸。看來，他天然的額內洞穴沒有潰瘍，不會感染ＡＩＤＳ。我把金的房子放平。他急惶惶地伸出頭來，頭上已被屋頂磕出兩個大圓包。我把他立起來。撫淨滿臉花粉。他散發出一聲長長的嘆息，然後用半生不熟的地球語對我說：他，可真是性健將一大員呀。

我的第二大錯誤是在隨後的幾個天王星小時內鑄定的。這幾個小時內，我與金共同度過了從下午到芝麻太陽西斜西沉黃昏降臨五輪小月亮川流著升起復降落的美麗辰光。在這期間，金由於無意中沾染了硒的粉末而迅速妊娠並分娩：從他的額頭內跳出一個身穿房屋，頭上遮巾已然揭除的小金，招呼都沒打一個就蹣蹣跚跚地走進黃昏的迷幻景色中，給人一種虛真實的印象。再看看金的額內，已有一個新生的，一模一樣的小金在那裡踱來踱去作思想者狀了。

不瞞你說，我當時真是驚奇得不得了，驚歎上帝造化之精妙與玄奧。在此之前，我絕對沒有想到額頭上的洞穴竟然也是一所子宮，一所舞臺樣的子宮，既可孕育生產，又可思維運想，又可以直觀的方式上演在地球上只有文字才能體現的思想戲劇。驚豔之餘，我頓生商家策略：只要把金一人帶回地球，就可以讓他與地球百花雜交，由額內生出一代又一代更為優異、更為適應地球人花香概念的混血兒，然後坐享其成：只要用儲尿桶收集他們尿出的香水兒，就可以暴富為地球首富（當然，金和金的後代們必須每日每時每刻待在用我的芳名命名的香水工廠裡，不得休假去五大洲八大洋旅遊，以免香水能源流失）。

我的錯誤並不在於發現天王星人的生育機密（只要我在那裡待得足夠長，總會有機會發現它），也不在於由此浮生的生財之道（在金權至上的時代，誰到了外國或外星不異想天開地期待一夜暴發得腦滿腸肥）。你先別給我擦眼淚，只要走在這段白米幽徑上，我就會淚流滿腮，擦也擦不淨的。我的失誤其實很小，甚至是起因於幽默。金生下小金之後就仰首長嘆，像所有與子孫後代訣別的地球母親一樣，而且，眼中還有淚花兒，在月光下閃耀。我用啞語寬慰他，他卻說：我生個孩子，就跟電子雛雞下個蛋一樣機械而容易，可是，不知為什麼，腦子裡有一些悲傷的東西在發生，這，可是前所未有的（金講這段話用的是天王星比琪族方言，那時候我根本沒向天王星投放電子雛雞，不知他的比喻靈感從何而來）。

於是，我讓他低下頭，我作醫生，他作憂鬱症患者，由我來診察他的大腦。借助月光（走馬燈般的月光），我看到，在頭紮綢巾的新小金身旁萌生了一株稻苗，一株同地球上任何一株水稻苗別無二致的嫩嫩的稻苗。我謊稱，什麼異樣也沒有看到，只是在竊竊歡喜：這下可妙啦，天王星人的子宮裡長出了一棵地球水稻，從此以後，天王星人再也不能風雲獨霸天下，再也不是天王星上唯一的物種啦。

你收回手，不幫我擦淚水，蔑視我的幽默我會更好受些。我是多後悔，當年沒有助他一臂之力。只是舉手之勞，就可以連根拔除他的憂傷，拔除那根生意盎然的綠苗。可是我沒有，我還笑著對他說：你的大腦／子宮中有一片綠油油的一望無際的稻田，看守稻田的是頭紮綢巾英俊瀟灑的小你。

19

回到三角城，我一直不洗澡，也不穿衣服，生怕破壞金在我身上塗畫的天書／壁畫。這不僅僅出於對天王星歲月的紀念，更重要的是，它們讓我時時記起我的罪行。

我足不出戶。窗戶外，三角城情報站的角樓依舊灰暗地高聳著，雷達系統四通八達，但是，他們休想從我這裡購買（無論廉價還是高價）任何一條天王星情報：為了金的死，我從此金盆洗手，再也不沾星際情報走私的活兒，再也不在太空中販運外星人口啦。儘管，金的死因僅僅是因為一株稻苗。

還是你自己看吧，反正那些米已足以觸發你的腳底靈感帶動你的超地球視覺，你自己去看我與金在太空行走的那一段「錄影」吧，我是已不忍卒睹啦。你千萬別再開口向我覆述你的見聞，那段刻苦銘心的太空往事，我不撒白米也能記得一清二楚。

我沒有為地球作皇家電視新聞式的吹噓，更沒有把地球人類的品質誇張為神類的品質，金僅僅是因為從北極到赤道大開了眼界而作出隨我來地球的願望，我根本沒鼓動他（也許你認為，我在香水蓄謀中早已暗藏機心）。當時我只是有些情緒氾濫，被生離死別一類的地球意念抓搔得哭也不是笑也不是毫無表情也不是。我們已經被戲劇和史詩塑造得十分文學，在離別天王星的時刻，怎能不與金又抱又啃又吻又涕泣滿襟裳呢？金堅定不移地說，要同我前往地球，我能拒絕嗎？更何況，當時我處於失語狀態，硒的嬰兒性別硒的官能釋放的花粉沾滿著我的聲道呼吸道，我根本無法勸阻他。再者，我還作著香水成河金銀滿堂的美夢，他自願到地球上來撒尿，我豈不是會舉八隻手歡迎。

我們就那樣上了路，太空行走，無牽無絆的感覺。在黃昏時分動身，行走到火星附近，金突然抱緊頭，大叫著翻滾不止。我有過一次攜同外星人做太空行走的經驗（從土星上誘拐鋇那一次），懂得怎樣及時切斷外星人下墜的路線：我接住金的長方形房子，雙腳踏動著美奐美輪的太空步，儘量不讓宇宙風雲隔斷我與他有可能對接的視線。我發現，他正不停地將金色眼球（以前我未曾看清他的眼球顏色）向上滾，似乎想看到自己的額頭。

他的手在房子裡，無法指示引發慘叫的原因，只有那雙被卡在屋底的腳還可以通過活動腳踝、勾起腳尖兒來指示事故的方向。我很快便明白，問題出在額頭上。我把他面對面抱在懷裡，不由得心如刀絞：他額頭洞穴內的那支稻苗已長大、抽穗、變黃，稻穗的芒刺一根根刺入他的顱內，刺入小金和小金身邊那些縮微的天王星人物的軀體：額頭內已是鮮血模糊，思想戲劇已被定格，再也不能瞬息萬化地演下去。我騰出左手，只用右手臂環抱著他，試圖用手指拔除那株稻子。但是，我的作法只是加劇了金的疼痛，以致我不敢再輕舉妄動。餘下的事只是等待，只是眼睜睜地目睹金由劇痛的高潮滑入彌留的谷底，最終死去，連同他的房屋一起在太空中迅速萎縮，乾癟，像一片乾枯的花瓣飄零於宇宙清風之中。

20

鋼的大腳趾仍在生長，金塗寫在我身上的地球文字卻在日益脫褪原來的花粉色。悔恨之餘，我正在努力破譯那部天書，如果你有興趣，就來幫幫我的忙，主要是幫我作一份從脊背到臀部再到大腿後側的天書拓片。你的賞報？不是已包含在你的工作中嗎？你拓樸天書，同時免費觀賞我的裸體，而別的人，包括情報站長孔布，包括土星上來的外星人鎖，包括我的戀人我的父母，要參觀我的裸體可是都要付高額費用的呀。

21

地球紀元一九九八年十二月八日，我咳盡硒的花粉，清理好美豔怡人的嗓子，恢復人語。在此之前，我憑藉三角城電視臺的公費醫療資格去三角城醫院作了洞穴填塞手術，手術很成功。醫生們給我的頭腦注射一定劑量的麻藥之後，便著手撕去洞穴外緣胭脂色的花朵，然後用作廢的電腦軟碟、錄音帶錄影帶磁條、鋸末、蕎麥皮殼和敗絮混合再生為一種嶄新的大腦物質，填充了我額頭上的洞穴，還用電影化妝術遮蔽掉縫合線拆除的疤痕。

從明天開始，我主持的新檔電視節目就會與三角城的廣大觀眾見面。請你黃金時間準時鎖定六頻道，著名主持人花木蘭主持的「漫遊太陽系」將在那裡親吻你。

故事06　破譯天書

1

我破譯了一部天書。

那部天書用花粉寫成，寫在皮膚上。

天書的作者名金，無姓氏，籍貫天王星。

2

以下是天書的節錄。

3

（第三節）

有一個地球人鑽進我的房子裡，如同跳蚤跳進一只靴子裡（天王星上根本沒跳蚤，跳蚤這個天王星異己的名詞只是作者從某本書上讀到的）。他說他叫花木蘭，花是名，木蘭是姓，也就是說，他媽媽叫花，他爸爸叫木蘭，複合成他，所以叫花木蘭（作者根本不知父母為何物）※。

花木蘭喜歡赤道，不喜歡北極，我喜歡北極的漫漫長夜，也會喜歡看赤道夜空中那五輪交替上升和下降的月亮。花木蘭用我教他的天王星語告訴我，地球的夜空只有一輪月亮，月亮好大好大，大似銀盆，上面還繪著動畫，動畫上是玉兔啦蟾蜍啦桂樹啦之類的東西，都是天王星上見所未見聞所未聞的。

我想我會更喜歡地球。

4

（第十七節）

上課啦。

老師銅站在我身穿的房檐上。

銀和鈹不肯站到我的前後或左右，當老師跨步向左時，沒有另一所房檐承載，他掉到雲壤上，摔得很快樂。

老師不再操練空間技術／概念，開始教我們用大腳趾頭唱歌兒。

老師沒有大腳趾，左腳沒有，右腳也沒有。

5

（第十三節）

比琪族人是與房子一同出生一同成長一同衰老一同死亡的種族。他說，地球上的雞和鳥長羽毛，狗和老虎長皮毛，類似於我與我的房子之渾為一體。地球上的人挺特別，出生時光赤條條，終生都要為穿什麼衣服，住什麼樣的房子而辛勞。地球上有兩種最奇怪的職業，一個是裁縫，一個是建築師。我把他們想像為最遊手好閒的超現實主義之徒。

6

（第二十一節）

這裡有晝夜。我的故鄉也有晝夜，不過得每過四十二年（地球西元紀年）交替一次，不像這裡晝夜轉換得這麼快。我認為，赤道地帶不宜久留，這裡的自然風氣有一股貪婪趣味。當地的比琪族（與衣服一同出生一同成長一同衰老一同死亡的種族）膚色黝黑，十分符合時尚標準，因此有些歧視我。

我膚色潔白應該沒有什麼過錯。

他們嫌我沒有晒過太陽，也沒有晒過月亮，還穿著木偶式的房子，儘管它剛好處於青春期，正是光華耀眼的時代。

7

（第十四節）

一諾千金。

他會給我們送來新物種，以改變人類是這顆星球上唯一物種的單純局面。不過，他擔心地球上的家畜和野生動物都不會作夢，無法與他一同夢遊著來我們這裡。星際空投技術對於他們來說，還只是一項科學幻想。最為可行的是送一隻電子動物過來。可以選擇的品種很多，電子貓，電子豹，電子鷹，電子雄獅，電子百靈鳥，電子烏龜，電子蒼蠅。我毫不猶豫地選擇電子雛雞。

8

（第三十三節）

成長的煩惱是全人類性的。

9

（第三十四節）

硒是我見過的凡夫俗子，唯一一個。在曲琪族（同長袍一同出生一同成長一同衰老一同死亡的種族）中，他裸露的雙足最帥呆又酷斃。傳說他愛上了一個外星人。

他平凡。於是渴望輝煌。

同外星人戀愛，即便不是天王星上至為輝煌的事業，也具有相當炫目的色彩。

我祝願他成功。銅卻適得其反。

10

（第二節）

在行星軌道圖上，海王星是我們的左鄰，土星是右鄰。我觀望夜空，只見左鄰倩影，卻從未見右側芳鄰的仙蹤（為了美文之故，我有意這樣翻譯，天書原文則至為樸質）。

四十二年（地球年限）看不到太陽也沒關係。海王星高懸夜空四十二年（地球紀年）不墜。

11

（第七十八節）

我頭痛。

據最完全的《歷史全書》記載，天王星上從未有過頭痛症狀。

他說，我的頭腦中長出一棵植物，地球名字叫稻子。我寧願頭痛。它為我的星球孕生了一個嶄新的物種。

12

（第一節）

我的上帝。

13

（第七十七節）

我教他一句天王星語，他便會說一百句，句句都是那一句的變格。他說，這叫創造性。他教我一百句地球語，我化作一句說。由此可以斷定，地球語是一個廢話連篇的語種。我在練習講廢話，可惜講得不夠好。

14

（第十節）

鈹年長於我〇・〇〇〇〇七五歲。銀年弱於我〇・〇〇〇〇八三歲（以地球年齡法計算）。天王星有天王星倫理：銀是我的爺爺，鈹是我的孫子。年幼者為長者，年長者為幼者。在先的必是在後的。在後的必是在先的。

15

（第九節）

他的懷裡揣著一些子彈。他的手是手槍。他經常令人猝不及防地發射，揚言是為了記憶。

他說，那是三角城上好的白米。

16

（第一百〇一節）

我申請加入紅頂藝妓樂隊。銅拒絕我的理由是，學生不能作藝妓。

為此，我傷心了許久。

17

（第五十二節）

你們沒有動物，吃什麼肉？

你們沒有植物，吃什麼筋？

他問得鏗鏘有力。我鏗鏘有力地回答他：我們是唯一物種，所以我們從來不飢餓。

18

（第二十五節）

他說，我們撒出的尿是香水。

19

（第一百三十九節）

天方夜譚：地球上不是人人都有能力生孩子（天王星上人人都會），會生孩子的被定性為女，不會生孩子的被定性為男。還有更天方夜譚的是：不會生孩子的比會生孩子的地位要高。花木蘭說，那種傳統叫什麼菲勒斯中心主義。我對此百思不得其解。

20

（第八十一節）

五輪小月亮中，我喜歡最小的那一輪（每天黃昏以後五輪小月亮依次升起復降落，最小的那一輪最後一個出現）。我對它的光輝有深切的感動，幾乎要狂笑起來的感動（天王星人尤其是比琪族人遇上感動的事就笑，不似我們地球人以哭來表達）。

21

（第十六節）

第三性主義神學景觀。

22

（第一百〇三節）

後電影時代，我們的額頭既是拍攝器又是放映器。他想看一部名為《愈紅色愈墮落》的地球影片，或者是《河欲橫流》，我卻無能為力。

他對我們的「後電影時代」唇露輕蔑。為此我幾乎要放棄同他共赴地球的計畫。

23

（第二十三節）

用大腦孕育和生產，被他視為一種奇蹟。古往今來，我們都是這樣，這樣被妊娠被出產，這樣妊娠和產下後來人。

據說，地球上的思想（一個很抽象的形象，原文使用了這個地球象形文字，也許在天王星語中沒有類近的詞）就是這樣誕生的。

地球思想才是地球人的孩子。

……（這一句，我無論如何譯不出來）。

24

（第八十二節）

T型臺。

25

（第八十九節）

他告訴我，他愛女人也愛男人。我根本不懂這是什麼意思。

我們天王星人，只要愛別人就行了，十分簡單，沒有附加條件。

我們真傻。

26

（第一百三十八節）

1字步是普天下最難看的腳步。

27

（第一百三十七節）

花木蘭經過科學考證，認定天王星人的花粉相當於地球人的精子和卵子，額頭上的螢屏相當於宮（儘管多多少少有些牽強）。

地球人真有想像力。

地球人真可愛。

28

天書節錄暫此。天書寫在我的裸體上。

有意獲得全本的讀者，請匯款一百八十八元至三角城三角街白米巷三三三號，收款人為花木蘭。

故事07　火神星蕈生人

1

今年冬季，三角城分外溫暖，西山上不僅沒有皚皚白雪，而且東一叢西一簇地開起了野花。有人說，這不是什麼好預兆，說這話的人當中，有老人也有年輕人，老人說這話是出於身體上飽歷寒暑的經驗，年輕人則是出於文化教養中的世紀末意識。我既不夠老，也不算太年輕，所以有獨到的見識。依恃著不信邪的端正姿態，我獲得了一種俗稱俄羅斯病毒的流感機會，發燒三八．九度，躺在三角型的臥榻上裹著錦繡文章縫製的一大床錦被，不發汗不發力，起不了床，只是一味兒地發夢，為我夢遊異星增添了許多段子。病毒鬆開緊握住我頭髮的十指時，我已渾身乏力，被夢遊絞盡了腦汁。

由高溫度的夢遊中歸來，衣懷中除去一襲冷汗已無遺一粒白米。無力立即起身沿著白米之路去回顧夢遊歷史，又擔心白米的路線被宇宙颶風颳亂，只好把尋繹的職責和靈感交付與你，我親愛的戀人，相信你會不辱使命。

2

你真的是一位好戀人，不僅僅一一拾回我有節奏有韻律地撒落在火神星上的米粒，而且就火神星所見所聞寫成一部《殉夢記》，筆鋒崎嶇筆調濃豔筆法妖異地記錄了我的夢遊事蹟。

以下是《殉夢記》摘錄（文中的第一人稱「我」既指你也指我，如同我們的愛情指涉雙方不可分割，只是，文中的花木蘭是我獨自一人的名字，不是雌雄同體你我不分的共稱）。

3

序　物態變化與記憶失真

我抵達水內行星／火神星已一個星期（依地球日曆法）。

炎熱將花木蘭留作記憶符號的那些白米烤爆，成了一片一片的爆米花。白米經過爆破，不僅白花花地很出風頭，而且體態膨脹，易於造成記憶誇張。

圍觀爆米花兒燦然開放的火神星人有鉈、銻、鋯及其同代人。他們是花木蘭的老朋友。為了保護記憶現場，不讓人上前搶食爆米花，他們手拉手結成既開放又閉合、既牢固又可以移動的柵欄，把爆米花圍了個水洩不通，只許我一人在柵欄內拾取它們，裝入衣懷，並藉助爆米花兒對我乳頭的碰擦而展開火神星記憶。

我知道，這樣的記憶有可能與花木蘭的夢遊實跡不符。但是我別無他法。白米爆破成為爆米花兒，物態變化，依憑物態而存活的記憶怎能完全逼真吶。

4

第一節　蕈生的人類

我的老朋友鉈博聞強記。他知道地球人將蕈類植物看成低等生物，一與我相遇就抱住我的腰，既讓我感受他蕈一樣滑潤的肌膚，又證明蕈生的火神星人有同地球人一樣發達的情欲及情感。

至於智慧的展示，他採取的方式十分地球化：帶我去參觀大大小小的博物館、圖書館、美術館、音樂廳，還有形形色色的名勝古蹟。很顯然，如果不是智焰高熾，如何能創造這等輝煌的火神星文明。

單以鉈這一代的蕈生人來講，就足以證明火神星人的天賦高超，抗禦惡劣自然條件的才能絕非地球人可以比擬萬一。鉈和鋯和銻這些人出生的時候，正值火神星公轉到近日點，炎炎烈日，使一切與水相關的生命都感受到一種轉瞬即逝的哀傷。鉈和鋯和銻迎著太陽從一段朽木的底部生長起來，並從朽木中抽拔出手足，衰朽無力地在陽光下相互扶持著蹣跚而行。當他們平生第一次感受到陽光灼熱時，便相互舔遍全身，用舌苔上分泌的一種特殊黏液為對方身體塗上一層保溼膜。據說，它可以使火神星人的體液不揮發，只在體內交替循環，如同我們地球人的血液循環一樣。

5

第二節　成長的快樂

鉈讀過由地球語翻譯成火神星語的一本書，書名為《成長的煩惱》。他認為，地球人的生命進程相當違反自然規律，所以才會越成長煩惱越多。火神星人的生命規程與地球人背道而馳：他們一生下來是衰老無比的老人（我猜想，也許是生於朽木的緣故），越活越年輕，由老年及壯年及青年及少年及幼年，臨終時一律居於嬰兒狀態。在火神星上，沒有夭亡，沒有橫死或暴亡，沒有受傷或殘疾，所有的人都會健康無恙地度過一生。因此，他們的成長是純粹的成長，向著更單純、更潔白、更柔軟、更快樂的境界成長的成長。越活越年輕，一直是我們地球人的夢想。在火神星上，這種夢想就是現實。我對鉈說，假如我們地球人有火神星人這等的幸運，便也會舒展愁眉，不為老之將至朽之將至死之將至而愁薄了愁白了少年頭。

6

第三節　情感生活

葷生的火神星人無性別，但性欲和感情極為豐富。他們相互愛慕，而且是見一個愛一個，根本不必講求地球上的「專一」原則。他們相愛，不分親族、年齡、性別，因此免除了地球愛情的親、友、性愛的區別與差異。由於鉈不是誕生於另一個人的某一項器官，也不是由另外兩個以上的人相交合而孕育，因此他不獨享任何血緣上的特殊愛情（如花木蘭愛他的父母，他的父母也格外愛他）。他有同代人，但與同代人之間沒有兄弟姊妹和非兄弟姊妹的分別，因此也就沒有地球人類少數人之間天然的親密關係以及由此帶來的與多數人之間的陌生與疏離。他終生都不會有專屬於他的戀人（在我看來，好悲哀呀），因為他從未對我們可以用「貞操」去修飾的別一個體的某一特別器官有獨占的要求。

不幸的是，在鋯、銻、鉈、鉍、鉑那一群人當中，花木蘭獨獨對鉈一見鍾情。在烈日下，他冷落眾人，只對鉈越來越年輕的面龐、身軀、魄力和神情心馳意蕩。鋯、銻、鉍、鉑那些人仍舊出於本性，見了他就愛慕他，而且毫無保留。這一下，他誤以為自己成了明星，眾人愛他，他不愛眾人，只用飛眼或飛吻勾住眾人的愛，不讓他們鬆弛或轉移。當然，他會發現自己的失敗：火神星人像追慕明星一般愛戀所有見到的人。

鉈尤其使他傷心：他對他用意不專，與鋯、銻、鉍、鉑統統有「曖昧」。為此，有一些爆米花兒是澀的，滿浸花木蘭的眼淚。

7

第四節　建築物

葷生人不僅耐熱，而且擅於利用熱力。鉈帶我去過的博物館、圖書館、美術館、音樂廳，無一不是用熱玻璃建造的。所謂熱玻璃，就是朝陽的一面可以沸騰而另一面凝固不化的玻璃。熱玻璃構成的建築物，不僅僅採光良好，而且由於表面是半液態「流動不居」，使建築物的面貌日日不同日日常新，不似我們地球建築物這樣一成不變。

花木蘭最不理解的是，火神星人一點都不看重建築物。鉈告訴我，他們搞建築工程，僅僅是出於星際交流的目的，也就是為了讓來訪的外星人（譬如我和花木蘭）有一些可以參觀的去處，或者是為了不讓我們感到火神星荒無人煙。至於火神星人，他們可從來不住在我們所說的「房子」裡。他們也不挖洞，像熊或老鼠那樣。

露宿街頭，是火神星人令地球人悲憫的生活方式（寫到這裡，我好難過）。

8

第五節　書籍

鉈是生來愛好寫作的人，鉈是生來喜歡閱讀的人。鉈把火神星一號或二號或三號或四號或五號或六號或七號語文寫在圓型玻璃板上（火神星上有七種語言文字，以數字標識語種），鉈來閱讀。鉈每讀完一面，那面的文字就會自動消逝。如果鉈想回過頭來重讀或修改自己的著作，被重讀或修改的部分也會立即消褪，僅剩下修改上去的文字。因此，火神星上的書籍一般只有一個讀者（假如他是一個讀書一字不漏的人），有兩個以上讀者的情形發生在這樣的前提下：前一個讀者只讀了片段或部分。在火神星逗留期間，我讀到過被銻三心二意讀過的一本書，它像地球電腦上的缺碼現象，整部書只是沿著玻璃板的圓周線稀稀落落殘留著一些文字，如同一塊沒有畫完的飛鏢環形靶。

花木蘭參觀火神星九號圖書館時，看到過一些從未被閱讀過的書（它們一概沒有書名，因為書名被圖書管理員讀過並記錄在目錄卡上了），一些文字斑駁狼藉的書，還有一些全然空白的書的「遺跡」。他最喜歡書的「遺跡」。他對九號圖書館唯一的一位管理員駱說，它們激發人類無窮的智慧和想像力。

9

第六節　太陽節

居留期間，適逢火神星的太陽節。太陽節每年舉行七次，我參加的是當年的第四次。太陽節的主題完全是色彩學的。蕈生的火神星人會因為不同時段不同主題的太陽節的臨近而漸漸改變膚色和毛髮色。第四屆太陽節主題是橙黃。太陽節的前夜，鉈、銻、鋯等人已變成純正的橙黃色人，只有我還保持著地球本色。我為自己的個性化色彩而驕傲。一同變化色的火神星人群，在我眼裡是芸芸眾生。只有我才出類拔萃。

太陽節與我期待的氣氛大異其趣：太陽一出來，所有的人立即倒頭大睡。節日過後，鉈醒來，高高興興地告訴我，他已在剛剛結束的「睡眠大學」畢業典禮上獲得啟德呼啟立比立（火神星二號語種譯音，相當於地球上的學士學位）。我詢問相關於教育的一些問題，他明確告知我，火神星的太陽節其實就是利用太陽的光能與熱能向睡眠中的人傳導一些神祕經驗，獲得這種「啟示」的人會日益減少生之灼熱，並在各種類似學位的稱號下「日臻完善」。我追問他，何謂「日臻完善」，他沒有回答我。

太陽節期間我很孤獨。通衢窄巷，都是橙黃色的人倒地而眠，唯有我終日（長達八十八個地球日）躑躅在鉈、鋯、銻等人沉睡的街邊。

10

第七節　曲曲曲曲龍

鉈的胸口佩戴著一枚啟德呼啟立比立徽章，帶我去曲曲曲曲龍驛站（相當於地球上的公共汽車站）。曲曲曲曲龍是一種耐高溫的動物，樣子很像地球上已然滅絕的恐龍。儘管它們有著龐大的骨骼和身軀，但性情十分隨和。火神星人古往今來一直當它們作客運列車。為了酬謝曲曲曲曲龍的馴順和辛勞，火神星人特意發明了一種聲畫同步的視匣，通過火神星的一百〇五顆衛星將太陽系各星球上的電視節目轉播過來，供給酷愛觀看的曲曲曲曲龍打發黃昏到夜半的那一段光陰。由於星際天文學組織成員（尤其是地球）尚未承認火神星的存在，所以火神星可以任意「盜版」各類節目，不會受到任何人任何集團的追究。

曲曲曲曲龍是全世界（指整個太陽系世界）收視自由度最大、眼界和心胸最為寬大的動物。據花木蘭說，人類根本無法與曲曲曲曲龍的視界同日而語。

11

跋　美妙瞬間

鉈舔遍我的全身，為我塗上防晒／保溫膜。

12

《殉夢記》摘錄至此，欲購無刪節有彩圖之全本者，請靜候佳音。

故事08　太陽系電影大獎

1

太陽系最大的電影節以我的名字命名，迄今已有百年歷史。按照電影節規程，一年一度的電影節必須在太陽系的各大行星、行星衛星、人造衛星或者湊巧路經太陽系的彗星上舉行。電影節不設獎金。榮譽比金錢更重要，這是電影節百年不易的宗旨。如今，這宗旨已成為整個電影界的流行語。全太陽系的人們都以擁有一座由我的裸體縮小拷貝製成的花木蘭獎盃為至大的驕傲。相當長時間之內，我裸體的金屬贗品面臨著被偶像化的危機。效仿的行為也風起雲湧，譬如地球上的奧斯卡金像就是其中至為呆板僵硬的一尊。好在我是花木蘭，易裝者，外剛內柔，心情潔白如水，目光皎好如月，連我的縮微金屬獎像也承襲著這些特點，無可抄襲，獨一無二。所以，花木蘭電影節就是花木蘭電影節，任何其他電影活動都無法望我之項背。

2

今年的電影節是第一〇一屆，在小行星ＢＡ一九九一上舉行。我有意避開木星、土星那類大型星體。大膽選擇直徑九ｍ、體積如同一座大房子的ＢＡ一九九一，出乎所有星球電影製作者的預料。大多數星球在自轉與公轉中了悟了我的策略，唯有地球致電到我家中，質問我在一顆那麼小的星球上如何體現「榮譽比金錢更重要」的電影節宗旨，並威脅說，假如我一意孤行，他們將解散豪華陣容，不派任何影片參賽與參展。

電影節開幕前夕，我在三角城會見地球電影代言人竇哲，同他磋商三個小時零四分鐘，就如下三個問題誠摯地交換了意見。①花木蘭電影節之所以風靡整個太陽系，首先是因為它是太陽系迄今為止規模最宏大、選片最菁英、評獎結果最具權威性的電影節。第一〇一屆選定名不見經傳的小行星ＢＡ一九九一作為承辦地／東道主，有三種可能性，究竟是哪一種，請獨裁者花木蘭回答：ａ、電影節是否有意放棄權威位置，讓路給規模與資格相對渺小的電影節？ｂ、是否電影節正在走下坡，志望與成績已今非昔比？ｃ、電影節已佳績滿盈，不在乎偶爾一次的小型化會有損名望？花木蘭的回答是：都不是。②地球是太陽系最熱愛電影的星球之一，不僅熱愛，而且盛產，電影率各行各業各黨各派之先實現全球一體化，依靠的就是電影節建制的至高無上：在地球電影遊戲中，沒有任何力量可以質疑或顛覆由電影發達國家以國際名義舉行的電影節及其準則。沒有地球代表團參加的星際電影節，是否真的夠得上星際級？電影節組委會（其實上上下下只有我一個）是否可以想像，假如地球上國際級的電影節沒有美國、或者沒有法國、或者沒有義大利等幾個電影大國的參與，還夠不夠級？花木蘭的回答是，也夠也不夠。③倘若沒有地球人的支持，身為地球人的花木蘭是否仍能一統星際電影局面？花木蘭的回答是：一統不一統無所謂。

這種誠摯會晤的結果顯而易見：以竇哲為代表的地球電影代表團成員紛紛拋掉預先揣入懷中的上好白米，退出電影節評選，不允許任何人同我一道以夢遊的方式奔赴BA一九九一。

3

缺少地球龐大而隆重的代表團參加的電影節，的確顯得有些許冷清。好在BA一九九一是一顆氛圍沉靜張力遠大的小行星，不夠熱鬧不夠狂歡恰恰符合它的生存語境。

今年星際盛行用人類學的方法拍電影，各星球代表團的參展影片普遍傾向於冷眼旁觀、客觀記錄、忠實「原生態」。一度輝煌的抒情、詩意、油畫般的電影幾乎同時遭受各星球選片委員會的白眼。東道主ＢＡ一九九一的代言人硫悄悄對我說，這是星際電影的一種「劃時代」。

作為組委會主席，我邀請金星的著名影星氫擔任評委會主席，其餘五位評委分別是水星的編劇鈺，火星籍攝影師鉺、天王星來的導演銅、土星著名錄音師釷和海王星影帝鐵。我不擔任評委但可以左右評委，對於獎項的分配早已成竹在胸，氫和他的評委們不過是虛偽的星際民主的傀儡而已。

4

花木蘭一手遮天，開幕式上放映月球參賽影片《你的美麗我的哀愁》，鈥是該片集編導演於一身的新人，《你的美麗我的哀愁》是他的處男作／處女作。鈥出生在地球，與花木蘭一度青梅竹馬，後來移居月球，以避地球第七次大冰川期的種種災變。

《你的美麗我的哀愁》講述這樣一個月球故事：月球的圓缺和有無一度決定於地球人的眼界，月球人在地球人看到圓月時擁有一顆完整的星球，可以任意作環球旅行或競賽，此前或此後的日子他們僅僅擁有一片殘損的領地，只能待在一側半球及至一個端極上，一旦月球從地球人的視線中消失，那一代人便會隨之全部滅絕。當月亮再以上弦的形式映現在地球的夜空上時，月球的世紀末才算終結，新的一代人才可以像草木復生一樣萌芽、成長。這種局面一直持續到鈫（劇中人的名字）這一代人漸漸成長接近月圓之時。鈫不甘心隨同代人被地球紀年的計算方法統治，一個月之內自生自滅。他開始大聲地向地球發出抗議。他預期的是，月球自轉和繞地球公轉的運動中，除去蒞臨地球的海洋上空時，總會有人看到圓整的月亮（那時候，鈫還不知地球上的人會航海，地球人可以在船上舉頭望月）。為了避免月球在海上隕落，他不停地高喊，結果，他的聲音激起了地球上的潮汐：連綿而浩瀚的南海上空正當月圓，圓月上傳來鈫高亢激越滿懷生之衝動的吶喊，海水就此生發潮汐波，向北運行，直達好望角，鈫的喊聲志越過好望角，造成第一個潮汐波，這個潮汐波再向北進入大西洋和太平洋。看到潮汐的人們在海邊便間接地看到了圓月。鈫拯救了月球上整整一代人。他們在月球上至今生生不息。但是，鈫必須堅守在他英雄的位置上，每當地球夜幕降臨，他就得伸長脖頸運足底氣，向著地球大聲吶喊。久而久之，他的眼中分泌出大量的淚水，每當他喊叫的時候，它們就熱烈地流下來，並有一股地球上海水的味道。

開幕式結束許久，人們仍久久地坐在ＢＡ一九九一的二號放映廳中一動不動。我很功利地想，鈫成功了，就此將名揚太陽系，甚至有可能大紫大紅。

5

開幕式後的酒會辦得樸素而真摯。酒會的主題是向哈雷彗星年輕編導鈁、太陽系第三大小行星灶神星的資深編導錫和獅子座流星雨第七八〇三號流星的中年導演氖致敬。氖的故鄉已化為烏有，作為無家可歸的太陽系孤兒，他比同為星際第三世界的鈁和錫更多得到來自發達星球代表的關懷和體貼，為此，他喝得酩酊大醉，沒能參加子夜舞會。

6

子夜舞會上大出風頭的依舊是經濟發達、人情妖冶、生態均衡、礦產豐盈（尤其是貴重金屬貴重石頭和石油的儲存量和開採量大）的星際「第一世界」星球代表。金木水火土天王海王冥王星的人類優秀代表濟濟於舞池，各顯身手，各呈妙姿，加上服飾和舞鞋上各種礦產飾品的修飾，整個ＢＡ一九九一的夜空都為之絢爛起來。

人們忘記了鈥和他感人至深的影片。酒會上受致敬的兩個第三世界人士，此時像兩個鄉巴佬被舞蹈的漩渦拋甩在一旁，眼巴巴地望著那些錯錯遝遝的舞步，那繽紛萬化的舞陣。

我發現，電影愈來愈遠離花木蘭電影節，參與電影節的風流人士正在逐屆逐屆地用聚會和慶典替代電影這一真正的主角。

我走近受到冷落、衣著邋遢的錫和鈁，邀請他們與我共舞，直至子夜結束。

7

火星西元一九九〇年，火星上發生大地震，火星人的家園遭到大面積毀壞，一時間，民不聊生。負責統籌星球社稷民生的火星藝人派出一一支小分隊深入災區，力圖在最短時間內偵破地震原因並抓獲肇事者。這支被命名為粉紅色舌苔小分隊一律由科學家組成，隊長是氧，隊員是鋅和鎳。一行三人一踏上北半球，立即穿上由鋅精心設計由鎳精心製造的金屬防震服。

一路行來，氧和鋅和鎳遇到成千上萬的難民向他們伸手求救，有的奄奄一息亟待搶救，有的飢腸轆轆彈盡糧絕，有的在寒冷的西風中瑟瑟抖動，有的受到驚恐惶惶不可終日。然而，氧和鋅和鎳重任在肩無暇旁顧。他們通過逼問的單一方式強迫每一個被他們遇上的難民說出肇事者。難民們寧死不屈，沒有人向他們提供任何地震起因的線索。

將近北極的一段行程中，粉紅色舌苔小分隊的三位科學家反反覆覆與同一個人相遇，他叫氬，吃得又飽穿得又暖，身上沒有一點點破損，全然不像災難中人。對此，鋅起了疑心，而鎳起了色心（也難怪他，自從進入北半球再未見過飽暖之人）。在鋅和鎳的鼓動下，氧決定追蹤此人。他們發現了一處巢穴，其中儲滿了火星上的貴重物品，什麼羽毛呀、牙刷呀、棉籤呀、衛生巾呀、安全套呀（各種品牌與型號一應俱全）。在物品堆中端坐著氬的戀人鍗。他向粉紅色舌苔坦言，這些東西是氬為了留住他的芳心從死人或半死不生的人身上偷來的。

氧向藝人總部發出電傳，聲言已發現火星地震的原因。小分隊一行三人逮捕了氬。氬是火星上第一個小偷。從歷史的眼光看，他空前絕後。小偷的誕生是火星地震的起因。這是火星上的現實主義。

8

氬仇恨火星人提交的那部《震災要聞》，原因很簡單：片中的小偷與他同名。影片一放完，他就揚長而去，令編導演氧和鋅和鎳歡呼雀躍：氬的棄席而去證明了火星人對金星人藝商（星際流行的測定人的藝術智能的標準）不高的估價。

9

花木蘭電影節進行到高潮時段，連續放映了兩部來自水星的影片，一部叫作《牽手火神星》，另一部叫作《飛鳥產米》，前一部的編導是鈷，後一部的編導叫鈀。從技術的角度講，我認為這是本屆電影節正式參賽片中最出色的兩種文本。

《牽手火神星》拍攝了一個外星人故事。火神星人鉈和鋯是兩個失足少年，他們失足的程度之驚人實屬前無古人：自火神星上墮落到水星上，並且在水星的一列過星車（環越整個水星的超音速太陽能火車）上肆意搶劫和輪姦水星人。為此，水星上最智勇雙全的俠客鈧飛身登上該列火車。火神星少年教化院也積極投入抓獲失足者的活動。教化院長銻通過越星可視電話向鈧講述了鉈和鋯罄竹難書的惡行以激發他的鬥志。經過五個驚險回合的較量，鈧終於勝利擒獲鉈和鋯，並依《星際人犯法》乘太空船將二犯押送火神星。

《飛鳥產米》在我看來是一部寓言片，但評委會全體成員一致認為它是接近紀實片的故事片。該片場面精緻而浩大，成本預算遠遠超過《牽手火神星》。其劇情梗概如下：水星自古沒有植物，不是因為地質結構和氣候，而是因為水星人天生反感任何植物。上帝造水星人之初便沒有為他們創造植物夥伴，並將生產五穀雜糧的職責交付給飛鳥。可是，水星人又酷好狩獵遊戲，一到假日水星人便成群結隊騎著駿豹四出槍擊飛鳥，造成鳥荒與糧荒。作為沒落世代的孤膽英雄，鐪義不容辭地開設了夢夢飛鳥催春所。他的創意是用一種化學藥劑注射到飛鳥的臀部，以此催動牠們的春意，使牠們多產米又多產卵。當然，多產米和多產卵的前提是飛鳥間的多交配。一隻一隻的飛鳥被不講道義的人從天上槍擊下來，而一群一群的飛鳥從夢夢飛鳥催春所中飛出來，水星的生態平衡和人民飽暖因此得以保全。

10

第一〇一屆花木蘭電影節評選結果揭曉時，整個太陽系都為之震驚：評委會成員集體倒戈花木蘭，將金花木蘭獎頒發給來自第一世界大行星的兩部巨片：木星影片《脫衣舞》和海王星影片《監禁者》。對此，我只有瞠目結舌的分兒。

故事09　月亮上的童伴

1

以往夢遊異星，我都是揣上一滿懷上好的三角城白米，邊遊歷邊揮撒。這一次，我玩一點小技巧，搞一種新創意出來：左攜簫右執笛，隨時吟簫或吹笛，依憑雁過留影鴻過留聲的地球聲名準則，夢醒後循依簫歌笛唱（我認定他們會在空中滯留永遠不會散去），重新喚回夢遊路程，風景和閱歷。三角城的人們不會不知道，我是一個前衛家，有始無終的前衛家，連夢遊和記憶夢遊的方式都會不斷推陳出新。

有人說，沒有經過思想審視的生活不值得過。

我說，沒有經過花樣翻新的異星夢遊，不值得回憶。

2

頭一次嘗試用笛吟簫咽來記憶夢遊掌故，我沒有飛想得太高太遠。月球足矣。

剛一登陸月球，我就邂逅了一個童年玩伴。他的地球學名或乳名或綽號我已忘記，址記得他很淘氣，膽子大，不安心待在地球上。有一天，他失蹤了。在地球上最後一個看到他的恰巧是我。那份場景是三角城郊外茫茫無盡的雪野。他在雪原上作S跑，朝著天際的那輪圓月。他的身影完全被月輪涵納之後，我再也沒有見過他。

他現在叫鋑，模樣很皎潔，像月色一樣。

鋑說，在三角城的郊外有一條道路，只有冬天、夜晚，有雪而雪上沒有任何一痕腳印（包括狐狸和鴻雁）之時，那條路存在，沿著它，一直走，忘乎所以地一直走，直至道路的物質性完全消隱哲學性澈底顯現，就會抵達月球。

我把簫與笛藏到背後，滿面羞紅地對鋑說，我也是步行，不是一直，而是螺旋著上升，踏過一條簡捷而沒有任何塵質的道路，看到低谷發現的「豐饒之海」，才意識到自己來到了月球。

3

鈫九歲失蹤，十九歲與我在月球上重逢。他的生理結構已因月球的地理結構而作了調整。科學傳說指出，月球上沒有水。他就不會渴，不出汗，不排泄，不流眼淚，哪怕是最思念地球故鄉和親人的時刻。科學假說指出，月亮上沒有空氣，他就不呼不吸，不使用肺，反正人體器官未必件件有用，譬如闌尾／盲腸。科學考據認為，月球上沒有生命，他不同意，他就是生命，以生命反對無生命，而且是聰慧的生命，人的生命，儘管，他是一位移民。

地球公元一九七二年，鈫先是會見了「阿波羅十六號」宇宙飛船上的兩位宇航員，同他們進行了長達七十一個小時的月球遊走，隨後就是接待「阿波羅十七號」宇宙飛船的來訪，他以月球主人的身分邀請尤金·塞爾南和哈里森·施米特在月球上逗留了七十四小時五十九分，並且與後者成了好朋友。在他們一一會晤的日子裡，鈫起草了一份〈告地球人類書〉，請四位宇航員和他自己先後在上面簽了字。白皮書的主要題旨是，反對「月球上無生命」的說法：白皮書的起草者和簽署者難道不是月球上的生命嗎？

四位宇航員相繼乘坐宇宙飛船安全返回地球後，鈫就坐上那輛八輪自動推進車在月亮上徜徉。八輪自動推進車上印刷著地球俄文，它是由「月球十七號」飛船送上月球的。我遇見鈙時，車子的自動裝置已被鈙改造成人工控制系統，除去原有的太空模樣依然故我之外，它的發動機已被改造成永動機，消耗的唯一能源是時間。

月球上有環保型機動車奔馳。

月球上有不耗費任何月球能源的機動車在奔馳。

月球上有有人駕駛的機動車在慢速或快速行駛。誰還敢說，月球上沒有生命。

4

白皮書的五位作者中唯有一位留在月球上，另外四位黃鶴一去不復返，白皮書的下落及反響杳無音訊。留在月球上的人與我相見之下，關切的是我是否在地球的傳媒上（無論何種何類）讀到過那份〈告地球人類書〉，或者聽人談起過它。我只有誠實地向他搖搖頭。

鈙的唇齒間發出一些半是月亮半是地球的嘆息。我想安慰他，拉住他冰涼的雙手對他說，地球並沒有遺忘他，不僅沒有遺忘，還有人在想念他，並且專程來月球上探望他。

我把笛子橫到唇邊，吹起那支〈巨人的故事〉，笛聲悠揚，將我們帶回童年的往事語境。一曲終了，我把笛子交給他，他吹笛我吹簫，將那曲童年往事重新演繹一遍。在簫吟笛唱裡，一些早已忘懷的畫面、氣味和聲息，一些被時間的煙靄遮擋的情韻、稚思和感情，潺潺地流湧出來，傾瀉到月亮的表面，結成嶄新的冰河。

我們情不自禁地貼近對方，沒作任何儀式化的凝視或預備動作，就緊緊地抱在一起。他的左頰貼著我的右頰，給我傳導著一股從未經歷過的感動，一種曠世的感動，只有在月球上才會體會到的人與人相親相愛的感動。

5

鋐用他的八輪月球車載著我在月球上兜風。這種兜風不具任何表演性，沒有任何觀眾，美妙的感覺因為沒人分享而顯得格外空曠而圓整。

在尼爾·阿姆斯壯行走過的路線附近，八輪車險些撞上三隻小狗。我曾在三角城出版的一份精美畫報上見過類似模樣的狗，那兩條狗因為被「宇宙一一〇號」飛船送上月球而聞名全球。我問鋐，他們是那兩條公狗的後代嗎？鋐點點頭。

我們下車，把他們抱到車上。經過檢查，他們一律是小公狗。鋐格外喜歡其中純黑色的那一隻，給牠起名字叫紅唇族，另外兩隻歸我命名，我把渾身純白只有尾尖是黑色的那隻叫白色幽默，呼喚那隻毛皮像花奶牛的小狗時，我用達達主義。我們與狗之間存在天然的默契，新名字一經使用馬上獲得牠們深切的響應，我們叫誰，誰就用吠或搖尾或雙唇相擊的無實物接吻表演來表示隨時聽候傳喚。為此，我和鈜都很有了一陣子成就感：我們命名，命定的名字受到公認。

6

地球的黑夜是我們的白晝，而且是星體通體通明的白晝。我和鈜都知道，這時候我們在為月球的主星輸送光明，為那裡熱愛月空和光明的人們送去陰涼的月色。

每到地球的黑夜月球的白晝，鈜就停下車子，不移動，也把紅唇族、白色幽默和達達主義聚在車艙中，不讓牠們亂動亂跳。他告訴我，這是為了不使那些賞月的人們看到甲蟲一般的斑點在月亮上爬。

聚在車艙中的時光顯得有些寂寥。我開玩笑，為小狗們成立了一所語言學校，我和鈜輪流擔任教師。令人吃驚的事情發生了：小狗們對我們的教授不僅心領神會，而且可以開口講話，儘管發音吐字偶爾會有短舌症治癒後的殘障兒的感覺。

我和鈜驚喜之餘，開始留意月球的地理構成，或氣候，或風氣，力求尋索「自然變異」（一種腐朽的地球觀念）的依據。我們的科研課題有兩個：一、公元一九六六年由俄國人投放到月球上的兩條公狗何以會有後代？二、公狗的後代何以會口吐人言（排除教育的因素，因為人的語言也是代代相傳相授的）？

最初，欽找到一些礦石，純黑色或純白色，顏色很近似達達主義的血統。他發現礦石是在月球的一個夜晚地球的一個白晝。他剛剛入眠，就被一種練習發音的聲音驚醒（那時我已睡熟，所以這一段陳述是我的轉述）。他起身，循著聲音的方向來到一堵天然的石牆前。借助隱隱的星光（這個夜晚，夜空中繁星萬點），一個白色的小身影顯現在石壁前，繞口令的練習聲正從那裡傳來：一道兒黑兒兩道黑兒，三四五六七道兒黑兒，八道兒九道兒十道兒黑……

我們人類何曾像小狗學習人語那麼辛勤去學習過異類的語言呢？欽起初認為，是石壁上那些礦石中礦藏著某種近乎瘋狂的號召力。他把它們放到白色幽默和達達主義的鼻子前，白色幽默否定了他的觀點。白色幽默說，牠們能夠學習人的語言，完全是出於對人的愛。欽追問牠，為什麼在地球上這種愛不能變成人的語言？達達主義用更清晰的語音告訴欽，在地球上噪音太大，影響發音位置的精密確定，如同唱針在破損的木紋唱盤上找不到密紋，無法破譯隱藏在內部的音樂。

我問牠們，牠們的前輩是雌是雄。白色幽默回答說，是一隻雄狗生下的牠們，生下牠後就像鮭魚產卵後一樣骨瘦如柴地死去了。我問牠，牠何以知曉。牠說，牠們都是一出生就攜帶著記憶的。

從那以後，我不再用「牠」作紅唇族、白色幽默和達達主義的代詞，改用「他」。

7

有一個時段，我的呼吸出現急促、憋悶的症狀，銥很擔心，他害怕我肺中的氧氣用盡之後呼吸系統仍不關閉。我請他不要憂慮，因為我是人在月球身在地球，夢中之我的一切能量，仍來自於地球上睡眠中的那個我。呼吸上的病症，肯定起因於地球上的那個我，他或許感冒發燒，或許患了哮喘，除非有一天，他同我一樣立志做一個月球人，才會按照關於月球的科學傳說而不渴不餓，不出汗不排泄，不呼吸不流眼淚。

8

呼吸恢復正常以後，我開始教達達主義學吹簫，銥教白色幽默學吹笛，紅唇族對歌唱有興趣，我和銥都教不了他，他只好無師自通地借助我們鼓簫弄笛的機會進行視唱練耳。

地球上曾有人說過，音樂是國際化的，不似文學那麼拘泥於一國一族的語文。在月球上，我體會到的是，音樂豈止國際化，而且是星際化的，宇宙化的。

經過一次彩排之後，我們一行五個組成的音樂團體宣告正式成立。樂隊的名字是紅唇族給取的，叫作器皿（他從我這兒學會這個詞後，一直念念不忘）。器皿樂隊的定位是：以巡迴演出的方式深入月球的每一個角落，慰問千古寂寞的冰風、冰石和自轉公轉的能量。

器皿樂隊的演奏演唱風格獨一無二，一定要進行描述的話，應該說多多少少有些介乎於地球上的歌劇、搖滾和爵士樂之間的狀態。紅唇族的演唱，時而低吟如詩，時而高亢如吶喊，時而脆弱似玻璃破碎，時而堅韌如繞指柔鋼。我和鈜的伴唱或重唱，往往蘊含著豐富的地球與月球交相輝映的品質，既土樸又皓潔，既哀傷又曠達，別有一番況味。至於白色幽默的笛曲達達主義的簫歌，其感人至深更是無庸多言。

我們輪流駕車（鈜已教會我們駕駛月球車的技術），夜行日伏，開始了第一輪巡迴演出。所到之處，死一般的沉寂無不把無與倫比的激切情懷和想像力還報給我們。鈜感動地說：我們是在用音樂與月亮接吻。

與此同時，我記憶夢遊的符號性質也發生了根本性的變化：簫聲笛意已不再是我一個人的專利，倘若我夢醒之後循依著他們的軌跡實行夢遊記錄，搜索到的素材一定會有一種人文精神與狗文精神混合／綜合／整合的意味，而且，那意味必然深遠而悠長。

9

一個晴朗的白晝，達達主義在月球車的艙室中看見了地球，用肉眼，他把天空中那輪巨大的「黑月亮」（他的稱謂）指給我們看時，我的心臟部位一陣痙攣。地球不會發光，如同月球，但是月球可以被太陽照射得通體晶瑩透明，而地球卻拒絕這樣。它叫「黑月亮」並不名副其實，因為它根本不「亮」。我的故鄉，在宇宙中原本就不意味著光明，難怪黑暗勢力一直猖獗於其上。要設法根治地球上的黑暗現象，必須從更換地球的材質開始。

我搜集起一些礦石放在車上，準備夢返地球時把它們綁在腰間，從我開始，一土一石地為地球換骨換膚，使它終至脫胎換骨，成為光的導體。

鈙很同情我的想法。月球車上漸漸積滿了五色的礦石，看上去像一座會移動的小山。全體樂隊成員開始步行，只有擔任司機的時候才可以坐在車上。三隻小狗已漸漸長大，他們不僅沒有任何怨言，而且會在車輛陷進溝渠或被石障阻擋時，與我和鈙肩並肩推車，使它擺脫誤區。

10

第二次巡演期間，器皿樂隊在「豐饒之海」附近遭遇冰殼滑動，恰巧白色幽默站在滑離的冰殼上吹笛子。他沒有來得及跳離，就被雪橇般遠去的冰塊迅疾帶向了遠方。當他和冰塊一同消逝在玫瑰色的天際時，我們還聽到他吹出的笛音，那是我們正在演唱、演奏的〈深吻，但不要說最後〉的尾聲。

11

我們在「豐饒之海」邊上造了一幢石頭房子，很厚實的樣子。屋頂有些尖聳的感覺，但一點都不張揚，窗子有四扇，一為菱形，一為橢圓形，一為錐形，一為梯形，門為樸素的長方形，窗和門都不封閉，可以看到室內四根支撐起屋頂的石柱子。室內專門開闢一個角落供五色礦石居住，還有一處停車場，剩餘的空間置放著兩張石床，一張屬紅唇族和達達主義，另一張屬於鈫和我。

想念白色幽默的時候，我們就單獨或共同面向「豐饒之海」歌唱或吟簫。達達主義常常會在睡夢中驚醒，對我們說，他聽到了笛聲。

第三次巡演結束後，我們一同回到我們的家。我開始輕微嘔吐，達達主義也是這樣，紅唇族煞有介事地指出，我們已經妊娠。

12

我想把我和月球人結合所懷的孩子生在地球上，達達主義也想讓地球上的科學家們見識見識月球上的狗和狗的生育，同時我還想向地球上輸送礦石。為了不使胎兒占居太重的分量，我只好與鋱深吻告別，達達主義也與紅唇族吻別。

趁著地球上的月明之夜，我們身懷六甲身負五色礦石（我負三八二公斤，達達主義背負三二一公斤），從月亮上跳下來，像定點跳傘者一樣。

我們跳到三角城我家的院子裡。我們把五色石鋪在開滿玫瑰的院子裡，想以他們的光明品性向月亮的鋱和紅唇族昭示我們的抵達和位置。我還連夜敲開鋱的家門（這時，我突然記起他的地球舊名：于博），告訴他鬢染雪霜的父母，他們的兒子在月亮上，擁有一幢石房子，一輛月球推進車，一條公狗，一根簫，一個樂隊，一屋子寶石，和整個月球。

幾個月後，達達主義和我先後分娩，達達主義生了三隻小狗，好似他和紅唇族和白色幽默的翻版，我生下一個男嬰，取名月色撩人。月色撩人的樣子很有些像欽。

故事10　氟也許是一種視點

1

氟來到地球上已整整三年，對於我終夜沉湎於夢遊、難得與他會面的情況十分不滿。

在我剛剛從天王星回到三角城的這天早晨，他正式向三角城檢察院提請公訴，訴訟我「不顧星際友誼擅自將異星朋友閒置在家獨自一人雲遊四宇」。檢察院立即受理了這樁奇案。兩名法警奉命在案件調查期間進駐我的臥室，輪流看護我的睡眠，不許任何一個夢的空隙侵襲進來。

2

我終夜無所事事。夢遊火星的計畫擱淺，夢遊金星的企圖也被法警一號的黑大身軀阻斷。強權之下，我迅速作出妥協：三年之內不策劃重大的夢遊規劃，開辦一間「外星人培藝學校」，寄宿制收容一切從其他星球來地球居住的人員，免費向他們提供一整套的地球藝術教育／文化教育以及食宿條件，唯有一條要求是：學員在讀期間不得擅自棄權溜回所出身的星球。

三角城教育委員會與司法部門連袂批准為外星人開辦的專門學校成立。我還未上任校長之職已受到多種嘉獎。三角城中心政府認為我的行為很超前，為故鄉／家鄉贏得了超國際的聲譽，並因此遠遠地壓過了那些為外國人精心提供各種軟性服務的城市。

市長親臨外星人培藝培智學校（有一位不便批露姓名的巨大人物在「培藝」二字之後添上「培智」二字，因為他一向認為但凡外星人都存在智障）的開幕／開學典禮，把法警一號和二號都贈送給我作了私人保鏢，另派了一個班的武警士兵保衛校園，監管我睡眠的工作移交給蝶夢酒吧的老闆娘一生何求（她的藝名）。

為外星人培藝培智學校剪綵的各界名流有：于博、于超、于冉、于濱、于橡、于木、于樹、于薯、于瓜。外星人培藝培智學校的名譽校長有：楊青、楊白、楊紫、楊綠、楊柳、楊花、楊茶。外星人培藝培智校長兼教授兼培智系系主任兼培藝系系主任：花木蘭。外星人培藝培智學校首期學生暨九九級學員計兩名，他們是培藝系新生氰，培智系新生鋇。

3

新生報到之後，我忙起來，忙得顧上接待參觀的外賓顧不上內賓，顧得上傳道授業解惑顧不上個人修養的深化，顧上出席地球上的各種成功人士經驗交流會顧不上去作夢更談不上企圖違規夢遊。有的時候我實在應酬不過來，就派法警一或法警二換上我的髮套和連衣裙去出席那些掌聲雷動的場面，久而久之，他們嘗到了甜頭，練就了性格派表演的本領，該我出席的一應大小宴會領獎頒獎、受訪出鏡、學術演講、公益廣告拍攝、首領會見、出國訪問，都由他們收費承包，承包合同一式二份，我從不虧欠他們的勞務費。有他們衝鋒陷陣，我落得清心寡欲，在氰和鋇入學的第三年，僥倖得以為他們講授入學以來的第一課：地球人準則。

4

氰和鋇入學前兩年，一應課程全憑自修，路子難免有些歪邪，何況他們是外星人，依照一份地球菁英制訂的教學計畫進行學習，難免不了拐彎抹角地走許多彎路。好在兩年多的俗務冗雜之後，我終於清閒下來得以專心一意地教導他們。因此，第一節課十分重要。為準備這節課，我耗費了一度電和一頁橫格線紙，還有一種興奮。

登上巨大的、冰冷的、水磨石質的講臺，面對氰充滿海王星純真的目光和鋇患了肥胖症的身軀，我一時語塞。造成短暫失語的原由，是我疑竇開啟：地球人的生存準則對於異星人來講是否意味著戕害呢？

恢復語言能力後，我已失控。我自我介紹道，我叫花木蘭，在冥王星上生育過一金一銀一對雙生子，而且是胎生（要知道，冥王星可是卵生方式一統人類的），在地球上也胎生過一個孩子，叫月色撩人，他長到八歲依舊性別混沌，我還有三條小狗，他們（請諒解我用人稱代詞，我有非如此用不可的動機和原因）的父親已經謝世，他們在月球上還有父親，大概他（也請諒解我用人稱代詞而不用物稱代詞）還活著。我去過很多星球，見多識廣，各個星球的風土民情有截然不同處，也有大同小異處。要講地球人生準則（注意，我把地球人準則偷換成地球人生準則），不外乎兩條路線，一條是一個叫耶穌的人子指出的，包含愛上帝和愛人兩面一體的至高學術，另一條是由公眾共同提出的，包含成功和享樂一體兩樣的至高追求。兩條路線，對於某些人生是平行的，對於另一些人生是交叉交錯的，某些人只能擇其一而專行，另一些人則似乎可以遊刃有餘兼行不悖。

氟舉左手，打斷我的高談闊論。他說，在他的海王星記憶中，人生是沒有所謂準則的，在他的地球經驗中，人生準則的重要性根本不具備壓倒眼前利益的分量。他因此反對講準則，倒是對我兩次剖腹產的故事頗感興趣。鋇腦滿腸肥地附和他，說要看看我的刀疤。

面對兩個外星人（用外星人這個詞時，我已筆含歧視：他們是外人，是與地球人類格格不入的非法進入者，是超能或低能兒），我無法講究師道尊嚴。我撩開衣擺，解開褲帶／裙帶，給他們看下腹的兩道刀疤。我指點著說，偏右一點稍長一點的，得自於冥王星，是我的雙生子金和銀曾經穿越過的孕生與出生之間的封鎖線，是我的冥王星情人氧、汞和碲的共同作品。我不指點，說，剩下的那道刀疤得自於鈦的愛情和月色撩人的問世。

鋇很驚奇。他聽多了我姊姊的醫學定律，以為一個人只能剖腹產一次。他驚奇於我的生產才能。他說，你破了世界紀錄。氟則拿起畫筆進行我的腹部臨摹，說是打算把畫稿寄回海王星，讓那裡清一色的男人學習一種嶄新的生育方式，改變口腔生育或直腸分娩的傳統。

5

第一次授課後，我受涼腹瀉，一個星期臥床不起，人也瘦成了一條帶魚。對於月色撩人、達達主義和他的三位小後代來說，這是難得的與我共用天倫之樂的機會。一個星期之內，他們把我圍了個團團轉：自從外星人培藝培智學校開設以後，他們難得與我一聚。達達主義已經有些衰老，他置辦了新笛與新簫，把月色撩人和小紅唇族小白色幽默小達達主義組構成一個新樂隊，叫作綢緞。在我的病榻旁，綢緞樂隊進行了首場演唱。他們演唱的，幾乎全是月球上器皿樂隊的舊歌。當主唱月色撩人唱起〈深吻，但不要說最後〉時，我哭了。

6

腹瀉乍止，我就被市長專車接走，以社會名流的身分去參加外星進口影片的審片工作。三角城的觀眾已愈來愈厭倦本土本城出品的電影。為了刺激消費，市長祕書決定通過電影經紀人竇哲從外星買進影片，由外星生活經驗最豐廣的我領銜審委會，負責監督色情、暴力和反地球政治的內容，不許它們流入三角城。第一批受審的影片有：木星影片《脫衣舞》，海王星影片《監禁者》，月球影片《你的美麗我的哀愁》，火星影片《震災要聞》和水星影片《牽手火神星》。經過認真而嚴肅的篩選，審委會決定進口《脫衣舞》和《牽手火神星》，但必須刪剪後者中鉈和鋯輪姦水星人的那一組鏡頭。審委會的報告送市長簽字後，《脫衣舞》和刪剪後的《牽手火神星》立即被送往三角製片廠錄音車間進行地球語的翻譯配音。因為我的力薦，綢緞樂隊打敗眾多的競爭對手，獲得為兩部影片配唱地球語主題歌的機會。

兩部進口於外星的大片在三角城首映後，綢緞樂隊一舉暴火，四名樂隊成員成了人們的偶像。走在街上，隨處可見打扮像月色撩人或小達達主義或小紅唇族或小白色幽默的男男女女，隨處可以聽到模仿月色撩人或小紅唇族演唱方式的哼唱聲。

在培藝培智學校中，鋇成為追星族，在土星毛皮之外穿上了一襲彩綢縫製的孕婦裝，只把尾巴露在背後。課上課間，他都不忘那些美妙的電影音樂，哼完一段再哼另外一段，而且吵著我纏著我要轉系到培藝系。氟被我說服，與鋇互換了系別，因為培智系不能沒有學生（如果該系停止招生，學校就會解散該系，學校就會失去一大筆政府撥發的教育經費）。

7

氰被迫轉系後，製造了一系列緋聞與醜聞，使校長花木蘭面上無光。

醜聞①，氰私自進入粉紅色舌苔書店偷竊暢銷書《殉夢記》十部，成功，然後在書店門口公然以超過書價五倍的價格拋售，謀取暴利，被粉紅色舌苔書店老闆當場抓獲，送交治安聯網辦公室拘留三天，最後由我出面取保候審。

緋聞①，氰勾結哈雷彗星上的一個安全套星際走私集團，趁三角城開展貞操運動以迎接國際愛滋病抵抗日之機，從小行星青春女神六、生育繁殖女神七、花神巴和金星上走私七五八〇〇二箱安全套，於愛滋病抵抗日前夕廉價傾銷一空。但是，這些安全套的製造尺寸是依出產星球的人類尺寸而設計的，有的遠遠大於三角城的男性公民（也許只適合象人族），有的又遠遠小於他們。因此，三角城全體成年男士認為受到了巨大的羞辱和蔑視，集體罷工，搞得整個城市雞犬不寧。面對強大的壓力，警局動用精兵強將找到唯一一只未被動用過的走私安全套，它被裝在鋇的書包裡。氰挺身而出，承擔一切罪名，救下同窗鋇。鋇用綢緞樂隊式的歌唱和氰走私所獲的金元銀元賄賂了每一個男士，使他們恢復生產，並以此舉「贖」出氰。

緋聞②，氭經常去女廁所大小便，每次去還都打著一面小旗子，旗子上寫著標語「反對男左女右」。女人們慮及他是外星人，以為那是他從外星帶過來的習俗，一般都不在意他的出出入入，有個別好奇的，還趁機開眼界，見識了海王星男人的私處，倒是收費廁所的收銀員義憤填膺地狀告到學校，要外星人培藝培智學校管理好自己的弟子，不要讓他們「被色欲沖昏了頭腦」。我的左膀右臂，法警一號和法警二號勸我給予氭警告處分，然後不了了之。細問其緣由，他們才告訴我，那些公廁收銀員是最遵守男尊女卑古訓的人，他們為男廁制訂的收費標準是三百六十美分，為女廁訂的收費標準是兩百六十美分。氭總去女廁所，他們的收入會減少。我體會到公廁收銀員的意志，下令張貼布告，給氭一個警告。

醜聞②，氭爬到一棵棗樹上偷青棗，被主人的小兒子發覺，用彈弓在他的額上打出一個大包，掉下樹來，還被主人的妻子和主人的丈夫（因為他弄不清男人是樹的主人還是女人是樹的主人）掛上「賊」字大牌子遊街示眾。

緋聞③，我的情人咪一度與氭行止不離，我與她分手後，她的新情人竇哲指控氭違犯未成年法，在未成年時向成年異性投懷送抱，有傷風化。竇哲的狀詞中還有這樣的理由：女人是國運的禍水，而男人（無論長幼）是一切男女色情案的主犯。我又出面調停，既向竇哲保證不再與咪有任何約會，又起草一份合同，答應將第一〇二屆花木蘭電影節金獎授予地球影片。

8

氟為我惹下的事端連篇累牘。我以此為藉口，一直不許他畢業。釔已經畢業，到三角城市立歌劇院擔任首席男／女高音，聲譽響徹全球。氟仍在讀，並且緋聞醜聞不斷。我不能開除他也不能通過他的畢業作業，得一直讓他當留級生，直到有一天有新的外星人降臨地球並且入學為學生，否則外星人培藝培智學校就會倒閉。

多年相處下來，我發現，氟每闖一次禍都要反思許久，難受許久，並且會用功地訓練自我控制術，以期成為合乎地球準則的人。他還向我提交過一份保證書，保證他的地球人生要過得像地球人一樣奮發向上，有價值有意義。但是，到頭來他終歸要犯錯誤，犯大錯誤，一而再再而三地成為秩序的破壞者。

作為將他指引到地球上的人，作為他的朋友兼導師，我有一種預感，不能說祥與不祥的預感，那預感與他的結局有關。其實，那結局不出現也已明朗：在地球上，一個惹是生非的人，不守規矩破壞準則的人，醜聞緋聞不絕的人，將會遇到怎樣的懲罰或唾棄呢。

我對氟說，你還是回到海王星上去吧。

9

氣沒有走，似乎在等待著親身閱歷那注定了的悲劇結局。

10

西元一九九九年一月二十二日，外星人培藝培智學校因為唯一的一個人才氣的喪亡而關閉。校長花木蘭慟哭二十四小時零三分鐘零十二秒之後，竟然快樂起來。

11

這個宇宙間，畢竟有人與我們不同。

故事11　天堂星雲梯最下端

1

天堂星是一顆無窮大又無窮小的星星。它近鄰於火星。火星人死後進天堂的說法和願望，源自於各種各樣來因天堂星的風訊和實聞。其實，火星人誰也沒有見過天堂星，只是在夜晚，會看到從第十三方（火星人不以東南西北識別方向，而以一到十三這十三個數字劃分空間方位）勻淡而靜謐地散布出一些光輝，雖然不是鋪滿夜空，卻直能將望見它的人的心胸肺腑洗潔剔透。有一個孩子說，那光發表於天堂星。於是，火星上的人們就稱呼第十三方為天堂星方向，稱謂那光為天堂星之光。與那方向相配合的，還有一道斜傾的雲梯，它沿著光的射線斜傾到火星表面，人們用肉眼凡珠看不到它的上端。渴望永生的火星人，在臨終之前都要來到雲梯下，從第二個階梯開始，向天堂星攀登。

2

第一個階梯最重要。任何人都不可以超越它直截登上第二級，哪怕他一生中從未幹過任何一件可恥的事，哪怕他是火星上最受人愛戴的四性人（兼具雌雄女男四種性徵）。必須有一個準天使一般的人物守在雲梯最下端，臨終之人是否能踏上第一梯階進而登向天堂星，取決於他的扶助。

每一個火星人，在理論上都會擁有自己獨一無二的準天使（類似於每人個地球人都有一個護守天使）。難題不在於準天使，而在於火星人的識別能力。對於鋅來說是準天使的人，對於碘卻未必是；鋅的準天使只對他擁有顯現翅膀的機會，對碘則永無這種機會。

火星人大多數登不上天堂星，問題出在如下幾個方面：①自從花木蘭到達火星之後，火星人從他那裡學得了地球人的貪婪，甚至對只是擁有一位準天使的神學環境心生不滿，有相當一部分人由此產生將他人準天使居為己有的野心。一時間，在火星上比試誰準天使多成了最熱烈的時尚：一個人霸占的準天使愈多，臨終之時候就愈會花了雙眼，找不出真正屬於自己的那一位，而升上天堂星的規則又明明確確：只有生來屬於你的那位準天使才有推動你登上第一階雲梯的神力。②除非臨終之際，準天使從不顯露其天使性，他們一般是以年輕、可愛、心地柔軟、目光如月的面貌出現，雖說容顏才情會出眾些，但也是極普通極平凡的樣子。只向地球人學得劣點的火星人，為了不漏掉任何一個網羅準天使的機會，紛紛把宅門敞開，竭盡一切聲色歡騰，以誘引那些有可能是準天使的少年人。一來二去，人多質雜，臨終之時準天使便很難選中。③準天使因為火星人的變質迅速作出集體反應：將一成不變性改為變幻多端性。準天使品性的改變，使火星人愈發難以捕捉住他們真實的身影。有些人由喜愛準天使轉變為畏懼準天使：萬一準天使隱身在乞丐服下，或者老邁的軀殼下，或者愛滋病毒中，他是接納還是予以驅逐呢？

3

以往的夢遊都是漫無目的，也就是說，以往我迷戀夢遊本身。這次夢遊火星有所不同。首先，我是一心一意想拜見火星上的耶穌（沒有任何訊息告訴我，耶穌在火星上，我只是突發奇想地直覺到，他應該正在火星上拯救世人）。其次，我想擁有一位準天使，一旦我在夢遊途中心染沉屙、不能再羈留人世，就可以請他扶我登上通往天堂星的第一級雲梯。

來到火星之後，舉目盡是數不盡的繁華，看不盡的狂歡節情景。對太陽能的利用，使火星人過上了地球人無法用肉心肉腦去想像的發達生活。「有了太陽能，痛苦一掃淨」，是火星語中最著名、被引用次數最多、最年輕的諺語。鋅堅定不移地認定，因為太陽能的多元開發使用，「曠野上的耶穌」在火星已經無所事事，不是被現代生活所遺忘，就是高枕無憂地在神龕裡睡大覺。聽聞我是從地球上飛來，專門為尋找已以肉身的形式降生為火星人的耶穌，他發出嗤笑，彷彿我是一個笨蛋，而他是絕頂聰明的人。我以粲然的地球笑顏回敬他，以顯示我們地球人的心地寬厚、學養富贍。

我堅信，只要耶穌在火星上（對他是否在此，我是拿不準的），我就會見到他。為此我放心大膽地跟著碘去遊歷火星碧意四射的星表，並伺機物色一個準天使給自己，以免後顧之憂。

4

在我結識的火星人中，鉋最接近我心目中的準天使。他的額頭很高圓，目光明亮無塵，鼻子高挺，面形如削。他的睡態和笑容純真得像個孩子。我同他開玩笑說，他心理年齡只有八歲（我用的當然是地球紀齡法）。他對心理年齡一詞很感興趣。我故意不解釋給他，以期吸引他的注意力。

心理年齡八歲的銫成了我的貼身伴侶，形影不離地追問我何為心理年齡。有一天（火星的一天為二十四小時三十七分二十三秒），我奔波勞頓之後極想睡上一覺（我在夢遊中還會有睡夢，哲學一點說，是睡眠中的睡眠）。銫不管這一套，只顧附在我的耳畔追問我：告訴我，什麼是心理年齡。為了保障健康與休息，我隨口便說：心理年齡是我們地球上的一種藥材，俗名叫長生不老，長在深山老林裡，樣子有些像人蔘。說完，我倒頭便睡。

一覺醒來，我認為自己是身在三角城的三角臥榻上。再一看夜空，滿天星鬥之間，兩輪月亮一輪自第十三方向第一方一輪自第一方向第十三方地移轉，我方明白，自己是置身火星。銫已蹤影全無，睡在我身旁，打著輕微火星之鼾的人是碘。在兩輪月亮（火衛一和火衛二）行將交會的時刻，碘的面容呈現出十分喜劇的波動。地球的寓言故事經常會出現狐狸精一類可幻化為美女的角色，我想起那些寓言，不禁把碘的面相波動聯想為狐狸精的幻變。

小心地用指尖去觸碰他的嘴唇，蜻蜓點水似的。受到點觸的部位立即停止波息，而其他部位仍如電子波狀廣告燈一般在上映新的節目。我再點觸鼻子，點觸眼幕，點觸額眉，三指同時點觸耳及頰面，雙指點觸人中和下頦，五指插入頭髮搔撓頭皮，終於使他完全恢復了「人形」。

磺醒來，把我抱上太陽能動力機車，說是要夤夜趕向赤道附近的水手谷，讓我及早見識火星上最大的峽谷。我在他的懷裡作鯉魚打挺狀，初次向火星人顯現了地球人的孩子秉性。我不我不我不，沒有找到飽之前，我哪兒也不去。他是我的準天使，萬一我死在火星上，找不到他就意味著我上不了天堂星，就意味著消失與滅絕。我受不了，我受不了。

磺同我商量，由他來出任我的準天使，一旦我身遭不測，他立即將我送往通向天堂星的雲梯底端，然後扶我登上第一個階梯。為了表示真心誠意，他說他愛我，還在我的唇上吻了一吻。我被他弄得模稜兩可。萬一，他果真是我的準天使而我卻認準飽，可怎麼辦呢？我把手揣進衣懷，摸索著找到白米的所在，把它們夾在指縫裡，夾上，鬆開，再夾上，再鬆開，想像著我臨終一刻的圖景。磺弄不懂我的動作含意，睜大著疑惑的雙眼望定我的胸。我向他解釋說，在我們地球上，成年的男人或女人在失敗或苦悶的時刻，會以觸覺來緩解抑鬱，其中最有效的手段是撫養性器，而乳頭是地球人最得體的、在任何一種文化環境中都可以裸裎的部位：現在，我就是在觸碰乳頭，期望它能給我靈感，以認準誰是我的準天使。

磺相當善解人意。他把臉避開，把目光射向剛剛擦身而過的火衛一和火衛二，彷彿在目送著分手的雙方，而他是它們之間的第三者。他畢竟是火星人，對地球上的自慰文化抱持著一種天然的羞澀：直勾勾地看著別人自慰的滋味並不平淡，哪怕是影院銀幕上或家中螢屏上，這一點，我們地球人比火星人更有經驗。

觸摸乳頭結果是，我仍三心二意，拿不準鉋還是碘。在三角城我也曾遇到過類似的局面：我愛上的是寶輝，而愛上我的是小明，不夢遊的時候我總得在兩個人之間徘徊，割捨誰都像割自己心上的肉。三角城裡的徘徊是愛情攸關，火星上的左右為難卻是生死攸關，萬一我在火星上身染絕症，或者終老天年，臨終一刻在我身旁的人不是我的準天使，我可就永遠也無法到達天堂星啦。對，既要碘，也要鉋，多一個比少一個要好，有備無患嘛。

5

尋找鉋，依憑嗅覺，我的嗅覺超常強盛，在三角城一帶是出了名的。有三年，連續三年，在與警犬比賽嗅覺靈敏度時，我技壓群芳，獲得冠軍。當時比賽的專案有三項，一是在海關嗅測海洛因攜帶者，二是到測謊中心通過口腔氣息嗅測謊言與真言，三是到法庭上嗅聞原被告的體液幫助法官判斷姦情等級（無論通姦還是強姦）。在三個專案的比賽中，我都是最先、最穩、最準、最狠地咬住事實的褲管，卻從不像我的對手們那般狂吠。

我的鼻子清楚地記得鉋的氣息。那是一股近似於蘋果花的氣息。我順沿著那股氣息跟蹤著鉋的足跡。有很多次，我險些一頭撞到鮮花盛開的蘋果樹上。導引我走向正確方向的，是鉋的心理年齡所透析出來的味道，它與蘋果花的香味相混合，改變了蘋果的香型結構，使他的氣味比所有的蘋果花都更幼稚，充滿著孩童般的純潔與鮮美。

我在蘋果樹間穿行，碘開著太陽能III型汽車跟在我背後，當樹木太密集阻斷他的去路時，他就把車開到蘋果園的另一頭靜靜地等著我。沒有蘋果林的場地，我就坐在駕駛副座上，用鼻子嗅來嗅去，以決定車子行駛的方向。有些時候我也會迷路。蘋果花的香氣畢竟與鉋的氣息太過接近，只有到近前我才能分辨出來它缺乏童子味，不是鉋而僅僅是蘋果花兒。

有一天，我們與鋅邂逅相逢。他也駕駛著一輛太陽能III型汽車，說是在對全球的植被進行普查。由於我的傳播，火星人已普遍知曉地球大氣的溫室效應、臭氧層破壞、冰山融化、海洋擴漲、荒漠化進程加速等自然危機。這種危機也波及到火星人的內心。他們未雨綢繆，派出十三個工作小組對火星生態環境進行全面普查。鋅的工作組途經運河和太陽湖，來到綠洲，也就是與我和碘會合的地點。鋅午餐閒聊時對我說，火星上的植被普遍出現缺氧壞死現象，小組中有些科學家認為，將要有一種鋪天蓋地的塵暴襲擊火星，塵暴將從第二方颳起，幾天之後，塵埃群就會會合，迅速加大範圍，增加強度，幾個星期之後覆蓋二至七各方，然後再向第八方蔓延，直到湮沒整個火星。

在開展普查之前，火星人一直為環球生態保護的程度感到自豪。這裡沒有核電廠，沒有核動力所可能帶來的核汙染。這裡沒有化學工業，沒有化學製品所帶來的垃圾和汙水。這裡沒有楊樹和柳樹，沒有楊花柳絮漫天飛舞汙人眼鼻的現象。這裡沒有火葬場和火葬場的灰煙，沒有骨灰飛揚遮天蔽日的慘澹景況。這裡沒有火藥和炸彈，沒有煙花和爆竹，沒有戰爭也沒有禮炮轟鳴的慶典。然而，花草樹木為什麼會悄悄壞死呢？

蘋果樹開了花，花會落，結出果子。但是，如果沒有足夠的陽光，陽光被火星人類發明的各種各樣的太陽能設備所過分吸收，留給蘋果樹和其他花草樹木的養分就會不足。宇宙間沒有取之不盡用之不竭的能源，哪怕是太陽能，哪怕是人工智慧。我坦率地對鋅說，要想中止植被壞死，或許只有一條途徑：放棄太陽能的開採和大肆使用，還火星以原初的、未遭分割利用的太陽。鋅堅決地反對我，認為我的地球腦筋過於僵化。他說，一旦植被已經開始壞死，火星人就該準備放棄這顆星球，任憑它壞死下去直至毀滅，這就像一個人得了癌症，醫治只是維持生命，不可能更新生命，唯一一條更新生命的道路，是讓該死的或將死的或壞死的或垂死的東西死去。對於火星人類來講，最好的辦法是遷徙到其他星球上去，地球是我們的首選目標。

我大吃一驚，不得不坦率地告訴鋅，火星也是地球人為自己準備的全新棲居地：一旦地球上的世界末日來臨，人們立即會像諾亞那樣帶上子孫、子媳、百獸、家畜、昆蟲、禽鳥等一切有生息的活物用夢遊的方式徙居火星。從某種意義上說，火星是地球的準天使。

為了不使地球鄉親們失望，我苦勸鋅一定不要輕易放棄火星，一定要保護好星表植被，減少或杜絕太陽能開採，一切都要留給後來人，留給在生死存亡關頭前來投奔的地球人：火星人保存生態健康的行為，對於地球人來講就是準天使行為。鋅被我打動，願意發起開展全民愛護植被運動。他使用的口號是：讓火星人人人成為地球人類的準天使。

6

鋅和碘率先砸毀了太陽能III型汽車。但是，步行使我們三人的腳上都打起水泡或血泡。我們挑破血泡或水泡時意識到，從雙腿行走到輪子發明飛機升空，人類與自身之外的能源正在共同創造著所謂歷史，離開輪子和動力機械，人的「歷史」就會偏癱，直至停滯不前。不使用能源不可能。使用能源又要保護它，「不浪費」便成了一種空洞的說辭。使用、合理使用與浪費的區別標準如何確定呢？即便這個標準得以確立並被公認，依舊不能阻止能源的大量消耗。火星人是否具有更換一顆新太陽的科技能力呢？如果有，就可以儘管對現行的太陽肆意引用，反正用舊了還可以換一輪新的。地球文人引用經典名著，採用的就是以新換舊的策略。

火星人也是人。地球人做不到的，火星人也做不到，儘管火星早已跨入後太陽能時代。鋅和碘決定，該用的就用，不該用的才省，至於能給地球人留下怎樣一顆火星，全要看地球人的運氣。也許，世界末日是整個太陽系的，連太陽都會毀滅，現在光是靠節省或不用太陽能也解決不了根本性問題。

腳上的水泡血泡再三集成再三挑破之後，鋅耐不住性子，從路邊的車庫偷了一輛太陽能IV型汽車，載上我和碘，以更新更快的速度向火星的第一方奔馳。一路上，我們走走停停，走與停的動機大多都由我的嗅覺所支配。個人的利益高於一切。環保的願望在我尋找準天使的欲望面前，只有退居次位。我安慰他們說，火星環保工作比起地球來，不知要優秀多少萬倍吶。地球上廢氣汙染、煙塵汙染、化學廢料汙染、垃圾汙染的狀況，絕非火星人所能想像，我說，據我估量，地球上的後工業時代至少比火星上的後太陽能時代落後兩個地球世紀。鋅和碘聽了，心花怒放起來。

7

輕鬆愉快的旅途盡頭，是鉋的身體和聲息。我情不自禁地撲上去抱住他，情感中有一股奧德修斯式的百感叢生。我在他的臉上嗅來嗅去，貪婪地嗅食他獨有的體息。他則興奮地從懷裡掏出一只火星上的黨蔘，說他找到了心理年齡。望著那枚火星黨蔘乾燥的模樣，我一時哭笑不得。我只有把鉋攬在懷裡，心中又疼又憐，如同母親見到失散多年已經長大成人的兒子。類親情的產生，反而動搖了我的信念和執著。我急不可耐地摸索他的雙脅，想獲得準天使的訊息，哪怕只是兩個小小的翅尖，也足以使我放棄碘，專一於他。但是，他的雙脅除去增長了肌肉增強了迷人的彈性外，沒有任何變異的跡象。我不由得會看一看碘，沒有雙翅的碘，猶如徘徊於兩個情人之間的花花公子。

8

我們一同睡在太陽能Ⅳ型車上。車內空間很大，像一間小房子。我的左側睡著碘，右側睡著鉋，鉋的右側是鋅。鉋懷抱著黨蔘，像懷抱著一隻洋娃娃。他的睡態恬靜中透著些許頑皮。睡至夜半，他的笑聲會時時將我驚醒。我借著火衛一的光亮察看他，他的面龐笑意猶存，顯得既光潔又美好。我再側轉向左，碘的臉上則正呈現著喜劇味兒十足的波息。我用吻觸止住那種波蕩，它有些令人恐懼。它的神祕內涵我無法讀懂。在地球上，我已習慣將讀得懂的東西據為己有，讀不懂的東西歸於上帝。從這個角度上看，碘也許真的是我的準天使，而我最初的選擇反映的也許只是我「人性的侷限」。

9

鋅認定鉈是他的準天使，開始與他形影不離。醋意浸飽了我的心懷。一個雙月齊明的夜半，我還抱著鉈的手臂被另有一個人的手臂環抱住。我知道那是鋅。我忍無可忍，將他的手臂反擰住，帶他到車廂外。我質問他，鉈是我的準天使他是否知情。他說他當然知情，不過，他還知道我另有一位準天使，睡在我的左邊。他反而質問我，是不是把自己當成了人子，把鉈和碘作了左盜和右盜。

天上兩輪朗月照耀著我，也照耀著他。我有兩位準天使，一位由我選定，一位是他選中了我。鋅呢，一位都沒有。如果與我分享鉈，他就是擁有半個，而我擁有一個半。於是，我機敏地提出，由他與我共用鉈。當然這是暫時的，因為臨終一刻才能揭曉鉈對我顯現翅膀還是對他顯現。還有另一種可能性，鉈不向我們兩人之中的任何一位顯現，他是別人的準天使。

我遙望第十三方，天堂星的方向，有一種光輝勻淡而靜謐地從那裡散布下來，透露著永生的訊息。它給我以誘惑、信心，還有恐懼。我擔心我達不到那裡，擔心我的準天使被人搶走，擔心自己的眼光不公正看錯目標迷失機遇。我們地球人，畢竟是可能隨時隨地死亡的生物。我們不能隨時隨地生，卻可以隨時隨地死，這是兩種不同的不確定性。我們的生命在一種不確定性中開始，在另一種不確定性中終結。出生時不能選擇父母是一種悲哀，倘若臨終時再選不準或選不到扶上雲梯的準天使，豈不是更大的悲哀。要避免一始一終的雙重悲劇性，個人的力量是否可以成其為力量呢？如果火星上的準天使個個都像地球上的護守天使一樣長著翅膀飛來飛去就會好得多，就容易辨識得多。不，不對，除去舊約時代的人，誰又真的見過自己的護守天神呢？他們從來不顯現，豈止是翅膀，包括全部肉身（他們有肉身嗎？）。

10

我沒有理由同鋅去爭奪鉋，只有默默地呆在他的身邊，不時地吸一吸鼻子，讓他身上新鮮嬌貴的蘋果花香浸滿肺腑。我們一齊向著第十三方向走，乘坐著太陽能IV型動力機車。車上的太陽能無線收音收視系統，不時地傳送著大塵暴醞釀於火星第二方的消息，碘和鉋和鋅似乎一如既往，看不出有恐慌在他們之間生成和蔓延。他們畢竟從未經歷過生機盎然的星球沙塵四起彌漫天地的景觀，不知其可怕。只有我，在地球上積累起太多的天災人禍的經驗，對傳媒中的風吹草動都會感到毛骨悚然。我催促著輪流駕駛的三位火星伴侶開快些，再開快些，以期在人潮湧到第十三方之前抵達那裡。據鋅說，他所在的科學家團體一致測定，萬一大塵暴形成並席捲全球，唯一一塊可能倖免的地方就只有通往天堂星的雲梯下端，方圓幾千火星公里的地區。

我像暴風雨前的螞蟻，惶惶不可終日，對火星同行者的從容不迫、晝行夜伏心懷不滿。我把嘴巴翹起老高，像我爸爸說的那樣，可以掛上一只油瓶子。鉋雖然心理年齡弱小，卻像乖孩子一樣十分善解人意。他夜裡不睡覺駕著車子，一直到黎明，碘或鋅醒來接替他。

11

在火星第三七三號汽車旅館的燈火出現在擋風玻璃前方的時候，鉋突然暈厥，太陽能汽車失去控制，一直朝旅館的玻璃門撞去。幸虧坐在駕駛座上的花木蘭已通過目光學得了一點點駕駛技術，我及時踩著鉋的腳踩死剎車，才把車子停在玻璃門外，免去了一場可能車毀人亡旅館建築受損的意外事故。

鉋被抬進旅館房間。我對他履行人口呼吸，把他從休克狀態中解救出來。他睜開澄淨清澈的雙眼，含著淚望著我，對我說，他遇見了死亡，他看到了死亡的樣子。

我好難過，淚水止不住地流。他反過來撫摸著我的手，安慰我說，死亡的樣子根本不像傳說的那麼可怕，甚至還熠熠發光，有一種比生命更祥和寧靜的氣韻。鋅在我的左旁，含笑對我說，火星上還從沒發生過準天使死亡的事故，鉇不會死的，休克只是積勞成疾，只要我不再催促他們快些開得再快些，就不會再有任何問題。

碘已鋪好床鋪，我們依照慣例一同洗淋浴，互相擦乾身體，然後躺下，還是碘在我的左側，鉇在我的右側，鉇的右側是鋅。入眠前我問鋅，隔著鉇，他真的相信太陽能能夠替代耶穌嗎。他回答我，不是相信不相信的問題，而是還沒有聽到一個火星人說起見過上帝，火星人比地球人更注重親眼所見親身所歷以及由此生發的一傳十十傳百百傳千。我問身旁的鉇。他半夢半醒地說，登上梯子的時候才會知道吧。

12

早上醒來，我幫忙碘為汽車換上一套嶄新的太陽能蓄能器。在停車場，有一輛格外豪華的Ⅶ型大轎車如同一幢小樓停靠在那裡。我朝車上的人揮手，他們是一群美少年，樣子都有些像鉇。碘告訴我，那是火星上得過最大的科學獎項（類似於地球上的諾貝爾獎）的得主，名叫鉬，自從他得獎之後，就致力於為自己搜羅準天使，車上的幾十名美少年都是他用獎金從別人手上換來的，同時，他也是火星上對死亡最害怕的人。

我還沒來得及看到鈤，那輛豪華大巴便載著歡聲笑語啟程了。我們也隨後上路，鋅駕駛，碘坐在他的旁邊，我以腿作枕，讓鉋枕在上面，躺臥著休息，因為他的身體還沒有完全復原。撫摸著他柔韌而美麗的頭髮，一個可怕念頭湧上心頭，我忍了又忍，忍不住還是問出了口：準天使也是肉身凡胎，這種脆弱的材質，真的不會毀滅嗎？鋅從駕駛座位上側轉頭說，在理論上是應該會毀壞的，但是，火星上的理論與事實永遠都背道而馳，所以沒有人見過準天使的死，只有準天使見過人的死。

13

我們到達第十三方、雲梯下端的時候，巨大的塵暴已席捲了我們的後方。在雲梯的最下端，鈤已死去。一整輛車的美少年，沒有一個是他的準天使。據其中一位告訴我，鈤是目睹大塵暴尾隨而來的壯烈景象，受驚嚇而昏迷的，臨終之際，他被抬到雲梯下端，盡著全力睜大雙眼一一望過去，卻不見任何人脅生雙翼。

鈤被埋葬了，我想起我地球上的父親，還有耶穌，他們被埋葬，爾後復活升入天堂。被埋葬，相當於登上火星通往天堂星雲梯的第一梯階。我哭了，為了四性人鈤永遠的喪亡。

14

鉇突然變得奄奄一息起來。我和鉾把他抱到天堂星的正下方，讓星光直射他蒼白而美麗的臉龐。星光的尾端延伸出一架既虛幻又真實的雲梯，它直瀉到地面，將第一梯階晃動在我們眼前。鉇醒過來，目光歡快起來。他指著我的雙脅用輕微得不能再輕微的聲音說，你看，你的翅膀。

鉾也聽到那微幼的聲音，輕輕抽出手臂，把鉇的重量和體溫交與我一人。鉇抬眼望一下天堂星，眼中蓄滿著天堂星的光輝，如同荒漠中的兩眼甘泉。我把他送上雲梯的第一梯階。他合上眼，在那一瞬間，我看到他的脅下展現出一對翅膀，羽翼潔白而柔軟。他拍一拍翅膀，飛上第二個梯級，再拍一拍翅膀，向雲梯的頂端、向天堂星翩翩飛去。

我看不到自己的翅膀，但為自己而自豪，為我自己並不完美，但仍舊可以成為別人的準天使而感謝上帝。我愈發堅信，他一定在這裡。

故事12　瀕危動物至上

1

夢遊至伊卡魯斯小行星（編號一五六六），我的地位不僅被貶抑到土著居民之下，而且更在泉象和豹龍兩種大型食草科動物之下。經過周密調查我才知曉，泉象和豹龍在一五六六號小行星被地球人發現之前就已經食草而且肥壯或精壯啦。當然，肥壯的是泉象，精壯的是豹龍，這是宇宙間顛撲不破的文學風景：前者如夜，後者如晝；前者屬陰，後者屬陽；前者如大地後者如天空，還有就是前者如水後者如土。

泉象自古只有一頭，在我看來，他的性別曖昧可疑：他既可以懷上豹龍的孩子，生產下小的豹龍，也可以使雌豹龍受孕，也生下小的豹龍，他還親自哺乳小豹龍，無論是自身所生還是其他的豹龍所生，他哺乳用的器官同交配用的器官是同一項器官，小豹龍吃奶時，他總是閉上眼睛（他有三隻眼睛，有一隻是長在鼻子上，可以舉起來，像單筒望遠鏡那樣使用），神情癡醉，同交配時的表情一模一樣。

一代一代的豹龍老去、死去，一代又一代的伊卡魯斯人出生、衰老、亡故，只有泉象依舊春意盎然，大有一副與星球同壽寢的燦爛光景。對此，我只好刮目相看。

2

據鍺統計，我所目擊的這一次豹龍生產，應該是伊卡魯斯有史以來的第五十八代，小豹龍的母親是泉象，父親是一匹正當育齡的大豹龍。鍺是伊卡魯斯人中最有智慧的，當地人尊稱他為智者。智者的地位很有些特殊，他位列泉象和豹龍之下，庶民百姓之上，頗為類似於地球上的國家總理。智者的地位說尊也尊，說卑也卑，職任卻是最崇高不過：統計豹龍出生情況，藉以構造歷史。智者只有一位，不能世襲，亦不能由泉象或豹龍指認，必須每隔三十年（伊卡魯斯紀年）由民眾選舉一次，而且不可以連任。鍺在任期間，已有三代豹龍出生。他很驕傲地對我說，泉象的交配能力和生育能力在宇宙間數一數二。

伊卡魯斯飛快地自轉著，每過兩小時零六分鐘（我用腕上的地球計時器精密地計算過，只是不知道這應該算作地球時間還是伊卡魯斯時間），一個晝夜就輪轉而去。黃昏與清晨，子夜與正午，朝日與夕暉，簡直就像舞臺劇的布景，說換就換。適應這種晦明交替的快節奏之餘，我也了悟了銘所說的一系列話語的準確含意。譬如，他所說的宇宙，就是在如此飛快地旋轉著的星球上所看到和感受到的空間，它包裹著一五六六號，而且是時冷時熱，冷時冷到冪氏零下五百度以下，熱時熱到冪氏五百多度。譬如他說庶民百姓，其實不過是相當於地球上的一個學生班或者一個大家族的人數而已。

在我有限的見識中，伊卡魯斯是太陽系人口最少、經濟最發達、人際關係最冷漠的一顆星球。在這裡，人與人的關係比不上人與動物的關係更密切。智者銘同意我的觀點。他能夠置身其中卻又能旁觀於外，對自身的生活有觀照與反思，不愧為智者。

他悄悄地告訴我，迄今為止他仍舊是童子身，既沒成為豹龍的性奴，也沒有因為寵物氾濫的私人空間而與寵物發生于飛之事。在伊卡魯斯上，這是非常之反主流的，是異端和大逆不道。

這一次的生產者是肥壯的泉象，一胎十三仔，十三頭豹龍自嬰幼年已呈現精壯端倪，終有一天他們會成為泉象的性夥伴，並把性活動直指生育主題，要麼是他們受孕，要麼是他們使泉象受孕。總之，在我眼中的亂倫圖景，在這個小小的星球上卻是最基本的倫常（其實在地球的動物中也是如此）。

3

懸念出現於十三頭豹龍嗷嗷待哺的飢餓時分。他們的媽媽前所未有地喪失了哺乳春情：他的哺乳器／性器軟塌塌的，不充血，不過電，急得最暴烈的那頭小豹龍對著它狠咬了幾口，疼得泉象仰天長嘯，可是長嘯過後，它依然故我，軟不拉嘰，不勃起，不分泌乳汁。

觀察家鍺悄悄地對我說，伊卡魯斯人翻身做主宰的時機正在到來，而且很快就會到來。他拍過一隻豹龍的尾巴（平素，他可沒有這種膽量），蘸上墨（這種文化物質，任何星球上都比比皆是），寫成一條巨幅標語，標語文字是伊卡魯斯文，象形，大約都是各種形態和變形的泉象局部構造。如果要勉強譯成地球語，它的軟譯句應該是：瀕危動物至上。最初我譯得比較生硬，叫作瀕危之唯一物種不可侵犯。

鍺的舉動有些古怪。他寫好標語，不舉揚，不張貼，任憑它在一陣暴雨中退去濃色，只殘餘著依稀可辨的字痕，然後折疊起來，收藏到腰間。

伊卡魯斯人最秀色可餐之處，恰恰在腰。他們人人蜂腰蝶臂，走起路來像飛，跑起來像是舞蹈。據我分析，泉象和豹龍位尊於人類之上，可能與身體條件有關。在地球上，當權的、當導演的一般都生相粗鄙醜陋，又色膽肥大，而受苦受難的、當演員的人，一般都形態優雅，心情美好，容易被當成獵物。

鍺的行為令我隱憂：倘若泉象或者豹龍恰巧對他產生性欲，腰間所藏之物豈不是會被發現？

4

他被豹龍輪暴的場面相當壯烈，為我在地球上見所未見，包括在色情影院中。好在沒有哪一個施暴者去留心鍺的蜂腰，它只是誘因，而他們另有側重和偏好。輪暴結束，標語上除去沾染上一些新物質之外，比它的攜帶者要完好無損得多。

我問鍺疼不疼。他含笑搖搖頭。我向他道歉：依照古老的地球神祕主義學說，是我的一念之差為他招來了輪暴之禍。他幾乎是矜持地搖搖頭，坦率地說，他一直期待著這樣一場奇遇。他還補充說明，在伊卡魯斯上，每一位藝術工作者都會因其生就蜂腰蝶臂而不斷地引來情色事件，如同花朵會惹來採蜜的蜜蜂一樣。他還做出一副見多識廣的樣子反問我，你們地球上的藝術家不也是緋聞最多的職業群落嗎？

他的「花朵態度」給我們地球上遭輪暴的人以啟迪：我們是花朵，遭輪暴是我們的本分或本行。

5

懸念在膨脹：泉象不僅拒哺幼子，而且開始厭食。最初，他把使他懷上孩子的那匹豹龍送來的艾蒿（這是他素來最喜歡吃的）棄置一旁，睬也不睬，後來，那匹豹龍溫情脈脈地送來開著野花的各種野草，他就對著那些花草流起淚來。泉象一哭，歷史就被驚動了：肥壯的泉象自古以來心寬體胖，能吃能喝能做愛能生產，大有五毒不侵之風範，海闊天空之度量，他的淚水從歷史的蒼穹上落下，淋溼了伊卡魯斯的每一寸現實：豹龍和人單純得只有性欲的目光，因此變得溼漉漉，撲朔迷離。

他們隱隱約約看到了一種終結，而他們的祖先以前只看到過起始，連終結的影子都沒有領略過。泉象也許已經衰老，也許會死：想到這些，是多麼驚心動魄呀。

習慣於供養一個至尊者的伊卡魯斯，有些亂了方寸。先是豹龍們一改天性，由食草變成食肉，他們無論對同類還是對人類一律採取先姦後殺而後吞噬的策略。伊卡魯斯人起而響應，無論對同類還是對豹龍一律先姦後殺，只是食肉的方式有些借鑑地球人吃牛排的方法，將人肉或豹龍肉烹飪成七分熟或五分熟或三分熟，絕不生吃。

我一邊設法逃避被姦殺的機會，一邊客觀評判著時局：伊卡魯斯人類的天性更改比豹龍來得更具文明色彩，這說明他們比豹龍更孱弱，更需要庇蔭和保護，一旦泉象壽終正寢，取代他的將會是更野蠻的力量，而不會是人。

6

伊卡魯斯文的優勝之處，在於獸人通用。他們不用建造巴別塔，卻已語言相通。當鍺面臨被姦殺的危險時，腰間的那幅標語起了護身保命並且開創時局的作用。他不怕輪姦，甚至歡迎輪姦，像花朵歡迎蜂群一樣，但他也熱愛生命，不能為了一晌之歡丟掉性命。於是，他適時地把束腰的條幅抖落在施暴乍畢準備咬斷其咽喉的人及豹龍面前。

人及豹龍為最初的閱讀所震顫：他們從未見過「瀕危動物」之類的字樣。對於鍺生譯地球文字的做法，他們又沒有任何預感或預知。他們被一種褪色然而依舊新鮮的文本所吸引和震懾，立即把餐飲鍺的血肉的興趣，轉移到對標語文本探幽發微上來。

經過一番天性改觀，伊卡魯斯上被姦的人和豹龍已超過原生人口和獸口的半數，剩餘的人口經過清點，只有七人（其中還包括我），而豹龍共剩下十一匹，而且個個精壯無比，看上去生殖能力極強。

人類和獸類只有在討論以誰為瀕危物種時才分成兩大陣營，鍺被推選為人類的唯一談判代表，豹龍三號（他們剛剛對十一位同類依性功能強弱做了編號）出任豹龍類的首席談判代表，次席和第三席依次是豹龍二號和豹龍七號。

豹龍一號沒能在重大的文化事件中充當主角，是因為豹龍內部一向存在著這樣一種偏見：陽具長見識短。我到伊卡魯斯之初乍一聽到這則諺語，差一點笑背了氣。在我們地球上也存在著類似的歧視語言。頭髮長見識短。陽具長見識短。這兩長兩短之間，有著多麼豐富的觀念衍變和歷史內涵呀。

我把懷裡的白米撒在談判雙方的中間地帶。我這樣撒白米，既為了清晰地記憶雙方談判的進展情況，又可以象徵性地標識我的中立立場。雖然我被劃在伊卡魯斯人類一邊，但我有我的特殊性和優越感，同時還比那六位伊卡魯斯同類有退路。首先，我像我們的地球祖先和現存人口一樣歧視獸交（儘管伊卡魯斯人根本沒有這個概念）。其次，我還是處子，沒有淪為統治者和次統治者的性奴。再其次，萬一談判崩裂，我可以立即撒盡懷中白米，借助白米下降的反彈力升空，夢翔雲外，然後投身我的故土。倘若伊卡魯斯人類被評為瀕危物種，受到特種保護，我就可以一併享受優待。倘若豹龍繼續保持在次統治者的席位上，而且繼續姦殺人類，我就逃之夭夭，反正我與伊卡魯斯人同類不同宗，非親非故。

如我所料，談判進行得相當坎坷曲折。豬和豹龍三號各執一辭，咬死不放鬆。豬堅持人類一方數量少，而且身體遠不及豹龍強壯，抵禦近日點的酷熱和遠日點的寒冷能力都不如對方強盛。豹龍三號堅持認為，人類數量雖然相對少一些，但繁殖能力比豹龍強，因為人類一向保有生殖中心的優良傳統，而豹龍種族古往今來就有一種浪擲精力貪圖歡樂不計剩餘的傳統，泉象一旦死去，他們將喪失古往今來最大的生產基地（此前泉象生產豹龍的數量平均每伊卡魯斯年為十至十一匹），最為重要的是，現存十一匹豹龍中只有兩匹雌性，其中還有一擅於流產（這種現象在泉象身上從未出現過），而雌豹龍與人交媾，只能產下人而不能生下豹龍或半人半豹龍的孩子。

旁聽席上的我，在談判的坎坷遭遇中已意識到，瀕危的或有可能瀕危的是豹龍。我不急於表態。我雖是處子，但畢竟在地球的政府要害部門工作過，在決策者不徵詢我意見之前，絕不提前發表見解。就讓談判無限期地延長下去吧。我渴望和平。年復一年的伊卡魯斯歲月的盡頭，我的目標是攜帶著依然故舊的處子之身回返地球。談判的進程與間歇，正是和平流連忘返的時期。談判的泥濘比起風起雲湧的姦殺行動，不知要安全多少萬倍。

7

泉象一一吞食了十三頭小豹龍的屍體（他們死於飢餓），又吃了那些令他潸然落淚的花花草草，仰天發出一聲長嘯，轟動了整個星球。

時值一五六六號小行星行至近日點，為了避免過強的熱輻射，談判由座談改為走動性談判，也就是人類跟著豬，豹龍類跟著豹龍三號，從東極走向西極再從西極走到東極（一五六六號的極冠不在南北兩向，而在一東一西）。人眾在左，豹龍眾在右，我落在最後，在豹龍的尾尖掃打不到的地界。行走談判的好處在於可以一直在星球的背陰處，不用戴太陽鏡，不用擔心皮膚被晒出癌塊。

我們自東向西每走一圈，就會發現泉象身旁餓死的小豹龍少了一隻。我們只是發現，卻並不追究失蹤屍體的去向。這畢竟是一顆過於渺小的星球，必須不斷地清除星表上的垃圾，把他們拋到深淵般的宇宙中去，如同我在地球上總是要把垃圾從渺小的家居中拋到廣闊無垠的大地上一樣。一切死去的東西都可能具有垃圾的屬性，活著的人這樣看死去的人，急於把他們埋葬或火化，活著的豹龍這樣看死去的豹龍，只是不太從事喪葬一類的人文活動而已。泉象皮厚肉厚，不怕曝晒，何況他已奄奄一息，人們和豹龍正在斤斤計較著他去世後的星球誰為至上的問題，根本無暇顧及他的炎涼。只有在他沖天一聲怒吼之時，伊卡魯斯才恢復了對他威嚴的重視。

談判雙方走到他的面前，不僅中止了談判，而且中止了步伐。烈日很快就照到我們頭上，豹龍利用表皮分泌出膠質的防晒液，而人只好採下巨大的棠蕉葉子從頭遮到屁股，以不使裸體灼傷。

泉象把長鼻子舉起，用鼻子上的那隻眼睛一一觀察每一個人或獸，又噴出清泠泠的泉水一一為我們祛除暑熱。

他的鼻頭猶如超大型淋浴噴頭。他慈祥的樣子，讓我想起地球上的雙親。屈指算來，我到伊卡魯斯已經三年有半，於我來說，夢時倥傯，於我的親人，守在我睡過的空榻前，卻一定是度日如年啊。我能夠做和應該做的，也許是及早離開這顆姦殺四起的小星球。

我佯作酷熱難耐，悄悄地以蓮步步向星球的陰部尋求陰涼。那裡就是夜晚，儘管由於星球太小，一小時零三分鐘的夜不夠飽和。我想撒盡白米回返地球，但是，鍺跟在我身後，請求我把他帶到人類至上的星球去。

我認真地計算了一下伊卡魯斯到地球的距離，以及兩個人相攜飛行所需要的白米能量。我很抱歉地衝他搖搖頭。在不飽和的黑暗中，他能看清我的婉拒和輕微的遺憾。我更進一步說明，他被輪姦後身體開始發胖和發膀，體重遠遠超過我懷裡的白米所能夠揮發的能量——從伊卡魯斯直飛地球，那麼遙遠的距離，白米作為唯一能源不足以供給我們兩個人安全抵達。為了不從半空中摔下去，摔得粉身碎骨，我勸他還是安守本分，好好地呆在一五六六號上。我寬慰他說，地球上的人除去我和為數不多的宇航員，都得老老實實地待在那顆既固態又液態又氣態的星球上，包括那些膽大妄為的歹徒，黑幫老大，原子彈發明家和製造商，總統或總理大人，聲名卓著的思想家，大牌電影或體育明星，也包括我青梅竹馬的夥伴于博。待在自己出生的城市或星球上有什麼不好呢？不過就是不斷地被輪暴罷了，好在你是花朵，起碼把身體看成開放的花朵，蜜蜂／豹龍多一些，不但不傷大雅，而且還聊可證明你這朵花更明麗更芬芳更妖冶。

8

泉象康壯如初，使人與豹龍何者為瀕危物種的談判自動流產。這次談判留下的唯一成果，是豹龍們學會了動腦筋，尤其是豹龍三號。他開始有意識地結交我，酷暑中用他皮膚分泌的膠質液體為我塗滿全身，以防止烈日的芒刺，嚴冬的夜晚，把我抱在他溫暖而有力的胸膛上，讓我如臥暖床。他甚至無師自通地通曉了我們地球人的貞潔觀，與我共偃臥的時候，哪怕多麼情欲賁張，也絕不觸碰我的貞操地帶。別的人和豹龍對我虎視眈眈，他就挺身而出，驅逐比他卑微的人或豹龍，如果是豹龍一號或二號，他就做我的替身，去滿足他們的獸欲。

我雖未受寵若驚，倒也時時生出猜度。我身之外無長物。他一定是對我的身體抱有更加宏偉的欲念。或者，他像鍺一樣企圖與我一同移民地球。

9

無論如何，在深心裡我還是認同伊卡魯斯人類，儘管他們在他們的星球上地位卑下，甚至還連累了我。我開始盡我之所能幫助他們。

我教他們蓋一些冬暖夏涼的房子，在不同的房子裡教導他人從事不同的事業，譬如有兩幢房子被命名為家，有一幢房子被命名為劇場，還有一幢房子命名為學校。在家裡，他們學會初步的男女有別（當然，到了劇場和學校他們馬上就會忘記）。在學校，他們是我的學生，我對他們實行地球文化中心制教育。在劇場裡，他們觀看豹龍和泉象的演出，我是唯一的編劇和導演。不知不覺間，我成了地球的文化使者，像天使把天國的訊息帶給人間，我把地球上的文化建制帶給伊卡魯斯。

滑稽最初出現在家裡。伊卡魯斯人既無兩性之別，又無尊卑長幼之序，僅餘的六個人中有兩人是泉象與人的通姦產物，有三人是豹龍強姦人所生下的，只有一人是人與人的產兒。我先把他們分成三組，按夫妻制的方式給他們成婚。他們都歡天喜地，因為這裡從未舉行過婚禮。可是婚禮一過，他們就開始亂搞婚外戀，難得在分配給「夫妻」共居的小屋子裡待安穩。他們仍像從前一樣聚在一起，吃喝拉撒睡全不掩外人耳目，包括與「第三者」行房也會當著「丈夫」或「妻子」的面。不可救藥的是，那些當「丈夫」或「妻子」的，永遠也意識不到被戴了綠帽子。

到了學校，他們像一群野人，不僅不聽我的管教，甚至還奪過我的教鞭抽打我的白臀，甚至還打開了花兒。唯有鍺對我彬彬有禮，他認真地向我學習地球語文、禮儀、歷史、地理，還學習性別學、性傾向學。他學會了微笑和鞠躬，儘管做得有些假惺惺，無動於衷。

鍺學會的第一句地球語文，就是他腰間標語的譯文：瀕危動物至上。我教他舉手過頂，行納粹軍禮，然後高呼：「瀕危動物至上！」我對他說，這樣，你就可以在地球上找到組織——瀕危動物保護組織。那類組織不僅僅保護動物，還保護組織內部的同志，只要他永遠不背叛它宗教般的宗旨。當然，特殊情況除外。譬如，為了挽救一頭大熊貓的生命，就有可能會搭上你的性命：畢竟，你不是瀕危動物嘛，除非你在地球上講伊卡魯斯語，有人或豹龍或泉象能證明你來自異星。

10

豹龍三號沾染了我的地球智慧之後，在劇場裡實施了第一次火拼：姦殺比他精壯的豹龍一號和豹龍二號。在戲中，他利用我的男權血統扮演君王、男性暴君，又利用我的導演特權，一種類藝術家特權，安置豹龍一號和豹龍二號的地位在他之下，不僅僅是政治地位，還包括性別地位：讓他們易裝，分別扮作王后和公主。他當著觀眾姦殺他們的時候，所有在座的觀眾（包括我）和演員（包括泉象，他在臺上扮演人老珠黃的皇太后）都以為是在演戲，儘管場面相當逼真，甚至逼真得令人毛骨悚然。

人的皮膚較為嬌嫩。當人被姦又被殺之後，往往是片甲不留，統統被吃掉。豹龍皮則較為硬厚，即便用豹龍尖刻有力的牙去咬也很難咬碎嚼爛。

他們完好無損地脫落在地上，明晃晃的，有資源浪費的嫌疑。於是，我以建築設計師的身分鼓勵伊卡魯斯同類把豹龍皮晾乾，然後取代苫屋頂的棠蕉葉子。這樣一來，雨季到來的時候，他們的家、教室與劇院就不再會漏雨了。豹龍一號和豹龍二號的皮出現在各類建築竣工之後，一時派不上用場。只有鍺對他們戀戀不捨，建議我把他們張貼在劇場裡，一左一右。他的理由在我聽來很特別。他闡述說，每當他把目光放射到那兩張有尾巴的、光滑潤澤的豹龍皮上，就會有一些電影般的畫面連續而有張力地在皮表上映現，每一次目光投射，都會看到同樣的連續畫面和劇情，而那恰好是豹龍三號姦殺豹龍一號和二號時劇院中所上演的那部戲。他認為，他們也許就是我說過的那種賽璐璐膠片，可以真實記錄和再現宇宙中發生的事端與事件，或者，他們會是我講過的那種電腦軟盤，可以儲存很多可以重複播放的音像信息。他說，把他們懸置在劇場裡，就意味著懸掛上兩面銀幕，同時還可以把這個創意視為一種裝置藝術。

他這麼雄辯滔滔，我怎麼可以不支持他？

從此，我們的劇場成了多功能的藝術空間，既有舞臺，又有銀幕，同時還是裝置藝術現場。拓展空間觀念的人是鍺。為此，泉象格外垂青於他，當眾與他交配，使他血流不止，險些昏死過去。

和平帶來繁衍（儘管戰亂也阻止不了繁衍）。經過幾十年的休養生息之後，有些人老了，死了，有更多的人出生並且成長。有些豹龍老了，死了，更多更精壯的豹龍出生並且成長，只有泉象不蒼老也不更年輕，不削瘦也不更肥胖，依舊保持著旺盛的，似乎永不枯竭的生命力。

我的鬢角添了一根白髮，猶如綠樹上飄零出一片黃葉，觸目驚心。老之將至的心酸，促使我下決心歸返地球。我不能老死異鄉呀。

多虧伊卡魯斯人、豹龍和泉象相當尊重我的地球人格，沒有輕舉妄動，使我一直保持著童身。離開伊卡魯斯之前，我準備把童貞留下來。泉象、豹龍三號和鍺是三位候選者。所謂日久生情，我對他們產生了同樣的依戀或日獻身的熱情。泉象有尊嚴和威望，而且碩大無朋，相當有父性和母性兼具的性欲號召力。豹龍三號是我的床褥，浩大而溫潤，且有堅不可摧的意志品質，姦殺同類尤其是豹龍一號和豹龍二號的壯舉仍留映在劇場裡，相當具有影像幻覺所輔佐的性愛魅力。鍺的智者神態，陰柔的、暗藏機鋒的骨骼與肌膚，尤其是那張青鳥似的臉上變幻無窮的表情，猶如霧走雲飛的天空，令人不能不心旌顫搖。

躊躇再三，我決定把童貞分成三種方位，口腔，肛門，和陰莖，分別獻藝給他們三位，免得回到地球以後抱憾終生。

留獻童貞的工作雖然是分期進行，但期期圓滿，期期有超想像發揮。我和他們都是如此。我在伊卡魯斯最後的事業輝煌完成之後，我在劇場舉行告別演出。這一次，慣常的劇場秩序有所調整：人作演員，泉象和豹龍改作觀眾。演出結束以後，大家把我送到小行星的至高點——伊卡魯斯一號山峰上。鍺解下蜂腰上的標語紮在我的腰上。豹龍三號抱起我，讓我閉上雙眼，然後把我交給永生不死的泉象。泉象為我祝禱的時候，我的雙眼淚水泫泫。祝禱完畢，我把右手探入左懷。

我被驚出一身冷汗：白米已顆粒無存。

我睜開眼，看到鍺和豹龍三號的手裡各自攥著一小把白米，雙雙抱在一起，正在向空中飛升。鍺俯瞰著我，對我說，從現在起，你叫鍺，我叫花木蘭，你是伊卡魯斯人，我是地球人。我在永生不死的泉象懷裡焦急地衝空中呼喊：你不能帶著野獸戀人，那不合地球傳統，還有，白米太少了，兩個人會在空中雙雙墜毀的。可是，他們不聽我，還是飄飄地，飄搖地向地球的方向飛去。

故事13　星際郵局

1

由於我的夢遊實績，星與星的人類之間開始相互思念（我這樣說，是有些誇大其辭，以彰顯我星際遊走的功業）。地球人相互思戀時便會寫情書遞情柬，我把這種文明的方式播揚到太陽系，並藉機在土星的月亮普羅米修斯上開設了一間小型郵局，專門負責快遞或慢遞書信、鮮花、卡片、郵包（其中可以填裝海洛因和色情影碟之外的任何食品、刀叉、槍械、導彈、原子彈、愛滋病毒現金或貴金屬）。

2

郵局小小，得鐵一人值日值夜足矣。我作郵遞員，以光年為郵速單位，奔波於大行量小行星之間，並藉機探訪故舊、結交新歡。

3

地球上的郵筒設立在地球首都的平安大街上。它的樣子像一棵狗屎苔，或者說像原子彈爆炸開的蘑菇雲。為了擋住地痞流氓的騷擾，它挺立在一個交通崗樓的東邊。每當日出之時，就有一個高大的狗屎苔陰影罩住交通崗樓，使英俊的年輕交警懶洋洋的，表演起指揮之舞顯得漫不經心、吊而浪蕩。

郵筒的下半身被塗漆成海藍色，取與藍天同輝的寓意，上半身是鮮紅色，與首都的革命的傳統和公民獻血運動相吻合，蘑菇帽巨大如傘，染色為明黃，使它在宇宙間很耀眼，也便於我從普羅米修斯上能一眼看清它的方位，徑直飛來，取出信件便走，提高工作效率。

難忘故土。儘管我已成為宇宙公民，不是一顆小小的地球可以籍貫可以框限，但畢竟這裡有我的生身父母，還有數不盡的情人和往事。星際花木蘭郵局成立之後，我開通的第一條郵路就是地球—普羅米修斯—海王星。在這條郵路上，有我的父母給我的普通信函（他們已經習慣與我分別的日子，不急於與我在信中相見），在氰發給氙的特快專遞，我猜想，他是想投石問路，看看氙是不是已經被別人吃掉，或者另吃了別的人，生了新的兒子，或者已經用尿培殖成一個活生生的鎵，可以給她穿上那些秀麗的女鞋。

我打開郵筒，用一把獨一無二的鑰匙，在如上所述的幾個郵件之下，是一打用紅絲帶紮起的婚禮請柬，最上層的那張，收信人地址是「土星加里加特城第七號塔」，收信人是鈈，氯的穴冥巴曲，落款是「黃亭子〇號樓一〇六九大朋和小朋」。花木蘭猜想，這是一對小夥子的婚禮：如果他們給我發邀請，我會讓星際郵局暫停營業一天，與鐵一同出席他們燦爛的婚禮。

4

貼在花木蘭父母致他的信封上加蓋上「星際郵局　一九九九．五．二四」的郵戳之後，把信交給他。他一拆開信，頓時淚流滿面。信中寫些什麼，鐵不得而知。反正，他的父母還健在，可能是他家養的小狗被行刑隊的人吊在樹上，活剝了皮，不然他不會哭得那麼傷心。

5

我把你的信送到海王星上，你的生身父親氙還叫作氙，既未被別的人吃，也沒吃人，也沒有再生孩子。他為鎵的圖形而存活，全心全意。他已不僅用尿素含量極高的尿液灌溉那些土地，還發明了精液滋養法。為此，他每天進食大量的補腎養精食品，還去醫院做了包皮壞切手術，為了不在過疾過頻的自瀆行為中感染陰莖癌。

他現在瘦得皮包骨頭，滿頭蒼髮，滿臉皺紋。你別傷心，他的射尿和射精能力依舊十分強勁，我畫的那位鎵已更加栩栩如生，從地面上蹦出來與他歡合的局面指日可待。

你的信我是親手交給他的。不過，他沒有寫回信給你。你以為他不回信給你的原因是不喜歡地球?不，你錯了。他不回信，是因為他根本沒讀你的信。信嘛，他當場就撕成了碎片。他說，只知有鎵，無論兒孫。

6

第二條郵路還是同我的故鄉有關：地球—普羅米修斯—土星。不過，花木蘭星際郵局對花木蘭原籍的優惠必須到此為止，否則鐵將罷工抗議，或者行使主權，不給地球郵件加蓋郵戳：沒有郵戳的郵件就是非法之物，不得販賣和銷售，不得拆閱和傳遞。

在我以民主和平等的名義舉起左拳向鐵宣誓再不搞地球特權之後，大朋和小朋的那捆婚禮請柬才被郵局公章一一截過，成為我的身外之物。我將攜帶著它們飛往大熊星座、火神星、伊卡魯斯小行星、冥王星和金星。土星我不能去，那裡的時空規則不允許「重複」，只好由鐵喬裝打扮成郵遞員的樣子去加里加特尋找第七號塔和七號塔上的鈄。我根本不想把這次機會拱手讓給他。我很想再見鈄。他原本是個很漂亮很調皮的孩子，他一定已經長大成人，比兒時更性感，更有號召力。

鐵穿著我的制服回返普羅米修斯，口袋裡依然裝著那封請柬。它成了一封永遠無法投遞的信：加里加特城在土星特有的地吞災難中被吞沒到地下，塔與人無一倖免。

7

心房隱隱作痛。

我的加里加特。我的高塔。我的釷。我不能把我的隱痛對鋇訴說，還是讓他在地球上快活地生活吧。花木蘭星際郵局，應該止給宇宙人類送達歡樂，而任何悲傷，都讓它們留在本鄉本土吧。

8

為了紀念花木蘭和于博的初夜，太陽系情人節被定在十月十九日這一天。每年的這一天，情人們都按捺不住勃發的春情，到一起狂歡達旦，或者投書遞物，表達愛慕。

過情人節，最累的是我和鐵，尤其是我。此前一個月，我就得馬不停蹄地穿梭於星與星之間，收取或投遞情愛郵物。今年的情人節前夕，我耗費大量白米作飛行燃料，把鮮花、巧克力、音樂盒、安全套、詩集、情歌CD、呻吟錄音大全、寵物鳥或獸一一投遞到位，僅止剩下伊卡魯斯小行星投寄給地球的兩支試管尚未送達。依照星際通郵法，花木蘭郵局有權對非信函類郵品拆包檢查，以防郵包中暗藏海洛因或色情影碟。伊卡魯斯小行星的兩支試管盛放在一只木質的標準郵箱中，一支空著，另一支裝著滿滿的液體，上面貼著標籤，標籤上用伊卡魯斯文和地球文寫著「泉象精華」，空著的那支試管上也用雙語寫著這樣的文詞：「與其狼藉在手中，不如存注此瓶中——致地球男人，尋求精種，請以謬種流傳為重。」

我有些累，不太想去地球，何況于博已找了一個女人結婚生子，愈是到情人節愈是令我心臟絞痛。鐵舉出《星際郵政通法》第五十一條「准許星與星之間用於良種培育的精子、卵子、種子、基因通郵」，反對我的懶惰和個人主義小情緒。他表示，如果地球人生出一頭泉象，或者泉象生出一群地球人，他願意認領其中一個作養子。他認為，探索性的工程結果肯定比按部就班的工作結果優秀，試管嬰兒肯定比生殖器嬰兒優秀。

於是，我不得不渾身疲憊地攜帶上泉象的精子飛向地球，再連夜從地球上採取大朋的精子樣本飛回普羅米修斯，經過鐵的郵局公章覆蓋之後，我在情人節當天就把大朋的精液試管送到了伊卡魯斯。

我被留在伊卡魯斯過情人節，並親睹了豹龍七號接受大朋精子的全過程，第一次與試管進行交配，他的樣子很羞赧。整個狂歡活動中，他一直沒敢狂舞勁歌，說是怕動了胎氣。

9

太陽系情人節過後，我病休一週，到風光旖旎的穀神星進行調養。穀神星上最大的郵政客戶鈷接待了我。

鈷是一位極愛以信會友的人。他在白天看到蘋果大的太陽帶領著最亮的地球和不那麼亮的水星、金星和火星一同旋轉，就情不自禁地要寫寫畫畫，給那四顆有人居住的星球發出求友信號。到了夜裡，他遙望著明亮的木星和它的四顆衛星，又難以自持地要致函那裡的人民，既問候他們的起居安康，又關心是否有瘟疫或絕症在那裡流行。以往，我每次來穀神星都會從郵筒中取走大量的信函，它們的作者只有一位，鐵封他為「書信大王鈷」。

書信大王鈷把我視為恩人：如果沒有我的奇思妙想和腳踏實地身體力行，就沒有星際郵局的誕生，他就無緣結交那麼多、那麼海闊天高的筆友，得知我把穀神星作為療養場所來療養，他準備了穀神星上最美麗的夜晚和海灘迎接我。通過地球筆友小朋的信，他得知地球人的浪漫情調之一就是擁用現代化的城市，但又要點上一些篝火以示野性難馴，於是，他還在海灘上點燃了幾堆篝火。

穀神星上本來沒有大海，也就不會有海灘。鈷為了準備出一片夜色中分外迷幻的海灘而創造了大海。當然，火神星的大海不好與地球或火星上的大海相提並論。它畢竟是一顆直徑不滿一千地球公里的小行星。在如此大小的星球上臨時構造出一片海洋，又不致於對陸地的生態環境造成破壞，創作者非匠心獨運不可。因此，當我面對穀神星上的大海、海灘和篝火時，就如同進入了一處藝術的化境，懷著一種美妙絕倫的藝術心情。鈷以其出神入化的創造才能盛情迎接我。我無以為報，只好籌畫著療養期過後把他投寄的普通郵件用特快專遞的方式送往收信人手中。

10

篝火已經熄滅，早晨和夜晚已三度輪轉，鈷陪我坐在海灘上，但是無暇同我交談。他得抓緊每時每刻給筆友寫回信——自從第一輪通信熱潮過後，他們之間的每一封信都成了回信，循環往復下去，我看不到窮盡的跡象。

終日終夜面對沒有篝火的海和海灘，還有一位忠誠於寫信事業的穀神星朋友，我感到無聊。在鈷寫完一封信即將開始寫下一封信的間隙，我提議他收起他的藝術品，讓穀神星並不羅曼蒂克的本貌呈現在我面前。我還提議，去會見另外一些穀神星人，順使調查一下他們對星際郵局的工作有什麼批語或建設性意見。鈷仔細地收好剛寫完的信，把它們放進我的郵政書包裡，然後向大海中央投擲石塊，並讓我也這麼做。他告訴我，只要有一塊石頭砸在它的肛門上，它就會迅速乾涸。往水中投石片比試誰的石片在水面上飛行的時間長、造成的水渦多，是我少年時代最喜歡的遊戲。我把這種才能延伸到穀神星上，延伸到我的成年時代。我對鈷說，我可以一石擊中大海的三到四個肛門，保準它立即死亡。

鈷的投石技術遠不及他的創造才幹。他連投三石，大海的肛門依舊在呼吸。我選擇一片形狀圓潤但外緣如刃般鋒利的花崗石，把左手臂和左眼睛儘量向左下角斜傾（我是一個左撇子），將手中之石朝木星與夜天舉起，在空中迅疾地劃出一道優美的圓弧，石片脫手而出。於是，大海的五個肛門因為中石的疼痛一一躍現在海面上，像五個靶子，一個比一個小，一個比一個遠。那靶子上的靶環漸次擴散，一個靶環消失了，另一個最外環的靶環消失了，直到整個靶子都消失了：我和鈷目睹著大海隨著一個又一個肛門的死亡而漸漸失去了活力，失去了生機，直至失去了全部體液，成為一大片弧形的「曠野」：這才是穀神星的本來面目：固態，死寂，黑暗，逼人心魄。

11

我在鈷的協助下，將郵筒移植到他創造大海也就是大海死亡的地方，準確地說，是大海生前的第三個肛門生活過的地方。它夾在另外兩個肛門的中間，處於中心位置，很適宜於樹立郵筒，如同樹立一座紀念碑。

受鈷的影響，穀神星的全體人民（總共三百六十五人）都愛上了以信會友這項遙遠的事業。郵筒移植後的第三天，就被大大小小的信件塞滿了。我用鑰匙打開它，把信件一一往郵袋中抓取的感覺，很像在地球上過耶誕節：特別特別多的祝福，因為我們這個世界上幸福太少太少，災難太多太多。

我的訪問計畫落空了，因為穀神星的人眾都在懷著迫切的心情在給異星人寫信抒發愛戀和想念，甚至忽略了我本人是一個外星人。我只是一個郵差，在星與星之間跑來跑去的郵差，任何星球上的人想見到我都很容易：只要往郵筒前一站就可以了，反正我遲早會拿著那把銅鑰匙、背著那只大麻袋來開筒取信的。除去花本蘭的父母和舊情不忘的于博，沒有人給我寫信。我被我的創意和職業所異化。我只是書信和郵包的使者，而不是主人。

有了上述發現之後，我以療養為由，沒有立即將穀神星上的郵件帶往普羅米修斯。天使也有休假的時候，何況我既在休假又心灰意冷。

我把那些信件寄存在鈷那裡。郵筒中新填塞的交友信我索性取都不取：讓他們對外星人的狂熱先在冰冷的金屬郵筒中冷卻冷卻吧，等我在太陽系各大星球間巡走一圈之後再來這裡取它們。

12

我的療養休假以海灘和篝火的詩意始，以巨大的失落感和報復意念以及與鈷的不歡而散告終：他期待我，甚至強迫我優待他，只把他這一週內完成的交友傑作背上，背到普羅米修斯去，以期早日送達他那群書信情友的手上。

我使他的期待落空。

我冷冷地拒絕他。我的說法很官腔：對不起，我現在是一個尚未結束休假的郵差，不是在崗郵差。

我多麼想看到這樣一幕場景：他一氣之下，把他的傑作當眾焚毀，並發誓再也不使用星際郵局的空中郵路。可惜，他在寫信的細緻工作中已養成了足夠的胸懷和涵養。他只是低下頭，臉上沒有笑容，像似對弧形的大地說話。他說，那好吧，等你下次再來。

13

回到普羅米修斯，我故作心情舒暢，哼著穀神星上流行的民謠小調，還特意把每一句穀神星歌詞和每一處小細節都處理得既精緻又渙漫，顯得一週的休假既輕鬆愉快又頗多文化收穫，尤其在民俗文化和通俗音樂方面。

鐵沒有像往常那樣迎出來接我。小小的郵局，在夏日的正午，顯得十分空寂。三隻雌性綠鸚鳥（她們是普羅米修斯上僅有的生靈）擠站在花窗窗臺上，望著我。門前的地上新添了一種空泛的綠意，那是缺少人氣而生出的薄薄一層苔蘚。郵局內也沒有鐵。平日他工作的條形案和分區架旁不見他的身影，也不見他的留言。他已用得執柄光滑的鋼質公章上，也萌生了細細的苔茸。如果不是我過於熟悉這裡的一切，簡直就會認為這是一句古詩，類似於山空人不歸，而不是可以觸碰的真境實景。

我靜靜地坐在條案前等待，等到日暮，睡憩到木榻上，作了一些亂夢，其中有關於上帝的，有關於地球的，有關於婚禮和演出程式的，還有關於性交的。夜半醒來，木榻另一半仍舊空著。我突然有一種不祥之感：他也許是替我作郵差，路上不小心遇上雲崩（類似於阿爾卑斯山雪崩），已葬身雲底。或者，他攜帶的白米不夠，途中燃料耗盡不得不迫降在某一顆星球上，無法與我聯繫。或者，他乾脆就是厭倦了眼下的這份工作，不辭而別。木榻上只剩我一人，這是一種殘存的感覺：我被殘留在這裡，如同廢棄的渣滓。無論他是死是生，這裡都不允許他缺席呀。儘管我不是女扮男裝就是男扮女裝地令他始終不知我是男是女，儘管我從來沒有發現自己有多麼特別地喜歡他，可是兩個人的郵局畢竟是一個亞家庭，缺一不可呀。

我在土星的月亮上對著土星的光影發呆，在發呆中睡去，作出許許多多夢，全是發生在地球上的夢，早上醒來，鐵依舊缺席，依舊不歸。我哭起來，並用淚水浸染中的目光，放肆地把自己看成一個可憐的、被兄長拋棄的孩子。

14

普羅米修斯漫天飛雪的季節，我開始獨自恢復星際郵局的業務運轉。首先，我自行設計和印製了題為《鐵的失蹤》紀念郵票並首日封一套，紀念郵票為八郵分、十二郵分、一百郵分、一百六十郵分、一千郵分和五千郵分六個檔次，八郵分的價值背景是花木蘭教導鐵識別體液，十二郵分價格標識的是鐵在自己的身上做實驗，從陽具中擠出乳汁般的物質，一百郵分的字樣下方是波流般的五線譜和鐵的音符——青春期吟哦，一百六十郵分的價值體現為鐵的英雄行為：用圖畫著鎂的彩石投向海衛一，把海衛一鏡子般的表面擊得粉碎，一千郵分意味著工作比學習更重要：鐵拿著榔頭一般的郵戳在姦汙信件，五千郵分是最慘烈的價值毀滅：赤身裸體的鐵遇上雲崩，被雲塊和雲絲漸漸掩埋，首日封充是這六組畫面和聲音的拼貼，只是調和成不同的印刷底色罷了。

首日封暢銷一空。紀念郵票一時間替代普通郵票，貼在大大小小的郵件上，顯得很具故事性，更加吻合信件中的戲夢人生。為此，星際郵局平添了一大筆可觀的收入。我與我自己進行民主協商，決定在普羅米修斯和海王星上分別建築兩座無屍之墓，用紀念鐵所賺來的錢進一步紀念鐵。不然，我去消費那麼多的錢會浪擲很多時間，會對宇宙間的人際關係造成淤塞性的阻滯。

15

兩大陵園開工之時，有人在火星日報上撰文說，據目擊者親述，他看到海王星上的鐵跟著一行十二人的隊伍走向了曠野的深處，鐵是第十三個人，很像似成了上帝門徒的樣子，因此，為一個活著的人建築豪華的所謂無屍墓，既是宣導者和投資者的荒唐，又是對鐵的不恭甚或詛咒。這篇報導刊出後，各星球知名報刊紛紛轉載，還有一些不大不小的報紙捕風捉影地說，鐵的失蹤是我製造的一場陰謀，因為我移情別戀，對手有名有籍貫，那就是穀神星上的鈷。有一些不小不大的報紙還專門在「細部刻劃」欄目上對我和鈷纏綣且暴烈的戀情細節詳加描摹，使我閱後大快朵頤。

我天生不是一個熱衷於小道消息、佚聞瑣記的人，但有關於我的，使我變形，醜化我過於正劇化的人生的，都會手舞足蹈地讀得不亦樂乎。所以，當那些報刊鋪天蓋地發行到普羅米修斯上的時候，我一邊欣賞著不遠處陵園工地上的噪音之樂，一邊字斟句酌地細品那些黃色文章，看到忘情處，還會跳玻璃舞一般用十指彈遍自己的全身，連腳趾尖都不遺漏。

鐵的二號陵園只用六天時間就建成了。這就像我在地球上拍一部低成本的電影，既快捷又美麗。我走進去，如同演員走進拍攝現場。工人們都已拿足工資返回各自的星球，陵園中空無一人，也空無一屍。我把發行首日封和紀念郵票的海報一張又一張地貼遍通道兩側，使這段空間逼近生命界中的地鐵車站。墓穴是用地球上運來的大理石砌成，冷潤而孤傲，其中還點著一盞通電源的長明燈。墓碑很別致，是用海王星出產的彩石黏合而成，每一顆彩石上都畫著一個贗品鎂。墓誌銘是懸掛式的，銘文由我親筆撰寫，被譯成海王星文和宇宙文：「我的伴侶鐵安息於此，他將永遠與墳墓親密無間。」

我把身體放平，以頭為標，仰臥著駛入墓穴。穴中容納一屍，不寬也不窄，如果我死後也葬入這裡，就會有些擠（儘管鐵的屍身似乎並不存在）。借著長明燈曖昧的光亮，我把《鐵的失蹤》整聯整版地貼遍穴頂穴壁（穴頂呈拱形），我閉上眼睛，把自己的身體放進雲與雲撞擊的夾縫中，用想像力。我感到潔白如雪的雲從我的前與後，左與右，上與下同時撞擊而來，我的身體化成一個炸雷，隨後又化作一道裂紋般的電光，乍閃乍逝。

我對鐵說，我知道墓穴無屍才是最奢華的死亡。

16

豹龍七號經過難產的折磨之後終於生下一個試管嬰兒，模樣酷肖大朋（採取精源時我見過他，他各方面都很強壯），只是也有些蜂腰蝶臂，不知從何處秉承了伊卡魯斯人的傳遺。

在這個孩子出生之前，伊卡魯斯從來沒出現過人與豹龍雜交生出人口的現象。據有關專家分析，地球人類在地球萬靈中位居第一至尊無上，即使轉換一個星球，這種慣性依舊強盛，強盛得足以壓制豹龍的生命強勢，從而改變伊卡魯斯的生育史。

沒有想到，豹龍一旦有了自己的人類後代，立即開始驅逐伊卡魯斯人。我在星際飛走速遞或慢遞郵件時，多次遇到他們：他們背井離鄉，在宇宙中漂泊，已成為第一代宇宙難民。令我痛心的是，沒有哪顆星球肯接納他們。各個星球拒絕伊卡魯斯人入境的理由驚人地相似：低等人類一旦入境，就會劣化人類至尊血統，將人類重新置於原初形態，備受野獸威脅和萬物侵害。

懷著崇高的正義感（這一點，是花木蘭身上殘存的地球品質），花木蘭將一行難民收容到普羅米修斯上，讓他們住進冬暖夏涼的墓室裡，有了全新的家。

17

到海王星去驗收鐵的一號陵園，使我不得不把郵局的一些業務專案交給智者鍺。崇高正義感使我搭救他們，同時也把我送到高高在上的權力雲端上：我是你們的救世主，沒有我，你們將永遠是宇宙間的猶太人、吉卜賽人。因此，起飛前我命令鍺：好好幹活兒，不許出一絲一毫的差錯。

18

鐵的一號陵園裡端坐著鐵。

這很符合我情節劇式的期待或日意外。

鐵端坐著在幹什麼?等待，寫作，思考，抑或已經僵化?

鐵的一號陵園裡端坐著鐵的塑像，海王星工人用青銅的方式完成對他最後的塑造：鐵端坐著，左手微舉一柄青銅郵戳，將向青銅案面上的青銅信件砸下。

不。鐵端坐在他的一號陵園裡，沿著花木蘭的思路在思索星際交往的祕密規律，他的炯炯目光像在告訴人們：戰爭與和平。我走到他的面前，對他說，我贊同使用槍支與玫瑰，卻不贊成駕著自己的星球往另一顆星球上撞，也就是說，我不贊同兩敗俱傷同歸於盡。

鐵的一號陵園裡端坐著鐵，我回到普羅米修斯，告訴鍺，鐵還活著，只是厭倦了枯燥單一的郵局工作，他的陵園從今後正式命名為一五六六號居宅，唯有點著長明燈的墓穴不許動工改造。我想，總有一天，鐵和我都會死去。

19

到地球首都投寄他星信件途中，恰巧趕上大朋和小朋的婚禮。作為新婚賀禮，我告知大朋，他的精子已經在伊卡魯斯小行星上開出花朵。他當即伏在小朋的肩上哭起來，不顧到場的達官貴人和照相機、攝像機的逼視或歧視。他喃喃地說，我的孩子，好苦命的孩子喲。直到鬧洞房時我才弄明白，他說他的孩子命苦，是因為伊卡魯斯的宇宙運行軌道呈扁形，不像別的星球那麼「圓」，圓得那麼主流：它太邊緣啦，容易墜毀的：他邊同小朋做愛，用地球人類最佳的體式，邊這樣說明他對孩子的擔憂。對於孩子的長輩是人是獸，他卻根本不關心。為了打擊他，我對他說：不過，那孩子還生著蜂腰蝶臂吶。

20

地球西元一九九九年六月一日，星際郵局董事長兼總經理兼藝術技術總監兼郵差花木蘭宣布，有著八千年歷史的花木蘭星際郵局正式破產。全宇宙的人們用各種各樣的語音同時發出慨歎：正所謂，千年基業，毀於一旦呀。

細說起因已不可能。花木蘭只有在面對大眾傳媒時才會說，宣布破產是為了正義，是為了抗議普羅米修斯之外的其他星球所實行的種族隔離政策。在私下裡，我才真的深明大義：天長日久的近距離相處，使我愛上了那群蜂腰蝶臂的「劣等人」／三等公民。愛欲驅使我去為他們爭取平等與自由的宇宙權利，這就如同一個導演為他所愛上的演員向製片人爭取高額酬金，爭取不成，立即罷拍罷演。

「罷演」的最初，有濃厚的演出氛圍籠罩著普羅米修斯：我為他們每人複製了一套郵差制服，然後依他們各人的興趣所向，把信件裝進郵袋裡，讓他們飛向他們想往的星球，一邊分發和收納當地信件，一邊觀光或結交新歡。

鍺和他的同伴們易裝之時歡天喜地，沒有人為與我的暫別而難過，也沒有人留意於我的依依惜別之情。他們走後的日日夜夜，我一個人躺進二號陵園／一五六六號居宅中的墓穴裡，回味我同他們之間的愛情。第一次出行，他們全部演出成功，喜形於色地回來，甚至忘記與我擁抱親吻。

第二次易裝出行則沒那麼幸運。首先是豬在地球上被地球人的納粹目光所識破。有人指著他的蜂腰蝶臂說，看吶，經上說，蜂腰蝶臂的人來自小行星一五六六號，你們要拒絕他，像對待割掉包皮的人那樣。無獨有偶，他們一一落網，受驅逐而蒙羞歸來。

於是，我向整個宇宙宣布，花木蘭星際郵局即日破產，一切星際通訊就此免絕。

21

我與伊卡魯斯人在一起相親相愛相濡以沫生兒育女，在自己的星球上繁衍生息（其實這裡不是我們的本鄉本土）。有一天，我病了，躺進墓穴中，對我的親人們說，你們恢復郵局營運吧，同時剪掉你們的蝶翼，把腰用布匹纏粗，有人問你們叫什麼名字，一律說，我叫花木蘭。說完這些話，我閉攏雙眼，不知道是不是死了。

故事14　享有每一種豪華服務的窮人

1

天璇星上的鉭，在我從夢中哭醒時，撫慰我。他抱緊我的頭，陪我哭，落下的每一顆眼淚都掉到我的脖頸裡。他的淚水浸溼我的肌膚，直發癢。我去搔癢時，忘了哭。

2

捨近求遠的本性體現在夢遊動作上，造成路線上的迂迴曲折和輕視左鄰右舍的傾向：我遲遲不肯蒞臨金星和火星，如同我自幼至今從不去左鄰王家右鄰張家作客一樣。只有在宇宙的清風將把夢液導向大熊星座時，我才發現我所出生的雄偉壯觀的太陽系是如此渺小，渺小得有些悲劇情調。

3

大熊星座的每一顆星星上都居住著一個或一些窮人，他們的赤貧程度與地球上的飛鳥或走獸一樣，真真正正一無所有。不過，鉅對一無所有的看法與我的地球目光有所不同。他說，天樞星上的鈥既擁有自身又擁有整個天樞星。

4

天樞星上的鈥抱緊我的腰，不讓我的地球舞蹈過於妖冶過於放任。你到北斗七星上來，大可不必賣藝為生。自食其力的觀念，在大熊星座不僅過於時髦，而且對這裡的窮人構成挑釁和侮辱：你窮，是因為你不肯去賣身。我夢抵大熊星座之初，企圖把勞動致富的地球腦筋轉換成這裡的生產力。但是鈥告訴我，在大熊星座內部根本不存在勞動力。

鉅和鈥和天璣星上的鎢和天權星上的鈾和開陽星上的鍆，都只享受豪華服務而從來四體不勤五穀不分。

5

天璣星上的鴿最喜歡泡在點射式浴缸中。所謂點射式浴缸，就是在浴缸底部安裝十七個射孔，每當天璣星地心壓力過大時，就會有地下水從那十七個射孔中噴射到鴿的身體上，構成一種強有力的刺激。根據鴿的描繪，那種衝擊力不亞於機關槍掃射出的橡皮子彈。他邀我共浴。我天生怕疼，不敢貿然入缸。倒是浴缸的安裝，十七個射孔的打鑽，及其如何與地下水源連接等問題頗為吸引我。

6

地球人所到之處，無不留下採新捕奇的蹤跡，我的白米線索也不忘記記載這一點。夢遊中的我，獵奇傾向時高時低，時深時淺。難以自持的是，在地球上我一見窮人就躲，到了大熊星座的星斗上，我卻見到窮人就要親近。

7

天權星上的熱愛樹木，每天都往星表上栽種一株樹苗：在我看來，他打破了鈢的理論：大熊星座內部不存在勞動力和勞動行為。為此，我祕密訪問天權星，並試圖與鐶抵足共臥。私訪天權星是私訪過了，但是我沒能達成預期的柔情繾綣：天權星上但見森林不見人煙，我根本就不曾走出那浩瀚無邊的森林，或者說，我一到天權星立即就被眩暈控制，把所有的樹當成了同一棵樹，把所有的路都當成走出森林的道路。最後，我只好撒一把白米，乘著白米，乘著白米的翅膀飛離那顆生機盎然的星球，並至今仍對它心存惶恐。於是，我認定，鐶是一種幻想，一份虛構，根本就不是一個真人。

8

地球上，赤貧是最不傷腦筋的科研項目。研究者只需做上一些統計學的功夫，羅列一下飢寒交迫、無家可歸、死無葬身之地者的數字，就可以將報告遞交國家級或國際級研討會，報告提交得愈多愈及時，科研成果就愈碩大，研究員或教授的階層就愈壯大。至於窮人是否會因此而受到撫恤，則分屬另一領域，不是科研機構所能決策和負擔責任的。

飽暖思淫逸，在旁人看來，科研活動同位於淫逸行為。依此類推，從事科研活動的人都是富人或類富人。這種地球原理通用於七姊妹星團。我是唯一一個擁有滿懷大米的人，也是唯一一個對貧窮持考察姿態的人，鎢由此把我判為富人亦不為過。

鎢在不隸屬於他的點射式浴缸中被地心動力點射著。他望向我的目光令我對貧與富的界限產生懷疑。

9

瑤光星上的釔相當貪吃，並且是一個胖子。瑤光星憲法總則第七八五條規定，任何瘦子（體重兩百地球公斤以下）不許可進入瑤光星境內，否則格殺勿論。依瑤光星的眼光，瘦子都是富人，因為他們有時間有精力有鈔票去健身中心，去海濱浴場，去攀岩，去蹦極，而窮人則只有一種不可能被剝奪的權利：吃。瑤光星拒絕富人／瘦子，我也在受拒之列。

我為何從開陽星飛上瑤光星呢？因為我胖了。怎麼會胖呢？夢遊行動不是十分損耗體力與脂肪嗎？從地球到昴星團，我的確已瘦骨伶仃。開陽星歡迎瘦人，瘦人在這裡吃香的，喝辣的。

開陽星上的鍆按動一個按鈕，就會有一條輸送帶將各類製成藥丸狀的營養品送到我面前（當然也包括他的面前）。據他說，吃了這些丸子的人一般都長生不老，除非不安守本分，要到別的星球上去。他說這話時眼光瞟著我，暗示我是從別的星球上來的，有可能屬於那類心猿意馬，不得長生的族群。

我先不管那一套，吃飽喝足再保證在開陽星上長生不死就行。只是後來，吃多了那些丸子，又實在無所事事，我才意識到，在開陽星上我已變成最不受歡迎的人，那些丸子裡含有太多的雌性激素，已把我催成了一個白胖的窈窕少婦。

我乘機飛往瑤光星，並且與釔一拍即合。什麼叫瑤光星上的一拍即合呢？這裡邊有頗為色情的典故：瑤光星人最早與開陽星、天權星、天璇星、天樞星、玉衡星、天璣星人一樣，性器官長在屁股上。自從倡導以胖為窮的美學觀開始，瑤光星人不再能像其他星球的人那麼終日終夜地站立（有些像地球上的馬），必須坐下來。一旦下坐，性器就被身體的重量擠壓，既疼又癢又麻，很容易引起早洩。於是，他們決定引進地球的器官移植技術，將性器栽種到手心上。一拍即合這個地球成語，用在瑤光星語境中，意味著「第一次見面就做愛」。

一拍即合之後，釔同我有個約定：不許雙方任何一方向宇宙間任何一顆星球的任何一個人透露我們一拍即合的細部情節，以激發宇宙各族各類人物的想像力。地球人一向信守盟約與諾言。如果誰想進一步瞭解兩隻肥胖的手一拍即合的細枝末節，請先養肥自體，然後前往瑤光星。

10

天權星上的鈾移民天樞星，被當成富人，成了鈥的僕從。窮人壓迫富人，是天樞星的階級準則。鈾被當成富人的理由是他在天權星上動輒「暈山」，找不到北。窮人人窮志不短，怎麼可能連北都找不到呢？

鈾為自己辯護說，因為他原來身在北斗四上，現在在北斗星上，沒有北斗星指引不可能走出那麼茂密的叢林，在北斗星上找不到北是宇宙間最美麗不過、最精確不過的空間定理。鈥不理會他的申辯，反正只有富人才會分不清東南西北。譬如地球上的花木蘭就方位感極強，可以自由自在地乘著夢的翅膀緊抓著夢的尾巴想到哪兒到哪兒，絕不會迷航。

富人專職於僕從的事業，看上去是製造新的不平等。但是於我，卻已是司空見慣：地球上的富人，從來都是主權政治的僕從，他們從來都是現行體制的投機者／擁護者／既得利益者，一向因為追隨政治風向而確保財產，當然也會抵押上靈魂和良知。好在他們同政客們一樣，對靈魂和良知一無所知，因而也就不放在心上。

既然窮人政治至高無上，鈾成為僕從便成「天理」，只可惜鈾曾經是窮人，貧富轉換在一夜之間，還不太適應。這種情況在地球上也很普遍，一個億萬富翁突然變成乞丐，連討飯的技術都還不如自來就乞討的人。鈾申辯歸申辯，該到為鍬提供服務的時候還是得一馬當先，義不容辭。

據我親眼所見，鈾為鍬提供的服務無非是釋譯天權星報紙和小說，並用天樞星語朗讀給他聽。鈾說，他所提供的服務一點都夠不上豪華，與我的小說標題根本不相稱。

11

天璇星上的鉏反對天樞星上的鍬。前者認為後者擁有僕從，已經破壞了窮人準則。我支持鉏，在理論上。我也支持鍬，在行動上。在地球人眼中，鍬畢竟是一個一窮二白的人，甚至連報紙和小說都不會讀：不識字，即意味著不擁有它們，而鈾是它們的擁有者，可以任意使它們發出天權星上的聲音，或者發出天樞星上的聲音。鈾是文字的富人，鍬則只能聽任這位文字的億萬富翁信口雌黃。表面上是鈾讀書報給鍬聽，實則是向他頭腦中灌輸他想灌輸的東西，如同地球上統治電視觀眾的是電視臺，看電視的觀眾反而是傳媒的犧牲品。

北極星上的窮人最多，多得我記不住名字，如同地球上的名人太多，多得令人經常張冠李戴一樣。

到了北極星我才知道，為什麼它的光輝既溫和又銳利。北極星上盛產兩種東西，一是被當地人稱為沃其的鑽石，一是渾身毛皮潔白如玉的奶牛。

北極星人一律住在沃其洞裡，喝的是碧綠色的牛奶，洗的也當然是牛奶浴。所謂的沃其洞，就是沃其塊與沃其塊之間天然形成的空隙。奶牛們不吃草（北斗星上也沒有任何一株草），只喝天上降下的雨。因此，在北極星上，我的座右銘變成了「喝的是水擠出的是奶」。後來，這座右銘又改換一字，成為「喝的是水撒出的是奶」。因為呀，北極星上的大白奶牛全都不長乳房，只長性器，他們向地球人學習節儉之道，集交配、射精／產卵和產奶於同一個器官。不同的是，他們無論雌雄都產奶，碧綠碧綠的流成河，任憑北極星的窮人取飲、淋浴、嬉戲或游泳。

我為北極星帶去冰淇淋製造術，同時擔任唯一一個工人。北極星上的窮人因此離不開我。我原本可以定居那裡，以每天為窮人們製作碧綠色的奶油冰淇淋而快樂地終老天年。然而，我不甘寂寞，懷裡的白米總是把乳頭磨擦得直癢癢，提醒我那夢遊四宇的鴻圖大志。

離開北極星的前夜，我依地球習俗召開了一個盛大的冰淇淋晚會。在北斗七星的輝耀下，我將一盞又一盞用沃其盛放的冰淇淋送到每一個與會的窮人手中。我還用花腔女高音般的歌喉，為他們縱聲演唱地球上一首又一首古老的民歌。當北斗七星中最高亮的玉衡星正當夜空時，我倒臥在牛奶河畔，以進入夢鄉的方式向北極星上的窮人訣別。

12

大熊星座的每一顆星星都有等級之分，很像地球上的官場。劃分等級的依據是亮度，也就是自身發光的強度，這又很類似於地球上對男人性能力的劃分：堅挺時間愈長，抽動次數愈多，等級愈高。一等、二等、三等、四等，等外品（包括一級殘廢、二級殘廢，三級殘廢）。依此標準，只有玉衡星光焰萬丈長，被評為一等星，天樞、天璇、天璣、開陽和瑤光的性騷擾能力不夠強大，被等而下之地歸檔在二等星範圍裡，最安分守己的是天權星，它只有忝列三等的分兒。

13

貧窮是不分等級的。世界上，宇宙間，惟有貧窮是最澈底地否定級別的力量，一種天賜的力量。但是，太陽系人類不夠聰明，有史以來就在艱苦卓絕地進行奮鬥，創造財富，推動社會進步，其結果就是創造了富人和特權階層，然後既受特權階層的統治，又把成為特權階層做了人生的至高目標。大熊星座的人們從不去與天賜的力量相抗爭。他們順應赤貧的自然法則，像天空的飛鳥地上的百合一樣，看上去一無所有，實際上應有盡有。譬如牛奶浴，在地球上只有富得流油的人才能洗得起，北極星上卻人人都可以洗，而且是碧綠色的牛奶，地球上的富人見都沒見過。譬如點射式沐浴，天璣星上的窮人可以在地心動力的間突間歇中，躺在浴缸裡，赤身裸體，直接感受大地的衝動，而地球上的富人只有在與窮人一同經歷地震時才有可能直接受到大地之力的衝擊。

14

創造財富的人有罪。

15

鉬抱緊我的頭，陪我哭，為我們地球上的財富和由它所製造的貧窮。鉬說，天璇星上的赤貧是天然狀態的，沒有對應物，不依憑富有的對照而顯現，它像宇宙萬物一樣自有永有，地球上的貧窮則是二元對立的產物，是被富和有所標誌出來的窮和無，它已不再是貧窮本身，或者說，它是為富有而存在的。鉬抱緊我的頭，把充滿天璇星氣息的眼淚灑遍我的脖頸。他勸我不要回太陽系，不要回地球，要做人就做一個徹底的人，不被標寫任何價碼。

16

我是在玉衡星上寫這篇小說的。玉衡星上的鎵會識別地球漢字。他很細心地讀我寫出的每一個字，並在旁提醒我：我寫到現在還沒有扣上標題上「每一種豪華服務」的「每一種」。我當然不會聽取他的意見，那是古典主義意見，根本不符合我虛張聲勢的小說初衷。我標冠以「每一種」，根本不在於為全篇打下排比各種豪華服務場面的標題學基礎，我可沒那份兒心機。我只是隨興所致地多寫幾個字或少寫幾個字，不科學，也不求嚴謹。

17

大熊星座遊歷一過之後，我確實已不想再回地球。同富人打交道真是十分無聊，我再也不想見到他們。流連忘返的愉悅心情便是大熊星座各個星球上的人給我的禮物。我何以為報呢?開設一個巡迴講座，把我所知識的地球講還給他們，讓他們身居宇宙一隅得窺宇宙另一隅。

巡迴演講的第一站設在瑤光星上，聽眾（其實應該用聽者）只有一人，是那位曾同我一拍即合的釔。我向他講授當今地球各類貨幣的知識，從中國的人民幣、日本的日元、越南的越南盾，到德國的馬克、英圈的英鎊、法國的法郎、俄國的盧布、澳大利亞的澳元、美國的美元直至剛剛開始使用的歐元，幾乎包羅錢幣萬象。釔對金錢及其分類不感興趣，倒是頗為關注他們所隸屬的國家。他對錢的概念表現得十分遲鈍，遲鈍得近乎白癡，我無論怎樣講解，他都無法區分開多少與有無。我費盡心力，得出的只有一個結論：莫與窮人談錢。至於國與國的區分，我打了個比方，就像北斗七星之間的區域劃分一樣，完全是地理性的。釔對「地理性」仍存疑惑。我沒敢引出民族性、語言性、人種性等更為複雜的概念，只抱持著蒙混過關的宗旨對他說，「地理性」是縮小版本的「天文性」。

釔放過我，或者說我過了釔這一站，然後進駐第二站，開陽星。鉀是我的忠實聽眾。看到他瘦骨嶙峋的樣子，我不忍心為他開設過於高深的課程，電子遊戲成為這次講座的主角，由於既沒有硬件也沒有軟盤，我的授課變成了一種瘋狂的表演，一忽兒我是屏幕，一忽兒我是遙感器操縱者，一忽兒我是遊戲中的垂柳之溪、兩暴之門，一忽兒我是整個軍團，一忽兒我只是指揮官克魯尼亞克，一忽兒我又成了他的敵人亡靈軍團，在他穿越雲脊山脈時殺死了他和長刀戰士。在鍆面前，我已不太像喝飽墨水的大學教授，而像一名評書藝人。我猜想，鍆只是看到了一場演出，花木蘭獨角戲，而對電子遊戲中的虛擬真實及其直接標識一無所知。畢竟，電腦裝置的物質性不是語言的物質性所能取代的。

巡迴演講第三站是天衡星。鎵這個傢伙不好對付，必須選擇深奧玄妙一點的題目。我選定「姻緣際遇」。我先給他講，羅密歐遇上茱麗葉，一見傾心，相互的，但是偏巧兩人各自隸屬的家族世代相仇。這叫善姻緣加上惡姻緣。善惡姻緣旗鼓相當時，羅密歐與茱麗葉的愛情處於被外力／際遇僵爭的局面。一旦善姻緣強大起來，他們的愛情就鮮花盛開，前景一派大好。一旦惡姻緣占上風，他們就會被分隔，愛情就會遭荼毒甚至毀滅。善姻緣存在於他們二人之間，惡姻緣存在於他們與家族勢力之間。我問鎵，個人在姻緣際遇中處於怎樣的位置。他答我，姻緣學說否定個人。

我懷著對玉衡星人智商的驚異與欽佩夢抵第四站。天權星上但見森林不見樹木和人煙。擬定的講題是「性別越界」。在夢的幻覺才能中，我還是遭遇了鐶。他在馬不停蹄刻不容緩地種樹苗。我問他，天權星已完全被森林覆蓋，樹苗和種樹苗的價值何在呢？我提這個問題時，他已邊勞作邊聽完了我的講座。他現炒現賣地反問我：地球上已經有那麼多的男人和女人，為什麼男人或者試管還要向女人的子宮中栽種另外的男人或女人呢，如果實行——完全地實行同性愛情，不再生產，豈不更好？我啞口無言，只好用關閉幻覺的方式將他再次抹煞掉。

第五站是天璣星。鎢泡在點射式浴缸中聽我講牛郎與織女的比較學課程。從神話學上講，牛郎和織女是一年一度相會一夕的戀人。關於這段神話，至少有三個版本。第一版本是，織女是天帝的孫女，雖然漂亮無比卻酷愛勞動，日日夜夜都在織布忙（全然不比現代地球上的美女），天帝有意為她擇婿，相中了天河對岸的放牛男子牛郎，織女也對這個強壯男子心生愛慕，於是，七月初七這個晚上，二人順利結成夫妻。第二版本是，牛郎是一個凡間孤兒，河邊牧牛時被天上落下的彩球打中，拋繡球的人正是天帝的女兒織女，七夕婚配後二人因狂愛而忘記了織布和放牛，天帝一怒之下分二人，只許他們一年相會一次，搭橋於天河兩岸的是天上的神鳥。

第三種版本把織女也「下凡」到人間，她偷偷下凡與牛郎結婚後，過起男耕女織的生活，並生育了一子一女，天帝的老婆王母娘娘反對這門婚事，逼迫織女回返天庭，織女被押回天庭時，牛郎挑著擔子從後面追上來，擔子的兩頭一頭裝著兒子一頭裝著女兒，王母娘娘不願讓這場追逐戲演得太精彩，就以金釵劃成銀河，阻住後面的牛郎，從此以後，牛郎織女各居一方，只有每年七夕才獲天帝特許相會一次。

從天文學的立場上講，牛郎織女的故事根本不可能成立，織女星比太陽系的太陽還大十六倍，光亮度是太陽的五十倍，表面溫度達一萬多攝氏度，牛郎星則是太陽的四倍大，光度大於太陽十一倍，表面溫度僅八千攝氏度，假如二者七夕相會，「小丈夫」就會被「大女子」熔化掉。鴿乖乖地聽我說，在水中一言不發。作為聽眾，他是昴星團中注意力最集中、目光最專注的人。

18

再次蒞臨天璇星時，鉏給我帶來深重的打擊。他不僅拒絕聽我演講，而且不再抱我的頭陪我哭。我依然會傷心，在夢裡夢到各種各樣的地球往事，譬如小明在日本卻拒絕講日語做了黑手黨，譬如一個告密者引來一群陰謀打壓者。鉏不再把淚水向我的脖頸上掉。不僅如此，還指責我企圖改變昴星團的人類結構。他堅定不移地要保持純粹的貧窮，甚至不要知識，他認為關於地球的知識將像蛀蟲一樣蛀食天璇星純潔的貧窮，我的巡迴講座是向貧窮發起的第一次挑戰。

19

貧窮的人是有福的。創造財富的人有罪。

20

懷著莫大的遺憾和心疼，我夢離大熊星座。我原想以知識服務於那個偉大的星團，那些貧窮無依的人，但是鉏毀滅了我的理想。他曾經與我那般親近，那般親密，卻不依靠我。他們習慣於一無所有、無所依恃的日子，他們不構成集團，不因為集團而更堅強或更脆弱，也不向任何外力尋求自由的力量。創造知識、創造財富的人是因為對自己沒有把握，是因為要尋求依靠。

故事15　每一個人都是國王

1

淏：你聽說了沒有，地球上有人來啦。

鋼：豈止是聽說。

淏：這麼說，你見過她？

鋼：不，嚴格地說，是夢見過他，在夢中見過夢遊著來水星的他。

錫：是我的兩個一同做同一個夢的時候。那個外星人長得好古怪，還有一個同樣古怪的名字。

淏：叫什麼？

錫：花木蘭。

溴：我想占有他。包括她的名字。

2

溴：我現在有兩個名字，一個是溴，另一個是花木蘭。我既是水星人，也是地球人。

花木蘭：為什麼？

溴：不為什麼。我是國王，國王的命令就是事實，或者說，就會轉化為事實。這一點，我想是整個宇宙通用。

花木蘭：未必。在土星上，天王星冥王星海王星上，都不是這樣。

溴：那就縮小一下範圍，在水星和地球上通用，就像你們地球上的歐元只在歐洲通用一樣。其實，範圍並不是最重要的。你沒聽說過嗎，在我們的宇宙之外還有宇宙。

花木蘭：如果說，在你之外還有國王，你怎麼想？

溴：我為他們鼓掌。

花木蘭：鼓掌……

溴：就像遍地都是花朵一樣，遍地都是國王的星球一定是最繁榮的星球。

花木蘭：你一宣布旨令，就擁有了我的名字和地球人身分。你能不能再發布一道旨令，讓水星上的人個個都成為國王。

溴：你該不會讓我命令所有的草都變成花兒吧？

花木蘭：不會。

溴：好，我宣令，水星上自即日起，人人都是國王！

3

錫：過來，跪下，我命令你跪下！

鋼：過來，跪下，我命令你跪下！

錫：我是國王。

鋼：我也是國王。

溴：你們別吵啦，我才是至大的國王，沒有我的命令，你們都還是平頭百姓。過來，跪下，我命令你們跪下！

錫：國王不分大小。

鋼：國王不分先後。

錫：我命令你跪下，因為你有第二個名字。

溴：花木蘭。

錫：對，只有他不是國王。花木蘭，跪下！

鋼：花木蘭，跪下！

溴：可是，這個時候我叫溴。只有面對花木蘭的時候，我才叫花木蘭。怎麼樣，你們身上的封建主義血統受到嘲弄了吧？跪下，我是國王，我命令你們跪下！

4

花木蘭：在我看來，你們居住的水星，是一顆晚熟的星星。

溴：什麼叫晚熟？

花木蘭：對於一個地球人來講，十八歲左右進入成年。對了，地球人的十八歲，相當於水星人的零點幾幾歲。這是一個尺度，越過這個尺度仍未表現出成人品質的，叫晚熟。通俗一點說，叫長不大。

溴：你是說，我們水星長不大？斗膽，竟敢在國王面前說他的領地太小！

花木蘭：單說大與小的話，水星的確不太大，起碼比我們地球要小。

溴：胡說！我現在發布命令，命令水星比地球大！

5

錫：你整天揮汗不止，令人費解。

花木蘭：我熱。

錫：這是水星上最涼爽的季節。

花木蘭：可是，這裡是卡路里盆地呀。

錫：卡路里盆地裡聚居著一三六〇一七個國王，是水星上國王最多的地方。而且，我們根本不把這裡叫作卡路里。

花木蘭：叫什麼？

錫：叫斯奇庇米多利積。水星語中，這個名字的含意是背棄太陽。

花木蘭：在太陽系中背棄太陽？

錫：對。因為我們是國王，人人都是國王，在我們之上，不容許再有統治者。太陽竟敢主宰著太陽系，簡直是大逆不道。為了保護合法權益，我們決定集體背叛天文科學，對太陽不屑一顧。

花木蘭：從什麼時候開始？

錫：從國王成為一個集團名詞之時。

6

溴：因為我命令人人都是國王，花木蘭說我們晚熟。

鋼：別信他的話。我們又沒有見過其他地球人，沒有比較，沒有鑑別，怎麼可以認定他的話裡話外是否有真理呢。

溴：他嫌我們的星球太熱，還批評我們的體制。

鋼：什麼體制？

溴：人人都是國王的體制。

鋼：我讚美這個體制。它使人人平等成為事實。水星人獨立於星際民族之林的依據，在於超前實現平視與對話。

溴：如同你我的對話，是國王與國王之間的對話。不涉及指令、統治、尊嚴、和專制。

鋼：我們應該通過花木蘭，向各大星球傳布水星政治平等的經驗，使每一個星球上的每一位公民都成為國王，把每一種對話都塑造為國王與國王之間的對話。

淏：花木蘭不是說我們的星球是「晚熟的星星」嗎，我決定，就用「晚熟的星星」作為這個推廣計畫的題名。

7

鋼：我命令你作為「晚熟的星星」推廣大使，打點行裝，即日啟程！

花木蘭：去什麼地方？

鋼：去土星。

花木蘭：不成，土星我已去過，土星的空間規則是關閉式。也就是說，當你走出一扇門之後，那扇門就在你的身後永遠關閉起來。

鋼：我命令它打開。

花木蘭：土星的空間之門不會聽從水星國王的命令。

鋼：難道，土星拒絕平等與對話？

花木蘭：……

鋼：你必須去土星，「晚熟的星星」計畫必須在土星上實現。

花木蘭：在我們地球上，聰明的國王會有意識地留下盲點或盲區。

鋼　：什麼意思？

花木蘭：譬如說民主吧。它在我們地球上一向是頂重要的一個詞，一種標準，一種努力追求的方向，但是，古往今來，總是有聰明的國王實行集權、專權或霸權政治，因此，地球上總是有一些國家或地區不民主，或不那麼民主。

鋼　：你的意思是，要我效仿地球上聰明的君主，放土星一馬，把它規劃為對話與平等的盲區？

花木蘭：差不多。

鋼　：好，我就做一回聰明的帝王。

8

淏　：我的另一個名字不太馴順，經常溜回到你的身上。

花木蘭：你可以下令鞭打它，看它還敢不敢逃跑。

淏　：你們地球上有人這麼做，鞭打一個名詞？

花木蘭：豈止是有人這麼做，而且是經常的，有很多的人這麼做。譬如，在死刑犯的名字上劃個大紅叉，就像在這個名字的所有者身上砍了兩大刀，然後鮮血直冒一樣。譬如，全地球弱小種族反美情緒高漲的時候，就有很多人上街遊行，遊行的隊伍中會有五花八門的牌子，上邊寫著「打倒美帝國主義」、「打倒霸權犯」一類的標語。

溴：美帝國主義是什麼？

花木蘭：美是指美國，帝國主義是指在眾多的地球國家中稱王稱霸稱帝，且別無他求。

溴：美國是帝國主義的修飾語？

花木蘭：……可以這麼說。

溴：打倒，就是舉起鞭子抽，直至將這個名詞片語抽得鮮血淋漓、體無完膚、跌倒在地、永世不得翻身，對不對？

花木蘭：沒錯。

溴：你們地球人，真殘酷，連名詞都要施以鞭刑。

花木蘭：不是的，你不懂。

溴：誰說我不懂？國王什麼都懂。

花木蘭：我們只對異己的名詞施以鞭刑。你懂嗎？

溴：火星也是你們異己的名詞嗎？

花木蘭：當然。

湨：水星也是？

花木蘭：還用說。

湨：湨呢，我的名字？

花木蘭：一個水星國王的名字，會直接削弱地球君王的勢力。所以呀，你們都被隱匿起來，除去我，沒有人會知道你們的名字，更不用說會看到你們的模樣。

湨：我可以把衛星電視直播的技術下達給你們地球，讓他們通過電視直觀地看到水星國王群落的政治、經濟、文化、教育、藝術與日常的局面。也就是說，我以大眾傳媒作旨令來導使他們服膺於水星政治。

花木蘭：你有所不知。地球上早已盛行電視的衛星直播技術／藝術，各國的首腦已搶先於水星國王之前壟斷傳媒特權。據我估計，你的圖像很難擠進去，更不用說新聞滾動轟炸式地進入了。

湨：花木蘭，今天我很討厭你不男不女的說話語氣。瞧瞧你，用了幾次「更不用說」、「更不用說」啦！你當我們水星國王個個宣導民主與和平，就任由你信口雌黃，一而再再而三地拒絕我的命令，甚至抗拒向地球進行衛星直播我偉大的面孔和偉大的講話，太可惡啦！你要為此付出代價的！

9

錫：「晚熟的星星」關乎每個水星國王的身家、財產、性命，我號召，每一個國王都要站出來維護我們自身的合法權利。這也是國王應盡的職責與義務。

10

鋼：把你懷裡的白米交出來！

花木蘭：不。

鋼：水星上任何一位國王都沒有的東西，你怎麼可以獨自擁有？

花木蘭：因為它同我的夢相關。

鋼：夢有什麼了不起，還要如此這般地眩惑，還要擁有獨一無二的標誌。在水星上，連國王都要雷同得如出一轍，你的夢算什麼！老老實實把白米交出來，不然我就要命令武裝力量配合我的命令啦。

花木蘭：在太空行走時，白米已獲得一種獨特的宇宙力量。

鋼：你少威脅我，我不吃這一套。

花木蘭：我忠誠於事實。

鋼：什麼力量我們都可以獲得或破除。

花木蘭：這一回不行。

鋼：你以為一打出「宇宙」的大旗就嚇倒了我，對不對？看來，你們地球人一定最畏懼「宇宙」，對不對？把你們最畏懼的東西拋出來嚇唬我？哈哈哈……我告訴你，水星上的每一個國王，都是你所說的「宇宙」的一部分。

花木蘭：……

11

溴／花木蘭：我擁有雙重身分，既是水星上的一位國王，又是地球上的一個黎民。花木蘭那個單一身分的人已經被我消滅了。他的消滅，是他抗拒水星王權的結果。據我所知，這是一個地球人能夠付出的最慘重的代價。

鋼：他的白米也被你據為己有了嗎？

溴／花木蘭：我說過，我要占有他的名字。他的名字從何而來？從他的身體。他的身體依賴什麼到達我們水星？依賴夢。他的夢何以成其為夢？因為記憶和回想。記憶和回想的憑據是什麼？是白米。你知道它的原產地嗎？

鋼：這還用問，地球哇。

淏／花木蘭：地球大了去啦，比我們所有的國王加在一起還要大。

鋼：反正水星上不產大米。

淏／花木蘭：告訴你吧，大米的產地是地球上的三角城，我的家鄉。

鋼：你的家鄉？

淏／花木蘭：對呀，我有雙重家鄉呀，雙重身分的人都是這樣。

鋼：那麼，水星上的國王與國王之間開始分化，出現了不平等。

淏／花木蘭：這話什麼意思？

鋼：你有白米，而我們沒有。就是這個意思。

淏／花木蘭：這沒辦法，誰叫你們不先起創意，搶占一個地球人的名字啦。要知道，白米首先是隸屬於那個名字的。

鋼：你是在激發戰爭。

淏／花木蘭：我是和平主義者。

鋼：為了和平，請將花木蘭的他名下的大米交出來！

溴／花木蘭：不。

鋼：水星上其他國王沒有的東西，你怎麼可以獨自擁有？

溴／花木蘭：因為它同我的夢相關。

鋼：帝王是無夢可作的階層。

溴／花木蘭：那是因為你們不懂得把手伸得更長，諸如伸向地球。

12

錫：相當長一段時間以來，我們水星上的國王與國王之間出現了手足相殘的局面。地球人和地球食品是其導火索。嚴格地說，是一個地球名詞造成了政治動盪、人心不安的現狀。當務之急是，趕走那個名詞，不惜任何代價。

13

鋼：十年過去了。

錫：十年一個輪迴。

鋼：十年之間，由於地球白米的作祟，水星上的國王們日無寧日、夜無寧夜，過著寢食難安的日子。

錫：十年之間，我急白了少年頭，還是沒有能獲得任何一粒白米。

鋼：溴那個狡猾的傢伙，一旦沾上一個地球人的名字，就變得詭計多端。

錫：他把白米世故在夢裡。任何一個國王的鏟子都無法挖開那夢的蓋子。

鋼：不是因為它堅硬。

錫：而是因為它不確定。

鋼：確定無疑的是夢的兩端。

錫：一端是白米，被夢掩蓋著，一端是人名，裸露在夢的現實之外。

鋼：被夢掩蓋住的，我們挖不出來。伸展在夢之枝頭的，我們為何不可折下來，插在自己的胸口？

錫：一群國王，要從一個國王手裡奪取白米不成，奪取名詞，應該不費吹灰之力。

鋼：於是，我們趨著水星上最黑的黑夜，魚貫著穿越溴／花木蘭的寢宮，路經名詞之樹時，每人摘一朵白花，然後悄無聲息地離去。

錫：於是，我擁有了雙重名字，錫／花木蘭。

鋼：於是，每一位國王都有了一個同樣的地球名字，同樣的地球身分，除去溴。

錫　：在他懷揣著白米作夢的時候，他喪失了獨一無二的本質。
鋼　：一個名詞。

14

鋼／花木蘭：所有叫花木蘭的國王，明天上午八點三十分一律聚齊到斯奇庇米多利積盆地去，共商「晚熟的星星」星際推廣計畫。
錫／花木蘭：我命令你們必須準時聚齊。只有叫花木蘭的人才有資格聽從我的這項命令。
鋼／花木蘭：唯溴一人沒有資格接受我的命令。
溴　：我獨留在水星上更好。
鋼／花木蘭：但你必須交出懷裡的大米。我命令你這樣做。
溴　：不，我命令我自己不那麼做。我作夢時丟掉了地球名字，並不等於不再是水星的國王。作為國王，我有權利命令自己做什麼或不做什麼，而不受任何其他國王的干擾。
鋼／花木蘭：我擁有地球人的名字，而你擁有地球人的大米，「晚熟的星星」計畫依舊無法澈底貫徹與推行。

錫／花木蘭：這個計畫有賴於人人都是國王這一基礎。

溴　　　：沒有人去破壞它。

錫／花木蘭：但是，我們強化了它。在它之上，附加了一個地球人名。

鋼／花木蘭：所以，必須繼續追加與我們的名字相關的夢與記憶。

溴　　　：我不懂你的話。我們之間對話的管道已被淤塞。

錫／花木蘭：你交出白米，管道自會暢通。

溴　　　：我無法交出它，不是我不願意。

鋼／花木蘭：為什麼？

溴　　　：很簡單，地球人的白米，只有地球人才能掏取出來。

錫／花木蘭：那麼，我命令，所有叫花木蘭的人都到溴的懷裡去掏一把！

15

溴　：我被國王們洗劫一空，儘管我也是國王。這是水星歷史上最黑暗最慘痛的時期。國王洗劫國王。為此，我宣布，「晚熟的星星」計畫擱淺。同時，我命名，我們的時代叫作白米時代。這樣命名，是為了紀念我懷中的夢想。

故事16　懸垂著和高舉著的器官哲學

1

親愛的宇宙公民同志們，朋友們，女士們，神祇們，半人半獸的先生們，你們好。我是花木蘭，來自銀河系太陽下屬的地球。我為大家專門播送不幸消息。

諸位知道，地震是每一顆星球上的不幸大使。宇宙時間昨天早上，銀河系時間今天晚上，太陽系時間今天中午，金星時間此時此刻，金星東北部發生氫氏二〇七．三八級地震，崇山峻嶺倒塌無數，江河湖泊淤塞甚至被填平者一時難於統計。關於人員、神祇、鬼怪、草木、禽獸的傷亡情況，社會學家和統計學家正在協同地震學會的專家，進行廣泛而深入的調查，力求在最短時間內公布調查結果。

2

下面，我為大家播送一封寄自金星的公開信，收信人是太陽，寄信人是一群年富力強、在震災中獨善其身、安然無恙的地震科學家。他們自我保全、臨危不亂的精神，給我們電臺的全體編播人員注入了全新的勇氣與力量。

下面播送全文：

親愛的太陽，金星地震學全體專家向您致以崇高的敬禮。

在您照耀的星球上發生氫氏二〇七．三八級的強烈地震，前所未有地汙損了您的光輝形象。這是金星上某些人與某些神的共謀。經過周密而艱辛的調查，我們已掌握大量第一手材料，經過反覆分析鑑定，我們認為這次空前絕後的震災起因於一個反太陽組織。那個祕密組織的全稱是「懸垂著或高舉著的器官哲學」。該組織的結構相當民主，也就是說，有三十一名成員，那三十一名成員人人都是骨幹，個個都是首領，唯獨有一點不同，就是出身：有的半人半神，有的是純神，有的半人半鬼，有的是鬼魅，有的半鬼半神。不過，他們一律穿著黑皮衣黑皮褲，身材魁偉，力大無窮，用地震學家的眼睛很難分清楚其身分及性格。

懸垂著或高舉著的器官哲學成員，對地殼運動規律瞭若指掌。他們人人擁有一種世間罕見的控制能力。每次大型地震的成因，都是因為他們一人控制一方，將當地發生的低於一〇〇級的地震控制在地表運動之下，不讓其立即呈現，直到它們彙聚一起、震撼力超過二〇〇級時才一同撤銷控制，任由它們在全球爆發。

這場氫氏二〇七・三八級的大地震之後，我們協同警局拘捕到一名穿黑皮衣的嫌疑犯。他叫釘，半神半人的樣子。他挑剔的目光令很多學者生畏。幸虧從地球上應徵前來參與震災研究工作的花木蘭雙眼迷離半男半女，足以與釘半人半神的資態相抗衡。

我們組成審訊團，由花木蘭出任審判長，另外十五位地震學家組成陪審團，從土星上特邀的嘉賓氣擔任特派觀察員，從冥王星上來打工的汞擔當書記員。經過四次公開審訊，釘終於對懸垂著或高舉著的器官哲學及其個人的罪行供認不諱。目前，我們正以科學家特有的嚴謹和務實作風，跟隨在一個又一個膀大腰圓的警員身後，夜以繼日地巡查大江南北長河上下，不使金星的任何一片地土任何一彎河流逃過我們的搜索。相信在不久的將來，我們會陸續捕獲另外三十名在逃的黑色皮衣人，上交太陽法庭，澈底肅清他們對金星地殼運動的積極影響。此致敬禮！

報告者：金星地震學會
執筆者：氬
金星紀元一九九九年四月三十日

3

本臺特派員視點，本臺特派員視點：

金星上等級森嚴，綿虎、樹龍、泉象為至尊者，人類等而下之，會吃人和動物的超級植物位列第三，普通動物（綿虎樹龍泉象之外的禽獸）再等而下之。

金星上沒有上帝，或者被某些人或位尊動物宣布為沒有上帝。沒有上帝的星球，便於世俗統治。這一點，作為宇宙公民的人可能會比金星土著還一清二楚。令人費解的是，金星上固有（抑或後天？）的尊卑貴賤關係中，反人類主義是由人發動的還是由其他物種，人被統治而且是被動物統治的世代從何時起，會不會有終結。

更為令人費解的是，金星地震科學家上書太陽系至尊者的公開信中，隻字不提金星上獸統治人的腐敗現象，甚至連金星上遍地都是的半人半獸現象都避而不談。在這種前提下寫成的文字報告，我不知諸位聽眾會相信多少。

還須澄清的是，該報告中所稱之花木蘭並非本臺著名主持人花木蘭。本臺之花木蘭一直在太空工作站上堅守崗位，準點為大家播送星際新聞聯播。他從來就沒有專門研究過地震學更沒有隻身前往金星，更不會降低身價去充當宇宙中那麼小案件的什麼審判長。

本特派員面目清秀，美妍大方，姓名身世暫時保密。

4

我為諸位送出的，是新的一期庭審紀實。這是有關金星反動組織陰謀策劃顛覆星球的紀實報告之一。採寫人是本臺駐金星記者站記者鐵，播音主持，花木蘭。

宇宙紀元一九九九年五月三日，凌晨。

金星壹號法庭人才濟濟。原告席上坐著首席地震學科學家氫。他生得一表人材，穿戴得衣冠楚楚，頭上的灰髮代表著知識、修養和科學的滄桑。被告席上站立著高大威猛、性感十足的釕。他金髮披肩，黑色的皮衣皮褲皮靴緊緊地包裹著乍熟之果般飽滿豐沛彈性加野性的身軀。他的目光如閃電劃過法庭，令人心驚肉跳性腺擴張。原告律師是氫的仰慕者，年紀輕輕已獨當一面，令老律師們頻頻爆出後生可畏的嘆息。被告律師由法庭指定，個頭又小又名不見經傳，估計他的辯護十有八九會被駁回。審判官花木蘭一身戎裝，威風八面，颯爽無雙。他初來乍到，對金星滿懷好奇，其鑑賞力和審斷力正處於最低峰值。陪審團成員個個彬彬有禮儀態端莊，他們祥和的目光中絲毫看不到平民百姓大災之後的惶恐與惑亂。土星特派觀察員氯，高傲地坐在樓上的二號包廂中。他的身旁放著一只金屬載人陀螺，手持一只高倍望遠鏡，有時抬起，有時不抬起，法庭上的一切動向盡在他的視野中。書記員汞紅髮如火，顯現出一派異星景象。在整個法庭中，最吸引花木蘭注意的有兩個人，一個是釕，一個是汞，後者是他夢遊冥王星時的情人，只是此時他們尚無暇暄敘舊情。

花木蘭宣布，金星高級法院壹號法庭第一次審理黑色皮衣黨成員釕涉嫌顛覆金星地表案開庭。汞的筆尖唰唰唰地劃在白紙上，給靜得出奇的法庭增添了幾分肅穆與莊嚴。法庭調查開始。釕說我叫釕，半神半人，半人半神，喜歡單音節詞和腐臭的食物，作為神的一面很柔軟很弱小，極度純良，浸滿淚水與悲憫，作為人的一半很強盛很好戰很是權力欲，並且具有超凡的控制力。在氯的望遠鏡頭中，陪審團成員個個精神飽滿，全無半點兒災難過後的餘悸與悼亡所殘留下的哀傷之痕。氯把它的倍數調到最大，也將自己的土星目光的光圈放大，焦點跟緊，力圖透視科學家的內心世界。

釕繼續說，我是樹龍與人再與神雜交的品種，因此也可以嚴格地從血統論立場出發說我是半人半神半獸。其實我很討厭這種定性分析，它的原理大致沒有超出精原論或卵原論。我寧願自己是一種元素，不是由化合作用而生，而是先在於任何運動與交合，無論是動物和動物、礦物與礦物、氣態或液態或固態的。因此我叫釕，謝謝你們給我機會向這麼多蠢貨闡發我的名字。

汞忠誠於職守。花木蘭卻威嚴地打斷釕的個人主義開場白，把法庭焦點轉移到自己頭上。他指令釕交待具體犯罪事實，不要把法庭當成大眾傳媒，藉機宣傳自己，為個人樹碑立傳。釕矢口否認犯有任何罪行。他只是向人們透露懸垂著或高舉著的器官哲學成員，人人都是愛情至上主義者，愛情至上主義者是從來不犯罪的，嗜食腐敗食物也無可指責。

在釕的抗拒下，法庭調查沒能順利進行下去，花木蘭宣布休庭，但是不許被告人離開法庭，因為他要親自動手，對嫌疑人的血統進行檢驗。他向本臺記者透露，他使用的檢驗法在地球上相當流行，叫作染色體識別法。至於如何採取釕的染色體，本臺記者不感興趣，沒有多問。對此感興趣的聽眾們可以拔打花木蘭的宅邸電話九七八六一八八六○六一九，該電話由一機器人全天候為您服務。請聽眾同志們注意，那個花木蘭不是我這個花木蘭。我的私宅電話保密，除去我的一百三十個情人知道外，概不透漏，請諸位原諒。

5

在如下的星際重大佚事時間裡，我為全宇宙的聽眾播送本臺獨家特稿：懸垂著或高舉著的器官哲學告宇宙公民書。該文的內容多少有些黃色，少兒不宜收聽，請廣大家長管理好自己後代的耳朵，不要讓本文的色欲指標催化他們的早熟基因。拜託諸位。

懸垂著或高舉著的器官哲學告宇宙公民書：

相親相愛的宇宙鄉親們，你們好！我們是懸垂著或高舉著的器官哲學俱樂部成員。本俱樂部成立三千多年以來，一直奉行嚴肅端正的愛情至上準則，對政治、經濟、文化、娛樂、科學技術等重大宇宙問題一概不聞不問。我們的生命立場始終如一，那就是為了愛情而愛情為了身體而身體力行。因此，本俱樂部全體會員，都將各種各樣外露的或隱祕的性愛器官張揚起來，讓它們懸垂著或高舉著，形成一種宇宙特殊風景。就像海星曝晒五臟六腑一樣，我們曝晒我們的充血組織和黏膜體，展露我們的勃起功能和接收系統，對於發射體系，伸縮抽搐悸宕的條件反射線索，包容性和體液容積，我們也有一整套的外現措施。確保愛情的直觀性，是我們這個俱樂部的組辦宗旨。對於不能懸垂又不能高舉的愛情器官或器皿，我們採取電腦掃描、非線性剪輯等高科技手段，最終張貼於俱樂部總部及各分部的網頁上，也算是另一種體式的懸垂或高舉吧。

懸垂著或高舉著的器官哲學俱樂部實行器官公共擁有與使用的社會體制。這種社會體制所體現的理想精神是，讓每一個人或神或鬼或獸在需求性消費時馬上能夠如願以償，而不必煞費周章地浪費語言器官去走漫長的談情說愛的道路。在我們的俱樂部裡，世俗社會的愛情觀受到唾棄。我們更注重器官與器官的親密關係，而不是所謂情感。對於本俱樂部而言，愛情是器官遊戲，除此之外再無其他。

我們的力量來自於金星地心引力，它是我們愛情的唯一能源。我們迫不及待地把器官懸垂在或高舉在地心引力之上，如同讓旗幟迎風飄揚。每一次地心心跳，每一次地脈搏動，每一次地心震撼所引起的星球顫抖（無論局部還是非局部），都會給各種各樣高舉著或懸垂著的器官充血充電。

意外的是，有人野蠻地逮捕了本俱樂部成員釘，並以製造震災的罪名提起公訴。在公訴人指控中，本俱樂部被描繪成為一個組織或黨派，具有反動動機與性質，圖謀顛覆金星製造災難。金星當局把有史以來最大一次地震歸咎於我們與地心引力地表運動的親緣關係，令我們意外。事實上，是地心引力控制我們的愛情，而不是我們的愛情具有超絕凡俗的控制能力。

我們在此鄭重聲明。我們不是罪犯，我們不是地震的所有者和發起者，除去我們自體的器官和帶給我們快樂的異體器官，我們一概不關心。為此，請金星當局速速釋放釘，還他清白與自由。

藉此機會，我們也向全球喪亡於那場氫氏二〇七·三八級地震的各種器官（無論鬼神還是人獸）表示深切地悼念與追憶，願它們在失去、永遠地失去懸垂和高舉的機會之後，能夠安息。

最後，祝福宇宙。

懸垂高舉俱樂部（簡稱）

執筆人：鈧

金星紀元一九九九年五月五日

於首都地地利

6

公審紀實時間到了。在這次節目時間裡，我將繼續為諸位播送陰謀顛覆金星一案的第八次開庭審訊情況，歡迎大家洗耳恭聽。

審判官花木蘭不女不男地宣布開庭之後，半人半神半獸的釘被押入被告席。他以英勇無畏的性感氣概與花木蘭眉來眼去，對法庭秩序造成公然傷害。為此，一直渴念異星戀情的花木蘭險些當場暈倒。

神智恢復清醒的審判官目光依然有些恍惚。釘趁機興風作浪，擅自開始進行法庭陳述。汞沒接到陳述開始的指示，不敢自作主張進行記錄，只能自作主張地不記錄，因此釘的如下講述是根據特派觀察員氦的記憶整理而成，不是原版，有盜版之嫌，請耳聰眼亮的聽眾明辨秋毫。

釘說，懸垂著或高舉著的器官哲學沒有政治綱領，沒有哲學理念，沒有組織原則，只有對器官的信任和對器官磨擦碰撞的信賴。如果一定要我們對金星上發生的氫氏二〇七·三八級的強烈地震負責任，就必須追根溯源，對這個宇宙間的每一種愛情進行反省。我們是愛情至上主義者。我們是為愛情而存活和延續的族類，不是為地震或者製造地震而生活的。公訴人控告我們穿黑色皮衣皮褲皮靴，是在結黨營私，陰謀並實施大型地震，我十分不解。在俱樂部裡，我們的確需要公訴人所說的強大的控制力，以使我們的全部器官像海星一般曝晒出來。但是，這同把震波稍小的地震暫時平復下去，將其能量控制住，直至有一刻彙聚成排山倒海的大震盪大震撼大毀滅，何其天壤有別。操縱星球運轉和局部變異或星與星相撞的不是我們。如果我們能夠操縱這個世界，無非是把你們藏在衣服裡野心裡的器官懸垂出來或者高舉出來，讓它們像風中的蘆葦或風箏，雨中的青瓜或花朵，雪中的山藥或者仙人掌。

由於地球人花木蘭的想像力受到強烈刺激，她／他突然失憶，以為到了動物王國裡，把釘當成老虎，抱住他的脖子百般親昵，親昵之後就不停地摸他的屁股，一邊摸一邊用地球語說：誰說老虎屁股摸不得，誰說的，這不過是老虎最漂亮最聲名卓著的一項器官而已。

鬧劇一旦在法庭上開幕，就無法扼止。因為壹號法庭有一條歷時悠遠的優良傳統，那就是主審官不宣布休庭誰也不許擅自退庭。花木蘭失憶，成了老虎的朋友，小鳥的音樂教師，老鼠的情侶，兔子的性夥伴，大灰狼的好鄰居，瓢蟲的妻子，大象的同族，青鳥的後代，但是這並不等於他／她不再是判官。一個人身兼數職，在星際政壇已成潮流。花木蘭瘋癲也好，失憶也好，乘機裝瘋賣傻大過戲癮也好，別人是無權過問和干涉的：在壹號法庭開庭期間，他／她就是時間的始和終，就是空間的封閉與開放的根本動力。於是，花木蘭成功地把法庭變成了舞臺，把被告作主角的局面把轉為他／她一個人的獨角戲。

7

星際新聞聯播——星際新聞聯播——星際新聞聯播。

為營救在押同夥釘，懸垂著或高舉著的器官哲學派出三名精兵強將，化妝成金星土著居民的樣子，也就是脫去渾身上下的黑色皮革，換上帶蕾絲花邊的白色綢裙、軟緞舞鞋和白絲方巾。他們臨時放棄該組織的宗旨和規範，混同於芸芸眾生，並穿越芸芸眾生波蕩不安的主流與支流，向關押釘的金星壹仟柒佰伍拾號監獄接近。在營救釘越獄過程中，衛兵目擊並槍擊了兩個半鬼半獸分子，正因其半鬼半獸，子彈才沒能找到他們的心臟，而只擦傷了他們不同位置上的性器官。由於衛兵人數眾多且槍法凌厲，不僅釘未被救出，而且俘獲了該組織的才子鈧。鈧是半人半蟲，比不上兩位戰友素質好，被關進釘隔壁的房間，將與釘同甘共苦。

據有關人士透露，那兩名漏網的歹徒已帶傷逃離作案現場。金星警方正帶著警犬，沿著他們一路留下的血跡對他們進行追捕。不過，醫學家們對追捕的結果普遍不抱樂觀態度。他們認為警犬的鼻子很難識別半獸半鬼的混血兒氣味。

地震學家們憂心忡忡。他們擔心黑色皮衣成員會利用超凡的控制力對金星進行下一輪地震襲擊，報復警方和法庭對其成員的迫害。

8

今天正午，本臺特約記者從金星壹仟柒佰伍拾號監獄附近的ＮＨＫ酒吧發出一份報告，報告中詳細記錄了看守從監獄中偷偷錄製的一次談話，談話人是懸垂著或高舉著的器官哲學在籍分子鋶和釕。他們的對白充滿暗語和不可告人的內容，十分晦澀難懂。我將全文播出如下，在宇宙範圍內徵集破譯者。

鋶：空氣格外清新，月光如水般流淌，山巒和山巒樹木和樹木時間和時間，五光十色。

釕：陰霾，蛤蟆，沼澤，雨。熵，昶，畢氏定理，諾氟沙星。

鋶：悲歌一曲。刺傷。割。許多，許多，許多。

釕：蒙頭大睡之後的太陽顯現出昏暗無力的光，溫暖不多也不少，成績不大也不小，光明與黑暗的鬥爭。

鈧：造成宇宙動盪不居的是固體和氣體，液體是好東西。人的品質不大穩定。成長與衰老的風格大同小異。人蔘延年益壽的功用正在金星上嶄露頭角。

親愛的聽眾朋友們，犯罪嫌疑人的談話錄音播送完了。破譯者請將譯文寄給本臺新聞部。本臺太空站郵遞區號是〇〇七九二七六一一，勿寄私人，譯稿一經採用，定有重謝。

9

鈧在獄中生活了二十七天（以金星時間為計算單位）之後，突然死亡，死因不明。經法醫對屍體解剖後鑑定，認為他的死亡與體內的昆星腺功能降低有關。釕抗議監獄對犯人的飲食草率行事，使鈧的營養失調，尤其是缺乏昆蟲必須的葉綠素和胡蘿蔔素。金星第壹仟柒佰伍拾號監獄的負責人在接受本臺記者採訪時，矢口否認對犯人和嫌疑犯人有虐待傾向。他指出，鈧的死亡是自殺，是有意製造混亂。最令人震驚的是，他向記者透露說，懸垂著或高舉著的哲學成員，不僅具有控制地震波的特異功能，而且可以操縱自己的生與死，倘若可以用學術語來解釋鈧的死，大致用假死一詞不會過於失真。至於假死的時間會持續多長，他謹慎而保守地估計，大約要一千個金星年。為了確保千年之後釕能夠順利復活，該負責人決定為他單獨開放一間獄室。負責看守該獄室的獄卒將從平素最恪盡職守的看守中遴選。

10

審判官花木蘭恢復記憶之後，對自己失憶後的語言及行為悔恨交加。但是，為了維護法官尊嚴，在金星壹號法庭第九次公開審理釕的反動罪行時，他絲毫沒有把這種心情掛在臉上。

據記錄員汞向本臺記者透露，花木蘭此次登臺之前已下定決心宣判釕死刑。可是釕死到臨頭仍不識趣，法庭辯論題一開始，就雄辯滔滔地將公訴人的公訴理由駁斥得漏洞百出，加之此前的法庭舉證時間公訴人沒能拿出黑色皮衣之外的人證物證，他便自認為穩操勝券。沒想到，休庭期間，陪審團成員一致擁護法官提議。再度開庭時，法庭宣判的結果是：判處釕死刑，剝奪政治權利終生，而且不容上訴，立即執行死刑。

本臺本著公正客觀的新聞立場追蹤報導死刑執行情況時，發現金星的執法系統存在嚴重的缺陷，這種缺陷直接導致對釕的死刑無法實施。

本臺派往行刑現場的記者與土星特派觀察員氯親眼看到，由於死刑法本身的無能，釘被押到行刑現場卻無法執刑，局面十分尷尬。

在金星上，一向只設有單一品質的刑場，即針對死刑人犯的廣場，針對死刑獸犯的屠宰場，針對死刑鬼犯的油鍋，和針對死刑神犯的髑髏山。槍決或者注射毒液，宰殺，油炸，和釘上十字架，是這裡常見的幾種行刑方式。但是，釘被判死刑，執行死刑的部門卻遇上了亙古未見的難題：釘是半人半神半獸的死刑犯，如果只把他當人看待實行槍決，便無法滅絕他身上的神性和獸性，如果只是把他送進屠宰場用刃具進行宰殺，哪怕剝皮剔骨也無法除祛他身上的人性和神性，如果讓他背負著自己的十字架爬上髑髏山，釘上他的手與足，用長矛刺穿他的左肋，豎起十字架時也仍然無法泯滅他身上的獸性和人性。

他首先被押到日光廣場。面對十三個黑洞洞的槍口，品性中的神力和獸力使他臉不改色心不跳，勇敢無畏，大義凜然。十三種槍聲響起之後，他應聲倒臥在水泥地上，身上的十三個槍眼向四面八方噴射著血光和血注。然而，這只是一瞬間的情景。幾乎與此同時，他身上的槍傷神話一般癒合起來。據目擊現場的本臺記者報導，那種景致看上去如同一個驚心動魄的電影鏡頭倒放，倒放停止的那一點恰恰是釘毫髮無損地從地上站起來的那一刻。

釘又被帶進充滿禽畜的內臟和血、尿氣息的屠宰場。劊子手把他橫放在巨大的、溼乎乎的案板上，不去刺穿他的心臟或割裂其咽喉。他們企圖在釘心臟和大腦完好無損的前提下從四肢開始對他進行肢解。但是，雪亮亮冰冷冷的刀刃割下去，在釘的肌膚上卻立即溶解為水樣的液體流下去，如同錫物遇到了火塊。劊子手們手執著殘餘的刀柄，魄散魂飛，呆若木雞。行刑工作在屠宰場中再度受挫。

移師髑髏山的路程上，執刑官才發現自己犯了策略上的錯誤：本應該先釘死死囚犯身上的神性，只要滅掉了它，其他性能便可完全由人力操縱。好在想殺死一個人比要救活一個人機會要多得多，可能性要大得多，前兩次屠殺失敗，算是預演，眼下從十字架開始，依次輪到日光廣場的槍聲和牲畜屠宰場的刀光刀影，為時不但不晚，而且還相當從容。

本臺記者一路上跟隨著行刑隊伍浩浩蕩蕩開上髑髏山。山上已經有兩個性別不明的娼妓等在那裡，將作為釘的死亡伴侶而釘死在他的一左一右。執刑官拋出這項得意的策略，是出於古老的畫符理論：兩個娼妓的活體和屍體將以生／死同性的狀態貼附在釘的人性和獸性上，替代其生，也替代其死。他應用這一理論於殺人實踐，是基於金星上這樣一種道德認識：娼妓乃最為放蕩的族類，愈是放蕩的人就愈是人性豐滿獸性也豐滿。利用兩位娼妓身上豐澤充沛的獸性與人性來作畫符，使釘的神性被釘死之時獸性與人性無法發揮救補神性的功用，妙策如此，釘的生命就是插翅也難逃出這座小小的山丘了。

11

當三個十字架豎起的時候，金星上空的太陽格外明媚，明媚得有些像地球和地球旁邊的月亮。有風徐來，彌天的桃色之光粼粼波動著，大有地震前一剎那萬物達到美之極致的境界。在右和左側的兩個十字架上，兩個娼妓唱著聖潔動人的歌曲，使本臺記者和土星特派觀察員氯落下了感傷的熱淚。身材性感風度迷人的釕綻放出他的裸體，如同花朵在樹上綻放。在他懸垂著或高舉著的器官周圍，空氣的桃色顯得更加濃郁。死亡在一點點向他降臨。當太陽落到東方的地平線上的時候，他的神性、人性和獸性依次咽了氣。執刑官深深地舒了一口氣：他終於死了。盼望別人死亡的人，在金星上如願以償。

12

下面播送星際要聞暨告地球公民書：

懸垂著或高舉著的器官哲學在逃成員，昨天已成功潛入地球，陰謀在地球上製造更大的地震災難。為此，主持人花木蘭提請廣大地球公民注意，對你們身邊穿黑皮衣皮褲戴黑色眼鏡穿黑色皮靴紮黑色寬皮腰帶的人小心防範，同時也要留意那些懸垂著或高舉著某項或某幾項器官在人叢中活動的人。是他們製造了金星氫氏二〇七・三八級的地震。要保護地球，你們就要起來，全民總動員，抓住他們，嚴懲他們，像金星人懲處釘一樣。

故事17　火星上的耶穌

1

從地球到火星的路很遙遠，比三角城到方城的路不知要遠多少千光年，你伴著我走，走很遙遠的路，不帶糧食，不帶水，不帶多餘的衣物，一本書也不拿，包括《聖經》在內，就這樣走，在空間瀚漫無涯際的無路之路上走。空間的曠野在你的四周，在我的四周，只有旅人，沒有牧者，沒有牧歌，沒有牧笛。你不必擔心只是作一個旅人，不耕種，不紡織，會不會有飯吃，有衣服穿。

中途我們會看到一顆宇宙間最美麗的星星，對，是天堂星，火星人看不到它，只能隱約看到通往它的雲梯，地球人也看不到它，甚至不知其存在，包括那些偉大的天文學家在內。只有你和我會與它的軌道貼近。

有些發抖，是嗎？來，拉緊我的手，不男不女既柔軟又堅挺的手，它像你的手一般脆弱，也像你的手一般剛強。對這種超音速的速度，我的雙腿也不太適應，它有類風溼關節炎，踝骨損傷，是扭傷加勞損，還有小腿靜脈曲張動脈曲張，多虧我們沒有採取超光速的腳法，否則我的腿腳就跟不上我的意願啦。

對啦，臨行前忘了叮囑你，到了火星上，不要對火星人說出我的祕密，尤其不要說我的故鄉是天堂星。既然我們從地球上起飛，你就說我們是地球人，我叫花木蘭，你叫花木桃，我是哥哥你是弟弟或者你是姊姊我是妹妹。

快來，抓得更緊一些，我們得飛快一點，不然，十字架就朽爛啦。

2

路很長，你不要厭倦。我會不停地給你講故事，像《一千零一夜》裡怕被國王山魯亞爾殺掉的山魯佐德一樣（另一種說法是，宰相之女為了救援女性群體而每夜講一則故事）。沒錯兒，你補充得有道理，她給他講完故事或講故事過程中，肯定還得跟他做愛，而且要技藝高超，不亞於說故事。不過，我跟你就免了罷，一邊飛一邊歡合不那麼符合人的慣例，我們畢竟不是天鵝或別的鳥兒。我給你講故事，不等於你就是國王，小孩子也愛聽故事呀，只是他們沒有你和山魯亞爾那麼多額外的欲求。我講故事，還有一種功用，就是消除我自己的乏味和寂寞。我們兩個人中總得有一個人愛動嘴巴。另一個人愛動別的地方。所謂伴侶，就是相互愛戀相互依憑，像愛戀上帝和與鄰人毗鄰而居一樣。

3

今夜是我們的第一夜，起飛之後共同度過的第一個夜晚。就講一個與第一夜有關的故事罷，你是不是已豎起來在聽我呢？

我十二歲那一年第一次夢飛火星。臨夢之前，我的媽媽擔心我有去無回，往我的懷裡裝了太多太重的上好白米，剛起飛就有些像懷孕的樣子。你知道，十二歲，我肯定是處女，但是目睹我邊撇白米邊上升的鄰居們不這樣看。他們嘰嘰喳喳地議論道：花木蘭被人搞大了肚子／花木蘭代父從軍的時候被戰友給幹了／花木蘭到火星生孩子去啦／花木蘭無地自容逃往火星。我聽到那些醜話很生氣，一邊俯瞰著愈來愈小燈火愈來愈遠淡的三角城，一邊發誓再也不回來。

到火星上教火星人唱歌，是我在幼稚園時代就已設定好的夢遊程式。我是天生具有使命感的人，三、五歲的時候就因為從沒聽到火星上傳來歌聲而悲哀，深深憐恤它的荒涼與空寂。我要去傳播歌聲，無論歡歌還是哀歌。我先在幼稚園裡演練我的本領，我指揮，獨唱，領唱，重唱，合唱，實踐每一種演唱方法和方式，還可以唱得極端響亮，聲遏行雲，唱得極其低靡，感動蜜蜂和螞蟻，在我的歌聲裡，樹葉上的螳螂和草原上的兔子更勤快更膠黏地交配，我對小夥伴說，那是我創作的配樂詩朗誦。

我飛到火星上，組織了「花樣年華」少年搖滾樂隊，主唱是我，貝斯是鉋，鍵盤是碘，鼓是鉡。我們都是十二歲，嚴格地講，是「花蕾樣的年華」，但我們的歌曲和表演方式很開放，很具反叛世俗的宗教聖歌色彩。我們首先砸爛了位於火星第九方（火星上有十三個方位，不似地球上分東西南北）的利希城中心的莫莫舞臺，三天後把它重建。花樣年華的首場演出，吸引來很多娼妓和嫖客（他們大多是太陽能專家），法利塞人一個都沒有來。在我的歌聲裡，火星觀眾肅穆莊嚴地端坐著，每一位娼妓身旁都坐著兩位嫖客，他們手拉著手，眼中含著淚水，同地球上的螳螂或兔子對待音樂的態度十分不同。

據《火星編年史》第三章第一一九七八三段記載，那是火星上第一次（有史以來或星體形成以來）傳蕩歌聲，是火星人第一次聆聽到皮肉質加黏膜質的音樂。當然，我認為這類的「史載」有失真的紋路，猶如木質唱片的紋路在使用之中出現音岔或ＶＣＤ碟片放映出的馬賽克：鉋、碘和鉡是不是火星人呢？如果是，在排練中他們早已無數遍地聽過我的演唱，而且還給我配上和聲。所謂「火星上第一」云云，是史筆涉墨處所能做到的嚴肅極致，也未可知吶。

火星人很聰明，像懂得開發利用太陽能一樣，就此精通歌聲開發利用之道。他們從售賣演出門票的新莫莫舞臺得到靈感，把花樣年華的歌聲灌進各種各樣的瓶瓶罐罐裡，然後用超級市場中使用的打碼器打上價格和編號，向那些沒有錢或沒有機緣親身到新莫莫舞臺來的人出售，其售出價格一般根據外包裝的華美程度而定。他們販賣口令一般都很機智幽默，我聽過最動人的幾個段子是：①把歌聲裝進瓶子裡，就如同將魔鬼打進了地獄（它讓我想起地球上的《十日談》）；②給歌曲穿上褲子，免得它露出陰部；③易開罐對聲音的保質期高達一年零三個月；④展開你的翅膀，像一隻蚊子在瓶子的宇宙裡翱翔。

這種被稱為「魔聲」的瓶瓶罐罐迅速風靡利希城（據說，後來又風靡火星），幾乎人手一件，走在街上就可以看到裝束時髦的年輕人搖頭晃腦旁若無人地招搖而過，他們人人都一隻手舉著一只五彩斑燦的魔聲，把它貼在耳輪下，如醉如癡地傾聽著瓶內／罐內世界，似乎遺忘了現實。在林蔭小路上，一些上了年紀的老人也同樣手舉著魔聲，斜傾著脖頸，過於認真地把殘餘的生命和聽力投注進去。利希城年輕人的樣子有些像地球上的新人類，老年人的樣子則有些像老企鵝，太陽能工業把他們一律塑造得很卡通，有一種引人矚目又難分個數的群族感。

魔聲迅速風靡，又迅速過氣，成為扔在街巷表象上的垃圾。人們感到受了欺騙，紛紛擁到新莫莫舞臺質問我為什麼要砸爛舊莫莫舞臺又用三天時間重建它。他們舉起鐵拳，砸碎新莫莫舞臺，然後驅逐我和花樣年華的另外三名成員。於是，我們流落到城與城之間的米勒勃比比山間，在世人不知不曉中長到十五歲。

有一天，貝斯手鉋發燒，我走出山洞採藥，來到百花深處（那時我認為所有的毒與蜜都集中在花朵裡，如同我現在認為所有的性與愛都集中在肛門或陰阜裡）。百花深處藏匿著十三條彪形大漢，他們正在躲避警局的搜捕，同我一樣是城市邊緣的流竄人口。他們本來就對百花的香氣有些過敏，再遇上我這樣一個邊採藥邊歌唱的美少年，自然難遏色欲，把我的眼睛蒙上，誘姦了我。之所以說是誘姦，是因為我沒反抗，也沒想反抗。當時我頭腦很清楚，我想既然他們如此強烈地需要，我便沒有理由不滿足他們。是上帝讓他們有如此的衝動，不是他們自己。我雖然很疼，簡直容不下十三個人，但我拼死拼活堅持著，不使自己暈過去。這是我那一刻的使命，假如有一天，我如此強烈地需要別人的身體，別人也會像我現在一樣向我獻身，我想，那是他們的使命。

共有十三個人享用我的第一夜，這使它格外具有宗教感。

4

第二夜。第二個故事：關於螞蟻。

火星上的螞蟻不多，個個像地球上的兔子一樣大，紅眼睛和頭髮，身上長著白色的皮毛，只是渾身的關節仍清晰可見。他們一般比較怕人，行動避人耳目。有一隻螞蟻與眾不同，他焦急地馱著另一隻螞蟻飛快地爬行，一旦遇到障礙，就迅疾地用觸鬚點觸障礙物，幾乎是馬不停蹄地攀越過去，顯得既勇敢又堅決。有幾次是穿越灌木叢，有幾次是穿越荊棘叢，他都是如此。我追蹤著，得用小跑的速度才能趕上。我有時會呼喚他，讓他等等我，或者問他遇上了什麼麻煩，是不是可以幫他一把，他置若罔聞，繼續飛快地走他自己的路。

那時候，我已與花樣年華的其他成員失去聯繫，原因你該猜得到，因為我得竭盡全力全身心才能使十三條大漢人人滿意，所以當他們離我而去時，我已暈頭轉向，我迷了路，在火星的荒山野嶺間行走，歌唱，然後遇上了這兩隻螞蟻，其中一隻已奄奄一息，或者乾脆已經死去，另一隻勻速地爬行，遇上任何情況都不降低爬行速度，背上背著他的同類，而且不怕人。

我們算得上一路同行，一到夜幕降臨，他立即收回全部爪足，伏在地上一動不動，只有一對觸鬚片刻不息地波點著，像雷達在發出雷達波。遇上這種時刻，我就去喝水，吃上一些隨手可以找到或摸到的食物，也會給他帶回一些水和食物，譬如蜜蜂產的蜂蜜。我把水淋到他們的頭上，但食物總是受到冷落，天明重新上路時就進了我的肚腹。

有一天，我發現他換了一種方式對待他的同伴：用左後長足上的齒利刺住另一隻螞蟻的右前足，拖著他向前走，速度與從前一樣。仔細觀察，我方看出那隻被拖曳著的螞蟻已經皮囊乾涸，顯得既枯萎又乏味。我一路上都在追問那隻活著的白螞蟻，他已經死了，只剩下一副空皮囊還帶著他去哪兒，莫非是要找一塊墓地將他埋葬？他不回答我，似乎是無暇回答我，仍舊一往無前地飛快向前爬。

我們越過一條公路，公路上跑過一輛又一輛太陽能機動車，我沒有做出搭順風車的手勢，繼續跟著他，又越過一片太陽能採集場，一片幾乎無邊無際的閃耀著合成金屬光芒的無汙染工業區。也許是那些採集裝置的反光刺激了我，我失去跟蹤他的耐心，攔在他的前面，他偏側著頭鬚向左爬，我又攔向左側，他向右，我也向右，他向後，我再向後，總之，他成了圓心，我成了圓周，圓心休想突破圓周去它想去的地方。過了許久，他突然伏在地上，一動不動，如同遇上了黑夜，那隻左後長足仍牢牢地扣住死者的右前足。在橙黃色的陽光下，他和他的樣子像似史前生物的標本，沒有一點生氣。

我追問他，不停地追問他，帶著一個生病將死的同類去幹什麼。他偶爾會看上我一眼，但緘口不言，固執地守持著他或者整個族類的祕密。無論夜裡還是光天化日，無論我離開還是守候，他都不再爬不再動，直到有一天我對他說，去吧，去你想去的地方幹你想幹的事兒吧，他才用與從前完全相等的速度爬行起來，攜帶著那隻死去的螞蟻愈行愈遠，直到陽光和我的目光都照不見他們。

到現在我仍不明白，他與他生前是什麼關係，他不遠萬里要把他的屍體帶向何方，最後如何安置那業已風乾的屍身，或者，他也會死去，類似於人的殉情，或者，他要將他送回到他出生的地方，或者他們相識相戀的地方，或者，他僅僅是螞蟻王國裡的一駕「驛站馬車」，僅僅負責運輸而全不知其餘……

5

第一千零一夜，第一千零一個故事，你將聽到的是十三門徒的大事錄。

火星西元〇年，有十三個火星人從火星第十三方出發，持著火槍朝第十二方進展，去尋找傳說中的永生之神。他們的信心完全不像地球傳說中被國王派往海外尋求長不死藥的童年男女（據說，他們在一個叫日本的海島上雙雙成親，定居下來，沒有再回天朝），也就是說，他們不動搖，要用火槍殺死每一個攔路的魔鬼，期待著最後見到永生之神，然後一同向天鳴槍致禮。

火星也像地球一樣，有一個現代化的過程。西元〇年，太陽能時代還遠沒有到來，因此，十三個火槍手自十三方向十二方的旅程只能依靠天賦的雙腿，不斷生產廢氣破壞火星大氣臭氧層的燃油汽車，他們絕對不會染指，如果子彈源源不絕，他們還會見到飛駛的輪胎就打上一梭子，使它們癱瘓，短時間無法製造有害氣體和懸浮顆粒。

他們根本沒有追問，永生之神為什麼隱居第一方，而不到地大物博的第十三方來——他們從未想過這個問題，他們深信，在信仰之途中懷疑或提問是最大的敵人，用火槍無法殺死。他們認準永生之神在第一方，通往第一方的路上有九九八十一個魔鬼，子彈數量有限，又不能隨時隨地製造，必須用在魔鬼身上，輪胎們因此倖免於火槍的火力，但是汽車卷起的漫漫塵煙卻在火槍手一一死去之後形成大塵暴，每隔幾年就會由第一方集結，然後撲向二至十三方（有的時候，第二方和第三方也會成為塵暴的醞釀發生場所）。有關於此的種種傳說，花木蘭在他的另一則夢遊劄記中記載過，有興趣的話你可以去圖書館查閱《宇宙全書》的〈準天使卷卷二〉，上面會有天堂星出現，還有塵暴來臨時的難民潮照片。

火星紀元一年，十三門徒走到第十三方與第十二方的臨界處，第一個魔鬼打扮得花枝招展，豔冶無度地從一片蜜桃林中走出來，攔住他們的去路。從外表看上去，他很像十三門徒中至幼的那一位，甚至比他還要年輕美貌。如果不是魔鬼的腰肢擺動得過於模特，還有頭上身上的花飾過於民間、缺乏信仰的色彩，連我都無法辨識其真實身分，更何況正在成聖途中的門徒。

他嬌喘著對門徒們說，我渴了，請把你們的水給我喝。門徒們面面相視，他們沒有帶水，如同沒有帶糧食和衣物。他提出他們可以用唾液餵食他。門徒們遵循著從未露面的永生之神的啟示，不羞赧也不畏懼，一一嘴對著嘴唇吻著唇為他輸入經過口腔黏膜分泌的水。他表示已不再焦渴，但是卻仍舊依戀他的唇與齒與舌，要再同他們接吻，這一次不需要輸導津液。他們無條件地配合他，他於是無條件地一一與他們長吻，直吻得他們有些興奮有些陶醉有些忘乎所以。於是魔鬼進一步提議，要與他們肛交。最年輕的門徒立即答應下來，而另外十二個門徒則已判斷出他是魔鬼（在火星上，肛交是魔鬼嗜好），只是他們一時不能動手發射火槍，怕誤傷到正與他行肛交的同伴。當他心滿意足渾身冒汗地離開他的身體之時，十二名槍手一同射出火槍中的子彈。第一個魔鬼就這樣滅亡了。

一路上，十二個大門徒都不再與那個年幼的小門徒說話，氣氛顯得有些微妙。他們走過十二方，擊斃了四個魔鬼，走過十一方，擊斃五個魔鬼，永生之神還是沒有出現。他們繼續朝著第十方走，在第十與第九方的交界地帶，魔鬼數字與門徒人數正巧對等，十三對十三，於是十三支火槍一同發射，又有十三頭魔鬼被殺死。他們繼續向第八方挺進，魔鬼們集結成一支小分隊，共有二十五個，十三個火槍手英勇無畏，耗費二十五顆子彈，奪取了二十五個魔鬼生命。他們堅信不疑，世上的萬物都有生命，都值得珍惜，只有魔鬼的生命中充滿邪惡和毒汁，必須用槍彈炸碎炸爛。在第七到第二方的途程中，他們又接二連三地或順利或付出傷痛代價地收拾了另外三十三名魔鬼，進入第一方。這時，已是火星西元十三年的春天。

永生之神並沒有在這裡等待他們。或者，永生之神在這裡等著他們，但是並不顯現。一定是出了什麼問題，要麼是死去的八十一個魔鬼中有一個是假的，是誤殺，要麼是又出現了新的魔鬼。人們把目光一齊射向那個最年幼最美麗的門徒。

一棵樹被砍倒，被製成十字架，那個小門徒也參加了勞動，他的力氣不夠大，手藝也不夠好，總是幹些零零碎碎的小活兒，沒派上什麼大用場，不像相對於第一個魔鬼的欲情需要時顯得那麼不可或缺。

十字架被豎起來，釘在上面的是那個至小的門徒，他被指認為魔鬼，因為他與魔鬼行肛交，有著魔鬼般的嗜好，還因為他們的槍都已空去，唯有他的槍裡還有一粒子彈，是打發第一個魔鬼時他沒有開槍（當時的情形，他當然來不及）。那最後一顆子彈射進了他年輕的胸膛，負責射擊的人長著大鬍子，有些像地球猶太人猶大。他舉槍射擊的一剎那，鬍子泛濕出紫暗的紅色。

火星西元十三年四月，最小的門徒在十字架上嚥了氣。他們看到，在十字架的後方出現了一片彩色，還有歌聲也來自於那個方向，漸漸地，他們能夠看清楚，那是身上有十二個槍眼的魔鬼，尋找永生之神途中遇上的第一個魔鬼。他們知道，只要再補上一槍，他就會真的死去，永生之神就會顯現形象，將他們接往天堂星。可是，所有的槍都空了，沒有子彈。他們把那顆子彈用在了至小者的身上。他們沒能永生，因為他們懷疑別人是魔鬼。

6

第一千零一個故事，第一千零一夜，這個夜晚發生在火星的後工業時代，太陽能已經普及人身及人心，方便快捷高速高效率使火星在宇宙間的政治經濟文化宗教地位有了很大提升，在一星之下，萬星之上。地球被火星所超越，地球人花木蘭再次夢遊火星時，人們開始認為他有非法移民傾向而對他的居留時間和懷中的白米數量嚴密監控。這種無聊的星際鬥富與歧視貧弱令我相當憤慨，憤慨激勵我用高音喇叭般的嗓音向火星人講了這樣一則寓言。

……在很久很久以後，一個伸手不見五指的黑夜，火星的末日行將來臨。火星人人人驚恐萬分，內心感受著煉獄火焰的灼燒，既疼痛難忍又絕望難耐，有的人用太陽能自殺，有的人把新生的嬰兒溺死，有的人瘋狂地做愛，有的人一口氣都不換地歌唱直至憋悶而死，有的人平平地躺在地面上準備與星體一同化煙化灰。沒有人能夠阻止終結之力的降臨，沒有任何人的力量可以延緩它或阻絕它，一雙雙淒絕的目光探望著寰宇的深處，金錢，權勢，才華，善良與愛，兇惡的力量，導彈，嘴唇，槍炮，陰門，精子，眼睛，理想，智慧和青春，都無法阻擋住它的席捲之勢。人們甚至忘記了天堂星，忘記了位於第十三方的通往天堂星的雲梯，忘了平生中的最愛或日準天使，人們坐以待斃，準備把星球和人類拱手獻給毀滅的力量。

突然，有一個人，舉著一盞金燈檯，身穿長衣，直垂到腳，胸間束著金帶，頭髮柔白，如羊毛，如雪，眼目如同火焰，腳好像在爐中鍛煉光明的銅，聲音如同眾水的聲音，懷裡揣著一捧地球三角城上好的白米。他從容而鎮定，一言不發一聲不響地在街上走，連腳步聲都不發出。最初，有一個孩子到街上撒尿，撒完尿便跟著他，一後一前地在街上走，連腳步聲都不發出。孩子也穿著一件長衣，潔白如雪，直垂到腳，兩個人，兩片白色的人影，在一盞燈的帶領下悄然走過市街，走向遠方。這時，已近午夜，毀滅的時刻迫在眉睫。

有一個抱怨的聲音響起，它在質問曾經顯現奇蹟的人：你若果真是神的兒子，就從上邊下來，救你自己吧，救你的兄弟姊妹吧。黑暗比前一刻更黑，任何人睜開眼都還能看到那盞金燈和那兩個飄忽的白色人影，可是沒有人跟上去，更多的怨聲沖向黑暗，使黑暗更濃重：你既然不能救自己，也就不能救別人，為什麼說你為救援而來呢？有一剎那，只是一剎那，燈盞失去了光輝，只有一長一短兩個白色的人影在街市的遠方搖曳著，如同遠處將熄的白色光焰。

那盞燈再亮起來的時候，怨聲和黑暗和黑暗罩的星球倏然下滑，並在下滑中迅疾萎縮，最後化為一滴黑雨滴到地球上，打溼了我的稿紙，而那燈和人影則融進了地球一個嶄新的早晨。獲救的奇蹟顯現在我的身上，因為我跟從那光，移民到地球上，那盞燈，他留給我，放在我的書案上，那些白米他也留給我，放在我媽媽的米甕裡，從此神話般自行增長，我的媽媽再也沒有衣食之憂。

7

好啦，現在請你鬆開手，站穩，你向這方看，這就是火星的第十三方，有雲梯通往天堂星的地方。你向這方看，這是第一方，火星塵暴往往會從這裡集結，遮天蔽日。你看那個人，含笑向我們走來的老者，他是鋅，花樣年華的鼓手，他已如此蒼老，是歲月的緣故，非他本願。你看那片橙紅色的天空，火星末日來臨時，黑夜就從那裡降落，直至籠罩星球，直至黑暗化成一只彈丸，一滴墨雨。

這就是火星，你在地球上魂牽夢縈的火星，你先好好地看看它，聽聽它的五臟六腑，最好去垃圾站收集一些廢棄的魔聲，聽一聽當年的花樣年華。

你出生在三角城，而不是利希城，你今年十七歲，正當花樣年華，你跋涉千萬光年追隨我登上火星，臉光中映現著喜樂與純潔，你聽過一千零一個故事，在旅途中，你沒有一絲一毫的倦怠之色，你還骨肉輕靈，還得在這地面上浮動許久才會突然下沉，沉入黑夜的墨色無邊中。因此你得好好看看這顆星星，地球人類的永生期望就寄託在你的目光上，有朝一日地球面臨大爆炸大毀滅或被小行星撞擊，你的目光就可以決定我們是移居這裡，還是賴在地球上不管山呼海嘯地覆天翻。

你賦有使命，考察而決策，你能否不辱使命呢？

8

現在我們坐下來，不必張皇四顧，這是鋅的房舍，鋅的家，他有三個兒子，開著太陽能機動車去兜風，還沒有回來，他們個個身強力壯，晚上回來，我們姊妹便與他們同房，然後生育，生下地球人與火星人的混血兒，宇宙中最偉大的混血兒。我們的孩子，肯定既俊美又聰慧，光芒四射。

把你的上衣脫下來，不必擔心在懷中的白米會撒出來，這一次是我們二人同行，帶的白米肯定比我一個人來的時候多得多，足夠撒出去記憶我們的任何事蹟。隨我一同到蘭房中來，鋅已在那裡等著我們，他將親手為我們沐浴，洗淨你我頭髮中、軀體上沾染的細菌和塵埃。他的手會有些粗糙，但不會使你疼。他如果對你唱歌兒，千萬不要應和，那絕不會是真的歌聲，因為火星上已經不再有人唱歌，你聽到的，只可能是歌聲的假相。還有，他如果要抱起你一同走進池塘，你不要驚聲尖叫，像在三角城街上遇上性騷擾者那樣，你要從容平靜地接受那個行為，你第一次品嘗火星人的陽具況味不會是從他那裡，而是另有安排。是你的終歸會進入你，不是你的想得也得不到，你應該還沒有忘記這條地球諺語罷。

洗完澡我們會一同吃晚飯。前來赴晚筵的人有鉋，有碘（他們都垂垂老矣，只有我還正當妙齡，因為我駐顏有術），有鉋的三個情人，個個年輕貌美，有碘的三個情人，個個挺拔英武，加上鋅的三個兒子，共計十三個人。在火星上，款待外星來客的第一頓晚筵叫作最初的晚餐。最初的晚餐由外星來客坐在最中間，因為我不是第一次來，所以你坐正中間。

最初的晚餐席上坐正中間的人，要刺破自己的指尖兒，向每個在席者的酒杯中滴上一滴指血，把葡萄汁染得更紅，並增添一點新鮮血液的味道。如果你怕疼，也可以用精液代替，為葡萄汁添加新鮮精液的味道。舉杯共飲之前，這個人還得一一同在場的人接吻，每次最短十分鐘，最長五十分鐘（火星時間），否則受罰，當場學驢叫。晚餐結束的時候，這個人還得一一為眾人洗腳，洗好大家的腳，祝大家走上乾乾淨淨的路。

《詩篇》云：黑夜白日，你的手在我身上沉重；我的精液耗盡，如同夏天的乾旱。晚餐之後，鋅的三個兒子會同誦這句經典，你要聽真，不要當真，因為那是反語，鋅懷這三個兒子的時候終日擊鼓狂語，句句反話，所以三個兒子自母腹便習慣於反語語境。你也不必擔憂他們僭佞神聖經文，會在與你交媾時死在你的身上，不會的，請放心，對於神來說，神聖的不是物化／文字化的經文，而是神自身，印刷經文的紙張可以玷汙，誦讀經文的聲息可以猥褻，經文的涵義可以曲解和誤讀，唯有隱藏其深處的神，非人可以濁汙。

同火星人交合的時候，你不要以為他們個個早洩外強中乾，火星人對時間的感覺和我們不同，如同馬和羊一蹴而就的性交習俗與我們後工業時代的人完全不同一樣。所謂山中方一日世上已萬年，火星人對做愛時間的感覺是完全世俗的，而我們容易有身在仙山忘乎所以以萬年當一天的難饜之癮。是我們時間過長，而不是他們時間太短，這一點，請千萬謹記。

性活動的和諧有利於你同火星人的和平共處，否則你將寸步難行。心滿意足的心理狀態陽光燦爛的笑臉，還有雙手護住下腹的懷孕姿式，都會有助於在火星上婉約的幸福歲月。至於是否真的懷上孩子，懷胎十月或是十年，生下來還是繼續讓他留在子宮裡，完全取決於你個人的意願。甚至胎兒的長相、身高、體重，可以由我們來決定（我知道你的私心，是想讓他更多地傾向於地球人）。唯有一點不能由我們姊妹／兄弟決定，那就是不能一胎一嬰，而必須一胎五嬰。也就是說，我們生一次混血兒孩子，肯定是五個，而不是五個以上多或五個以下少。你很高興，是嗎？你喜歡這裡的生育語境和規則，我就放心多啦，你不露出笑臉，我會擔心你難產或者把生下來的孩子全數捏死。

在你懷孕或生產期間，火星粉紅色的天空上必有大異象顯現：有一個婦人（你知道，火星人不分婦人和男人）身披日頭，腳踏火衛一和火衛二，頭戴十二星的冠冕，她懷了孕，像你一樣，正在生產的艱難中疼痛呼叫。粉紅色的天空就是你面前的銀幕，那上面又會顯現另一種異象來：有一條大紅龍，七頭十角，七頭上戴著七個冠冕，看不清質地和顏色，他的尾巴拖拉著，幾乎要壓落水星、金星、地球和木星，只要他一甩尾巴，尾尖上的土星就會被彈舉然後摔下去，在宇宙中化作一塊隕石。天空的銀幕上，兩種異象會迅速接近，龍遊近臨產的婦人，張開血盆大口，等她生產之後，要吞吃她的孩子。正當天空中的電影放映到這裡，你的孩子就會一個接一個地生下來，一共五個，不多也不少，個個俊美又聰慧，光芒四射。你擔憂地警覺地母狼般地巡顧著四周，怕那龍來吃他們。龍是《啟示錄》裡的撒旦，他追蹤我們從地球上來到了火星上。他不喜歡我們人類（包括火星人類），就像我們天生不喜歡蟑螂不喜歡老鼠一樣，沒什麼道理可講。在上帝眼中，我們是寶物，是戀人般的明珠，子女般的星辰。在他的眼中，我們是蒼蠅或蚊蚋。所以，你和我得準備好，不是我們被他吞吃掉，就是我們那十個混血嬰兒。我贊同你，寧願你被吞入他的血盆大口，也不讓你的孩子進入魔域受苦受難。在最後的關頭，我們能夠選擇的，其實只有獻身，把自己作了犧牲。

你獻身之後，不必擔心你的孩子（我也不會擔心），會有一種力量哺育他們長大成人，十人之中，肯定還會出現一個傳奇歌手，把你我的故事譜成歌曲，到處傳唱，火星會因為我們而重新貫徹著歌聲。如果你不喜歡過於英雄主義的收煞，就不讓他傳唱我們，唱一些更官能或更時尚的歌兒，反正讓火星上歌聲不絕就行啦，不管是什麼歌兒。對啦，也不許他唱哀歌，像耶利米那樣，我們已經在撒旦的腸子裡，唱哀歌只會增加他消化我們的快樂：不要讓這個傢伙得手後過於自得自信，我們在他的腸子上捅上幾個洞出來，讓他腸穿孔胃穿孔疼得無地自容，你說好不好？

9

現在是我們的彌留之際，你得聽好，是彌留的時刻，張開嘴只有一些醋在滋潤我們的乾唇，睜開眼只能看到模糊一片的生與死的交接帶，我們是姊妹兄弟，我們手拉著手，儘管各自的手上已沒有多少力氣。我掙扎著，也得對你說，以羅伊，以羅伊，拉馬撒巴各大尼。用地球語言，可以粗暴地轉譯為：我的神，我的神，為什麼離棄我。

從地球到火星的路很遙遠，比我們在地球上一生所能走的路還要遠幾萬光年。我們相伴著走，交替著講故事，講出的故事比一千零一夜還要多，只是我們否定了王權，誰也不扮作國王，誰也不扮作王后，是以我們不像鳥那樣一邊飛行一邊做愛。當然，到達火星後我們得迎納錊的三個兒子，還有別的人，我們得滿足他們對地球人的好奇心、求知欲和親密想往，我們得用人類（無論地球還是火星）最簡捷最深入的親切方式互相切入對方的生命，並藉此追求融為一體的境界。然後我們生產十個混血兒孩子，你生五個我生五個，把他們留在火星上，其中一個肯定會作歌，一個肯定會到地球上去，另外八個會自相繁衍，代代生息下去。

我們都閉上眼睛吧，在這龍的肚腹裡，他已經腸胃穿孔，不久於塵世。這也是他的末日，可惜他只知道嚎叫，連呼求「以羅伊」都不會，我真是憐憫他，真想教導他呼求的語聲和語法，可是，我已經發不出大的聲息了。來吧，我的兄弟，我的姊妹，讓我們把手上的釘孔重疊在一起，這樣，就會有人可以穿越這道窄門與我們會合。

自跋　上帝編碼〇〇〇和上帝代碼〇〇一的對話

（〇〇〇赤裸，各種不詳。）

（〇〇一花團錦簇鶯歌燕舞，很紐約東京香港臺北。）

（擁抱，〇〇一端著85℃咖啡。）

〇〇〇：歡迎來宇宙。先打炮還是先打嘴炮？

〇〇一：我端著滾熱咖啡吶，怕燙傷你。

〇〇〇：以為像上次一樣，約定用倭黑猩猩範式。

〇〇一：這次衣冠禽獸一點。

〇〇〇：難怪妳一派歌舞昇平。你這樣，怎麼定義？

〇〇一：變裝皇后。

〇〇〇：沒聽懂。你用的什麼語種？

〇〇一：不是鳥語獸語花語，是地球人類語。
〇〇〇：人類萬國，千種母語……
〇〇一：臺灣語，有點甜。你一點都聽不出來？那裡的咖啡地球第一好喝。
〇〇〇：你手裡的就是？
〇〇一：就是，請你品嘗。分享是地球上帝最大的美德。
〇〇〇：你今天代表地球？
〇〇一：是哈，你不是搶註了宇宙上帝商標嗎。雖然宇宙並非物理名詞也不是天文學名詞。
〇〇〇：妳真酸，宇宙是個文學修辭，普天之下無人不知無人不曉。妳揭露我的短處，對妳有何益處？宇宙原本是暫時的，星流星潮星波狀的，無論短長疏密或者靜與湧動。
〇〇一：對應地球現在的紀元，你是什麼樣態？
〇〇〇：短宇宙期。
〇〇一：很好，地球正處於長地球期，冰川爆裂，海水燃燒，燈紅酒綠的城市無限腫脹，綠野上建滿無人居住無神居住的高房子。正好你短我長，我做一。

（同飲咖啡。）

〇〇一：好喝吧？
〇〇〇：配上臺灣麵包就更好了。
〇〇一：下次給你帶，這次忙著易容易裝。
〇〇〇：你現在的妝容，叫什麼？剛剛我沒聽懂。
〇〇一：變裝皇后。
〇〇〇：你們地球，在宇宙中最受詬病的就是集權制，什麼女王體、男皇體、天皇體、太上皇體。總統體也沒先進到哪里去。總統一退休，馬上買豪宅，無論膚色黑與白。不是一直有大學生在遊行抗議天皇制嗎？
〇〇一：沒用，地球有點陳舊了，植物燃燒，海水變紅，動物自殺，人膽小，朝夕跪拜，先哲與後哲都在焦慮世界末日……
〇〇〇：哈哈哈，這個我早聽說了，很多世紀過去，你們地球還在，倒是死了很多動物。
〇〇一：你又不愛小動物，創作牠們的時候，你設定牠們都短命。動物保護協會最恨你。
〇〇〇：哲學家愛我，夠了。價值觀是他們創造的。
〇〇一：哲學家更恨你，你不知道，他們都得死，價值觀沒能拯救他們。
〇〇〇：你出手呀，你不是會講上帝語言嗎。

〇〇一：暈，上帝本身就是一種男權價值觀。反上帝的大學生就去吃搖頭丸。

〇〇〇：搖頭丸很萬能？

〇〇一：至少可以瘋狂甩頭，不暈。研究終極價值的銀髮教授，一搖頭，就腦出血了。

（再次同飲咖啡。）

〇〇〇：你怎麼飛起來啦，不怕咖啡潵掉？

〇〇一：好不容易逃離地心引力一次，自由自在地飛一飛，神清氣爽。

〇〇〇：宇宙就是這點好，無窮無盡。

〇〇一：我們地球的閉鎖優勢，被那些巨富男人搞砸了，他們坐飛船，去你們宇宙旅行，還要移民火星。過去，地球好就好在哪兒都去不了。

〇〇〇：地球分層級，有富有窮有女有男有彎有直有貴有賤，在宇宙中不受歡迎。

〇〇一：人類能怎樣？生來與鳥類魚類獸類的層級一樣，大大小小肥肥瘦瘦強強弱弱的。

〇〇〇：那你們就別跟著政客搞什麼假平等。

〇〇一：噓，你這話被翻譯出去，就成人類公敵啦，被隔離的時候沒人給你投餵咖啡。

〇〇〇：你今天核酸了嗎？

〇〇一：你太壞，尖酸刻薄，挖苦我們地球。不懂核酸真理，是因為你不知人間疾苦。核酸面前人人平等。這下，你懂理想主義的力量了吧。

〇〇〇：各種力量都在鼓勵你們加速進步，早點燃盡冰層。

〇〇一：什麼，地球變暖是你的陰謀？

〇〇〇：你自己的選擇好不好，我只是鼓掌。我根本不介意你們地球冷暖生滅。宇宙一膨脹，就是無數星。

〇〇一：生靈塗炭，你不流淚？

〇〇〇：我在地球沒有至親。

〇〇一：什麼意思？

〇〇〇：你不是說，愛鄰如己嗎。

〇〇一：暈，你又來挖苦我。

〇〇〇：不是每分鐘都有人死去嗎，難道每時每刻都要哭？近景和特寫鏡頭，是你專門為悲劇設定的，不然人間就看不到悲劇。

〇〇一：暈，愛人如己不是特寫鏡頭那麼簡單。早知道你不慈悲，給你帶點人工淚液。

〇〇〇：那是什麼？

〇〇一：另一種潤滑液。與你用臺灣繁體語聊天，有點費勁。要不要換成英語？

〇〇〇：那麼白人中心的語種你也敢用？

〇〇一：服了你，比我還懂中產階級人類的政治正確。

〇〇〇：你對政治正確有點不屑一顧？

〇〇一：一點點，就那麼一點點。

〇〇〇：你們地球至今為止最為正確的正確選擇就是政治正確，至少可以抵擋日耳曼式傲慢和納粹主義復興。

〇〇一：你如此精通地球政治，我們應該互換身份，一和〇也互換，我去統治宇宙。

〇〇〇：〇和一可以互換，我也可以去地球。就是你，怕你進入黑洞。

〇〇一：我不喜歡黑洞。

（再三咖啡。）

〇〇一：從你這裡看地球，全是美。

〇〇〇：在地球上看地球，不美嗎？

〇〇一：資本主義很可怕，極權機制很卑鄙。讓一小撮人先富起來，是黨的陰謀，先富起來的都是黨二代，權貴資本與帝制瓜分民脂民膏無區別。

○○○：天吶嚕，別縮小話題。妳這不是在說地球，只是在說人間社會。

○○一：不冷不熱不強光不極黯，我們才說美。人類體溫、身體的視聽機關，還有性腺，是美的準則。

○○○：明白，所以我在地球沒至親。宇宙不美。

○○一：你在挖苦我們龜毛？

○○○：龜毛？

○○一：所謂龜毛，是指從海龜頭上拔毛兒，不是從倭黑猩猩龜頭上找毛。你別懷舊。

○○○：你壞，揭宇宙隱私。你走吧，回地球去吧，永別了。

○○一：永別的涵義只有至親至愛才懂，你沒至親，就不要輕易道永別。

○○○：假裝你是我的宇宙至愛至親，怎麼樣？

○○一：誰信？炮友炮友，炮後即焚。過一會分別的時候，你千萬不要與我假愛戀說永別。宇宙一惜別，地球就焚毀。

（再四咖啡。）

○○○：告訴你一個小祕密。

〇〇一：請講。

〇〇〇：有點噪音。你把耳朵遞過來。

〇〇一：地球語要說，湊過來。

〇〇〇：好好好，湊過來耳朵。

〇〇一：嗯嗯。

〇〇〇：你們地球是逆轉的。生物軌跡也是反向的。原本是從老到小，從死及生，之後永生於嬰兒狀態……

〇〇一：你這是盜版我的話。我說過，世人要像孩子一樣才能進天堂。地球人上帝的話你也敢偷？

〇〇〇：難怪經常有人汙名化你們。

〇〇一：什麼汙名？

〇〇〇：戀童，你不知道？

〇〇一：我不介意，有些教士害怕。你別把重要話題帶偏，戀童故事是現時世間最晦澀的八卦。回歸主題，如果「童心童身進天國」這樣的話都不能說，我就辭去地球上帝這個虛職。

〇〇〇：我挺你。

○○一：繼續說，你說我們地球是倒敘體……

○○○：這本來是對萬物尤其是人類的一個試驗，沒想到人類把死神化了，他們故意搞不清楚先有雞還是先有蛋，卻從來不去探討是雞雞先死還是蛋蛋先死，為的是什麼？給死去的人和將會死去的自己造偶像，為了死後還有人朝拜。

○○一：你是指墳墓和墓碑？

○○○：嗯。

○○一：你真夠小心眼，超級大龜毛，小海龜頭上找毛毛。沒人性，人死了，把屍體留下來，當作歷史博物館，你也斤斤計較。宇宙那麼浩瀚無窮，你卻容不下人類生前死後的那麼一點點自戀，一點點自尊。你還是不要去地球當上帝啦，去了也會被撕成碎片。

○○○：息怒息怒，聽我講下去……

○○一：我知道你要說什麼，無非是仇富，看不上那些生前有豪宅死後有皇陵的總統，無論性別膚色年齡美醜。

○○○：一點點對，宇宙星辰有大有小有明有暗，就是沒有貧富差距。

○○一：少來炫耀你們的道德準則，地球人堅決不追隨。

○○○：看來我得學學長臂管轄。

〇〇一：做宇宙員警要付出代價的。

〇〇〇：我知道，天天被人罵。

〇〇一：地球人不像其他生物那麼聰明，知道從生及死是個倒敘試驗。他們以為死就是失去一切，各種捨不得，想把生前的東東帶走，就造了墳墓，趁著剛剛死時的餘威，多多少少把金銀財寶帶一點進去，肉身更不能交付給鳥獸蟲魚吃。

〇〇〇：所以，我告訴你這個秘密，如果他們像鳥獸蟲魚樹木荒草一樣坦坦蕩蕩，砸毀墓碑，放棄墓地，把屍體交付給禿鷲，倒敘就會結束，死亡就會終結。

〇〇一：哈哈哈，宇宙真幼稚，你以為你是宇宙，地球人就信你的鬼話？他們笨著吶，認準的小房子大房子豪宅超級豪宅和大大小小或平凡或奢華的墓地，永遠永遠不會放棄。

〇〇〇：嗨，我以為他們真的愛生命，嚮往永生。

〇〇一：不讓大灰狼吃我屎，不讓藍鯨吃我屍，難道不可以嗎？

〇〇〇：不激動，親愛的，慢慢說。

〇〇一：你是無情無義地認定，地球倒敘時序不能撥亂反正，是卡在那些大大小小肥肥瘦瘦的墳墓環節？

〇〇〇：也許吧。

〇〇一：地球上也有人不要墓碑不留墓地，任憑身跡灰飛煙滅。難道她們不能像發動機一樣帶動整個星球完成逆轉，由倒敘擰巴成正敘嗎？

〇〇〇：沒那麼簡單。地球人類的墓園墓地墓碑，必須清零，動態清零。

〇〇一：哇，我要罵街了，妳想氣死我，知道嗎，妳的立場真是能氣死一〇〇〇〇〇〇〇〇〇〇〇〇個上帝。遇上你這種宇宙級清教徒，基本人權都被否定，我這個上帝沒法當。還是互換吧，我做〇。

〇〇〇：〇位也要搶，不是流行搶C位嗎。

（再五咖啡。）

〇〇一：昨夜在地球夜觀星夜，有一顆星將不久於星空。

〇〇〇：在哪個體系，官僚資本主義還是市場資本主義？國家社會主義還是全人類共產主義？

〇〇一：我說的是夜觀星空，不是夜觀夜裡呼嚕轟鳴的人。

〇〇〇：在我的短宇宙期間，流行物我兩忘，星人不分。抱歉，妳繼續。

〇〇一：是妳最愛的大熊座。北斗七星中的一顆。

○○○：嗄，那一顆？不會是彼得吧？

○○一：是則濟利亞，拉丁文這麼拼寫，St. Cecilia，塵世名字叫靜梅 WANG。她一直都是我團隊裡的一位天使，先是作小天使，悅暖親鄰，後來作大天使，用她弱小的軀幹極力把困厄屈辱不幸和死神擋在家門之外。她現在能源將要燃盡，行將向妳的懷抱隕落。

○○○：我認識她。我喜歡她。是我在召喚她。近期我需要一道劃過宇宙夜空的星輝。

○○一：你真隨便，北斗七星也隨隨便便揮落。

○○○：抱歉，我不知道妳會在意地球之外的閃爍與明滅。

○○一：我當然在意，星空是我們更大的家園，也是我們天空移民計畫的一部分。所有恒星行星都隕落了，富人們移民去哪裡？

○○○：我得趕快行動，不能給地球富人留下最好的星球。請問，現在是地球時間幾點鐘？

○○一：格林威治標準時間二〇二二年十月二十九日十四點十四分。

○○○：妳看，她飛升了，在宇宙中揮揚出一道如此驚心動魄的輝線。

○○一：我看到了，在極冷與極熱的間隔間燃燒，綿延成九十六地球年，短促為九十六宇宙光年。我從來沒有見過飛翔的隕落，如此驚心動魄，如此安詳而絕對。與妳一起看星起星落，就像我看地球人潮起潮落。只能說，你比我更加上帝。

〇〇〇：她已經成為長宇宙脈動不羈星流不居本身。

（再六咖啡。）

〇〇〇：你在幹什麼，練習無實物表演嗎？

〇〇一：妳真聰明。

〇〇〇：傻子都能看出妳在花紅柳綠地照鏡子。

〇〇一：不許歧視殘疾人。

〇〇〇：抱歉。我修改說法，太陽都能看出你在照鏡子。

〇〇一：請太陽繼續說，我照的是一面什麼鏡子？

〇〇〇：我替太陽說，長方形，玻璃塗水銀，沒了，普普通通也來玩懸念。

〇〇一：錯。這是木鏡子，正圓正圓的，很端莊，公主喜歡那一種圓，懂嗎？

〇〇〇：一定是一幅圖畫，畫在紙上，或者是一張圓鏡子的圖片，你就賣弄玄虛。月亮都知道，紙是樹葉造的。

〇〇一：這題給妳打五星。如果這幅鏡子被折疊呢，會發生什麼？

〇〇〇：還用問，鏡子不可折疊，強行折疊就會破碎，殘損，失去完整性，就等於失去美國支持失去星空聯盟支持，失去全人類全太陽系全宇宙。

〇〇一：開始胡說模式。

〇〇〇：我性急了，上一次多好，倭黑猩猩模式。直說吧，用你假模假式的偽知識份子腔調。

〇〇一：你看你看，它朝向太平洋就是太平洋，朝向大西洋就是大西洋，朝向淡水河就是淡水河，朝向天空就是天空。当她從天雲之上面向宇宙，就會照鑑萬朵星辰，無盡星流，黑洞和白洞，有時也會把你和你的乳房乳頭一起映照進來。當它反身自省，雲下的地球立即顯現千姿百態苦辣酸甜。好想哭，好感動。快幫我拿著咖啡。

〇〇〇：拿住了，妳放心大膽海闊天高地哭吧，對著妳那面透視有限古有限今的紙鏡子，抱著妳那面明月般明目般的竹鏡子，捧著妳那面千折百曲不粉碎的樹葉鏡子，不顧一切忘乎所以地大放悲聲吧。

〇〇一：嗚嗚嗚，嗚嗚嗚嗚……

〇〇〇：你繼續哭吧，讓你那海納百川的鏡子照耀妳百轉千回的淚腺和淚液。

〇〇一：……請你贈給它一個命名吧，你是宇宙老大。

〇〇〇：誰給妳的這個並無實物的虛擬鏡子？

〇〇一：懷君YIN，一位家有仙貓的女生主義者。
〇〇〇：我暈，女生主義，有沒有搞錯。
〇〇一：不要節外生枝，不然把你降格為老二。快命名。
〇〇〇：「懷君之鏡」，怎麼樣？
〇〇一：好感動，嗚嗚嗚，嗚嗚嗚嗚嗚，嚶嚶嚶……

（喝淨咖啡。）
（殘渣拋入宇宙。）

〇〇〇：你這樣製造太空垃圾，有點不環保。
〇〇一：我是在幫助你變可愛。
〇〇〇：可愛？
〇〇一：你看呀，每一粒咖啡渣，轉瞬之間就在變成咖啡星球。
〇〇〇：真的耶，好神奇。
〇〇一：你看吧，這就是童話，你何必每天黑洞呀宇宙大爆炸呀，板著一張嚴酷的臉，令人生厭和恐慌。

〇〇〇：明白，下一次你帶麵包來，麵包渣別餵海鷗，我用來創造麵包星球，是不是既童話又好吃？

〇〇一：切，你這裡哪有海鷗。

〇〇〇：你也有一個把柄在我手裡。

〇〇一：我的一？

〇〇〇：切，不是你那情趣玩具。

〇〇一：那就沒了。我倒是掌握著你一個機密資訊。

〇〇〇：我這麼光明磊落，沒有機密，是你們地球太渺小，猜不懂我的偉大。

〇〇一：別用大話嚇我。你把太陽系的幾顆星球搞丟了。大事故呀。

〇〇〇：這個呀，Petrus LIU 已經幫我找回來了，你知道的，其中有你們地球人最喜歡的月亮。

〇〇一：一個波士頓人，要翻天吶。

〇〇〇：聽說美國人，都那樣，愛管閒事。

〇〇一：豈止美國人，臺灣人也出手反極權。有個披著偽傳統斗篷的Da-wei CHI，十多年前就玉面紅唇地插手星際，支持偽科幻故事衍生。

○○○：你回去得忍著點。

○○一：我現在就卵蟲精蟲雙重上腦，忍不了了，得打炮啦。

○○○：你已經換身份了，我還沒換，兩個○，怎麼打？

○○一：暈，身分政治害慘上帝。

○○○：希望下次見面，你們地球已經恢復正轉，正敘事，萬事正直，萬物永生，沒有墳塋，沒有永別的眼淚。

○○一：你嘴真甜。打炮不成，Kiss一下你這宇宙大蜜唇。

○○○：稍等。你剛才說的什麼粒子雙上腦，是生殖中心的老調，對無性戀者不公平。

○○一：你們宇宙真叫囉嗦，難怪永無窮盡。

○○○：忘了告誡妳，宇宙是代詞是虛詞，不是名詞，所以無人知曉其真相，你也不能用無窮無盡這種吹牛皮的方式去吹捧我。

○○一：好吧，那我也要告誡妳，上帝是個名詞，暗含霸權男權，明含統治和神權，純屬舊社會。

○○○：讓我告訴你吧，新社會必須在你們地球從時空顛倒中扭轉回來才能出現。在此之前，妳們必須重視蛋蛋先死還是雞雞先死。

（兩個上帝在接吻，深度廣度寬度亮度密度響徹度，各種不詳。）

2022/10/29
Ponte Vedra Beach
North Florida

avant-garde 02　PG2846

偽科幻故事

作　　者　崔子恩
責任編輯　尹懷君
圖文排版　黃莉珊
封面設計　王嵩賀

出版策劃　釀出版
製作發行　秀威資訊科技股份有限公司
114 台北市內湖區瑞光路76巷65號1樓
電話：+886-2-2796-3638　傳真：+886-2-2796-1377
服務信箱：service@showwe.com.tw
http://www.showwe.com.tw
郵政劃撥　19563868　戶名：秀威資訊科技股份有限公司
展售門市　國家書店【松江門市】
104 台北市中山區松江路209號1樓
電話：+886-2-2518-0207　傳真：+886-2-2518-0778
網路訂購　秀威網路書店：https://store.showwe.tw
國家網路書店：https://www.govbooks.com.tw
法律顧問　毛國樑　律師
總 經 銷　聯合發行股份有限公司
231新北市新店區寶橋路235巷6弄6號4F
電話：+886-2-2917-8022　傳真：+886-2-2915-6275

出版日期　2023年2月　BOD一版
定　　價　420元

讀者回函卡

Printed in Taiwan

國家圖書館出版品預行編目

偽科幻故事 / 崔子恩著. -- 一版. -- 臺北市 :
釀出版, 2023.02
面 ; 公分. -- (avant-garde ; 2)
BOD版
ISBN 978-986-445-755-7(平裝)

857.7 111019966